# Schlamassel

Edna Mazya

# Schlamassel

Ein Liebesroman

Aus dem Hebräischen von
Stefan Siebers

Kiepenheuer & Witsch

1. Auflage 2001

Titel der Originalausgabe *Hitparzut X*

Aus dem Hebräischen von Stefan Siebers

Umschlaggestaltung: Silke Niehaus, Düsseldorf
Umschlagmotiv: © photonica
Gesetzt aus der Bembo
Satz: Greiner & Reichel, Köln
Druck und Bindearbeiten: GGP Media, Pößneck
ISBN 3-462-03017-5

Für Joav, Miki und Elischeva

# I

An einem der letzten Tage des Winters verließ ich das Technikum zwei Stunden früher als sonst, weil ich ein Kratzen im Hals spürte, zwar fühlte ich mich nicht wirklich schlecht, doch die Vorstellung, den verregneten Nachmittag mit meiner Frau zu verbringen, schien mir verlockend, und deswegen hustete ich so laut ich konnte, bis Davis, der väterliche Dekan unserer Fakultät, mir riet, geh nach Hause und leg dich ins Bett, die Sitzung kann auch ohne dich stattfinden, ich tat, was er sagte, stieg in meinen alten Volvo, ignorierte die Studentin mit dem hässlichen Gesicht, die mir an einer Ecke auflauerte – ihr Name war mir entfallen, obwohl ich mir schon seit geraumer Zeit über sie Gedanken machte – und erklomm kurz vor fünf Uhr die Treppe zu unserer Wohnung in der Chana-Senesch-Straße, und in der Gewissheit, Nomi, die als Kinderbuchzeichnerin tätig war, in ihrer Arbeitsecke anzutreffen, öffnete ich die Tür mit jener Nervosität, die mich seit zwei Jahren regelmäßig befiel, wenn ich nach Hause kam, aber die Räume waren verlassen und dunkel, und ich rief, Nomi, bist du da, obwohl eigentlich klar war, dass sich niemand in der Wohnung befand, es sei denn, sie hatte sich hingelegt und war eingedöst, sie verbrachte nämlich viel Zeit im Bett, und weil sie jung war, gelang es ihr auch zu schlafen, ich zog den Mantel aus, der nass und schwer war – seit zwei Tagen goss es ununterbrochen – und dachte, bestimmt hat sie sich wieder aufs Ohr gehauen, wieso soll sie sich mit ihren dünnen Ärmchen draußen rumtreiben, wo es wie aus Kübeln schüttet, und ich hatte Lust, zu ihr unter die Decke zu kriechen, schon der Gedanke erregte mich heftig, deshalb hängte ich eilig den Mantel auf und trat ins Schlafzimmer, das ich jedoch kalt und leer vorfand, trotzdem machte ich mir zunächst keine Sorgen, wozu auch, vielleicht war sie ja nur einkaufen gegangen, ich zog mich aus, ließ Badewasser einlaufen und tauchte in die heißen Dämpfe, doch bevor ich die Augen schloss, beging ich eine Dummheit, ich richtete mich noch mal auf und sah mir im Spiegel die kleinen roten Flecken an, die sich immer zahlreicher auf meiner Haut bildeten, geplatzte Äderchen, eine hässliche, aber ungefährliche Erbkrankheit, ich knipste das Licht aus, damit sie mich bei ihrer Rückkehr nicht nackt sah, doch als ich in der Dunkelheit lag, die mir zunehmend schwärzer vorkam, spürte ich, wie ein kühler Hauch der Besorgnis über meine Haut strich, um elf Uhr vormittags hatte ich noch mit ihr telefoniert, aber sie hatte nicht erwähnt, dass sie ausgehen würde, im Gegenteil, sie hatte behauptet, viel zu tun zu haben und durcharbeiten zu wollen, bis ich um sieben wieder bei ihr wäre, doch vielleicht hatte sie das mit einer seltsamen Emphase gesagt, die mich zunächst nicht stutzig gemacht hatte, denn auf einmal verlor ich die Geduld, stieg aus der Badewanne, trocknete mich flüchtig ab und begab mich nur mit dem Morgenmantel bekleidet in die Küche, um mir ein Glas Tee zu machen, der das Kratzen in meinem Hals lindern sollte, und als ich den Kessel mit Wasser füllte, fragte ich mich wütend, warum ich ihr nicht Bescheid gegeben hatte, dass ich früher zurückkommen würde, nun vergeudete ich einen freien Nachmittag damit, mich schlecht zu fühlen, und während ich darauf wartete, dass das Wasser kochte, drängte sich mir der Gedanke auf, wie merkwürdig es doch war, dass die Heizung nicht lief, wäre Nomi nur für kurze Zeit weggegangen, hätte sie sie eingeschaltet gelassen – als das Wasser sprudelte, goss ich den Tee auf, tröpfelte Zitrone hinein und setzte mich ins Wohnzimmer ans große Fenster mit Blick auf das schäumende Meer, und während der Wind über die Terrasse fegte, las ich Zeitung und schielte immer wieder zum Flur, bis ich Schritte im Treppenhaus hörte und mit dem Glas in der Hand zur Wohnungstür stürmte, heißer Tee schwappte über meine Haut und steigerte das Gefühl der Beklommenheit, aber es war nur die Nachbarin von gegenüber, die ein wenig hinkte, sie wünschte mir einen guten Abend und fragte mich, ob ich krank sei, ich sähe blass aus, und während sie mit mir sprach, rückte sie mir so dicht auf die Pelle, dass ich mich mit dem Rücken an die Wand presste, das war eine Angewohnheit von ihr, die Nomi oft imitierte, dann näherte sie sich mir humpelnd und bedrängte mich, und mein Lieblingsmoment war, wenn sich unsere Bäuche aneinander rieben, manchmal artete der Spaß in eine wilde Knutscherei aus, aber nun, mit dem Rücken zur Wand, fragte ich, ohne auf ihre Bemerkung einzugehen, ob sie zufällig Nomi begegnet sei, doch die Frau schaute mich skeptisch an (zumindest interpretierte ich ihren Blick so) und antwortete, sie habe sie mittags im Treppenhaus getroffen, was denn geschehen sei – nichts, sagte ich, es ist nur wegen des Regens, und kehrte zu meinem Sessel zurück, um schon wenige Minuten später zu beschließen, mich lieber ins Bett zu legen und dort auf Nomi zu warten, zunächst bemühte ich mich, ein bisschen zu schlafen, doch dann fiel mir ein, dass ihr etwas zugestoßen sein könnte und dass es egoistisch wäre, jetzt an Entspannung zu denken, aber was sollte schon passiert sein, meine Neigung, mir ständig Sorgen zu machen, würde mich eines Tages ins Grab bringen, und so lag ich da und versuchte, die Lider offen zu halten und die bösen Befürchtungen zu verscheuchen, die mich wie Flöhe ansprangen, schließlich stand ich auf und ging wieder ins Wohnzimmer, als plötzlich das Telefon klingelte, meine Mutter war dran und erzählte, sie sei gerade von der Sinaihalbinsel zurückgekommen, ich hatte völlig vergessen, dass sie weggefahren war, sie glaube, verkündete sie, dass der Süden ein zuträglicher Ort für sie sei, von Haifa jedenfalls habe sie die Nase voll, die Stille und die trockene Luft da unten hätten ihr gut getan, ich hatte keine Zeit für ihr Geplauder und wollte das Gespräch beenden, gleichzeitig wünschte ich aber, sie würde mich trösten, und sagte deshalb in beiläufigem Ton, ich bin ein wenig unruhig wegen Nomi, als ich nach Hause kam, war sie nicht da, doch meine Mutter entgegnete ungehalten, das könne tausenderlei Gründe haben und sie frage sich, in welche Verfassung ich erst geriete, wenn wirklich mal etwas Schlimmes passieren würde, dass einer so leben kann, ereiferte sie sich, du bist schließlich schon achtundvierzig und alt genug, um nicht ständig in Hysterie zu verfallen, wie Nomi das bloß aushält, hoffentlich bist du mit dem Buch, das längst erscheinen sollte, bald fertig, im Herbst hatte ich in Sizilien an einem Kongress zum Thema »Doppelsterne« teilgenommen und mich bereit erklärt, den Band mit den Ergebnissen der Tagung druckfertig zu machen und auch das Vorwort und ein Resümee zu schreiben, ich solle es nicht wagen, drohte meine Mutter, sie zu bitten, zu mir zu kommen, jeder müsse lernen, seine Probleme selber zu ertragen und nicht ständig seine Mitmenschen damit zu belasten, aber es war völlig überflüssig, mir so etwas an den Kopf zu werfen, denn in den beiden zurückliegenden Jahren hatte ich sehr wohl darauf geachtet, meine Ängste unter Kontrolle zu halten und Nomi nicht auf die Nerven fallen, alles war ich sanft, fast beiläufig angegangen, ohne ihr je etwas aufzuzwingen, mit der gebotenen Behutsamkeit hatte ich ihr die Arbeitsecke am Fenster zum Meer eingerichtet, denn sie sollte mein Zuhause lieb gewinnen und nie wieder fortziehen wollen, und Nomi, die ein ziemlich schwieriger Typ war, hatte Ruhe bei mir gefunden, zumindest glaubte ich das, und abgesehen von den drei Tagen in der Woche, an denen sie Zeichenunterricht in einer Schule erteilte, fast nie das Haus verlassen, und nur meiner Mutter hatte ich mich regelmäßig anvertraut, weil ich meine Ängste einfach nicht für mich behalten konnte, und jetzt war ich wirklich zutiefst beunruhigt, selbst wenn meine Mutter meine Reaktion für überzogen hielt, möglicherweise besucht sie nur eine Freundin, sagte sie, am Ende ihrer Geduld angelangt, aber Nomi hatte in Haifa überhaupt keine Freundinnen, insgeheim hatte ich mich oft darüber gefreut, denn Freundinnen haben nichts als Flausen im Kopf und stellen sich zwischen einen, eigentlich gab es nur Noam, ihren schwulen Vertrauten, der gerade im Ausland war, sie besucht keine Freundin, sagte ich feindselig, und meine Mutter erwiderte, wer so leicht in Panik gerate, müsse allein leben und nicht mit einem Zückerchen, das gerade mal fünfundzwanzig sei, ich knallte den Hörer auf die Gabel, setzte mich wieder in den Sessel und schaute auf die Uhr, obwohl ich wusste, dass es schon sechs sein musste, weil die Dunkelheit das Meer nahezu vollständig verschluckt hatte – wohin konnte sie bei diesem Wetter unterwegs sein – zuerst nahm ich nur eine halbe Valiumtablette, aber dann schluckte ich auch die andere Hälfte, um halb sieben war der Wirkstoff von meinem Blut absorbiert und ließ eine spannungsgeladene Stille in mich einkehren, in der ich endlich klare Gedanken fassen konnte, aber was gab es noch zu überlegen, in meinem Kopf spukten Horrorbilder, ich sah Nomi plattgewalzt auf einer Landstraße liegen, es war höchste Zeit, die Polizei einzuschalten, doch mit wem telefonierte ich – mit meiner Mutter – und als ich zu ihr sagte, dass ich mich einfach nicht im Griff habe, schimpfte sie nicht, sondern antwortete, man müsse logisch vorgehen, konnte Nomi denn ahnen, dass ich früher nach Hause kommen würde, sicher wäre sie vor sieben wieder da oder riefe an, und dann würde sich der Grund ihrer Abwesenheit als Lappalie herausstellen, die meisten unüberschaubaren Situationen klärten sich auf äußerst banale Weise auf, aber warum das Auto und warum im strömenden Regen, rief ich aufgebracht, worauf meine Mutter entgegnete, ich kenne Nomi länger als du, sie mag den Regen (während ihres Studiums hatte Nomi bei meiner Mutter geputzt, und dort hatte ich sie vor mehr als zwei Jahren auch kennen gelernt), trink einen Cognac und beruhige dich, fügte meine Mutter mit der für sie typischen Knappheit hinzu, die komplizierte Dinge klein und unbedeutend erscheinen ließ, als gäbe es nichts, was die Aufregung lohnte, diesmal beendete meine Mutter das Gespräch, und ich goss mir ein Gläschen Cognac ein, aber noch im selben Moment erinnerte ich mich, ich hatte ja Valium geschluckt, und fragte mich, ob man auf Valium Alkohol trinken darf, also wählte ich, um die Zeit totzuschlagen, noch mal die Nummer meiner Mutter, die mir ausdrücklich verbot, unter diesen Umständen Alkohol zu mir zu nehmen, und mir mit letzter Geduld darlegte, dass sich neunundneunzig Prozent aller Befürchtungen nie bewahrheiteten, und was ist mit dem verbleibenden einen Prozent, fragte ich bockig, schließlich musste auch das auf irgendjemanden zutreffen, und dieser Jemand war vielleicht ich, mittlerweile war ich fest davon überzeugt, dass etwas Schreckliches geschehen war, deshalb beschloss ich, Vernunft anzunehmen, und da das Gespräch mit meiner Mutter mich nicht weiterbrachte, verabschiedete ich mich und legte auf, anschließend atmete ich dreimal tief durch und zwang mich, an das, was sie gesagt hatte, zu glauben, woher sollte Nomi wissen, dass ich zu Hause war, eine Welle der Hoffnung brach über mich herein, und ich erinnerte mich, dass wir einen Schaden am Vergaser ihres VW festgestellt hatten, das war es, sie war zur Werkstatt gefahren, wie konnte ich die schlimmsten Dinge annehmen, nur daran nicht denken, Nomi schob solche Angelegenheiten nicht auf, und sofort bereute ich, die Tablette umsonst eingenommen zu haben, denn ich hatte Lust, Cognac zu trinken und Musik zu hören – draußen herrschte inzwischen völlige Dunkelheit, kein Mond und keine Sterne, nur dicke Wolken hingen über den Dächern – Nomi ist eine besonnene Fahrerin, sagte ich zu mir, kein Grund, hysterisch zu werden, und als ich mich völlig beruhigt hatte, legte ich die CD mit der Sinfonie von César Franck auf, dann machte ich es mir in dem Sessel bequem, um mit geschlossenen Augen dem ersten Ton der Ouvertüre zu harren, derentwegen ich die CD angeschafft hatte, zwar hatte ich kein tieferes Verständnis für Musik, doch versetzte sie mich manchmal in einen Zustand der Erregung, ansonsten beschäftigte mich ohnehin nichts außer Nomi, und nicht mal die Astrophysik konnte mich in letzter Zeit fesseln, weswegen ich mein berufliches Engagement auf das notwendige Minimum beschränkte – weiter aufsteigen konnte ich nicht – schon seit zwei Jahren hatte ich in keiner wichtigen Zeitschrift mehr publiziert, nur an dem Buch arbeitete ich, und auch das ohne Begeisterung, und hätte die Möglichkeit bestanden, dann hätte ich meinen Job ganz aufgegeben, um meine Zeit nur noch bei Nomi in der Wohnung zu verbringen, doch mir war klar, dass ich ihr das Leben nicht schwer machen durfte, führte ich unsere Beziehung doch mit der Vorsicht und Überlegtheit eines reifen Mannes, der sich vor dem Augenblick hütete, in dem sich der Glanz des angesehenen Professors verflüchtigen und ein alternder Halbintellektueller mit einer Neigung zur Selbstzerfleischung sichtbar würde, die Anstrengung, die mich das kostete, fraß all meine Kraft, nur bei meiner Mutter, die mir mit einer Mischung aus Langeweile und Sorge zuhörte, konnte ich meine Masken vorübergehend ablegen und mich erholen, denn echte Freunde hatte ich nicht, außer Antoun, mit dem ich aber schon seit langem nicht mehr über persönliche Dinge sprach, und so hörte ich nicht wirklich zu, als die Musik zu spielen begann, sondern stellte mir vor, wie ich dasitzen würde, wenn Nomi zurückkäme, in Regionen versunken, in die die Musik mich getragen hätte, ich führte mein eigenes Leben, sie sollte sich bloß nicht erschrecken und glauben, dass meine ganze Existenz auf ihren Schultern laste, in feierlichem Mollton zerrissen die Klänge der Ouvertüre die Stille, ich lehnte den Kopf zurück, und einen Moment lang gelang es mir sogar, an einen Ort oder wenigstens in die Nähe eines Ortes zu entschwinden, an dem es keine Grübeleien gab, sie existierte also doch, die Möglichkeit, Frieden zu finden, wenn ich zusammen mit Nomi Musik hörte, hatte ich nicht eine Sekunde Ruhe, sondern versuchte ununterbrochen zu erraten, woran sie dachte, Musik lässt innere Welten erstehen, wer weiß, wohin sie sich in Gedanken flüchtete, zwar war ihr Gesicht bei mir, aber ihr Blick entfernte sich manchmal, wie konnte ich wissen, wo sie sich in diesen Momenten herumtrieb, ich wurde nervös und machte mir Sorgen, stellte aber keine Fragen, denn wer fragt, woran denkst du, betrügt sich selbst, und unter anderem aus diesem Grund übte ich jetzt, mich in einen Zustand des Losgelöstseins und der Leere zu versenken, der wie ein sanfter Strom war, der aus sich selbst entstand, wegen meiner verrückten Liebe zu Nomi versuchte ich, den Augenblick zu trainieren, in dem sie mich verließ und ich alleine zurückblieb, damit ich danach wieder zu mir kommen und in mir Halt finden konnte – als ich meiner Mutter mitteilte, dass ich Nomi heiraten würde, hatte sie zu mir gesagt, na dann alles Gute, nur wenige besitzen die

Gabe, die Wirklichkeit kristallklar zu sehen und auf die eine oder andere Art ihrer Herr zu werden, aber du, Darling, hast dieses Talent nicht, und deshalb wünsch ich dir Glück – doch hatte ich nicht schon existiert, bevor ich Nomi getroffen hatte, und war nicht anzunehmen, dass ich auch weiterleben würde, sollte sie mich eines Tages verlassen, ich musste mich nur darauf vorbereiten, zum Beispiel in Momenten wie diesen, in dem ich allein war und nichts zu tun hatte, außer auf sie zu warten, und warum glaubte ich überhaupt, dass sie fortgehen würde, hinter uns lagen bereits zwei gute Jahre, gewiss, das hatte mich eine Menge Arbeit gekostet, aber von den Früchten aß ich tagtäglich, außerdem brauchte sie mich, weil sie sonst niemanden hatte, ihre Mutter war gestorben, als Nomi noch ein Kind war, und auch ihr Vater war früh von der Bildfläche verschwunden, doch hatte sie mir darüber nie Einzelheiten erzählt, und auch in diesem Punkt übte ich keinerlei Druck auf sie aus, ich wusste nur, dass sie bei vielen Familien gelebt hatte, und überall nur vorübergehend, bis ich ihr ein Zuhause bereitet hatte, in dem sie glücklich war, denn für manche Menschen besteht Glück nicht aus lautem Amüsement, sondern darin, Frieden zu finden, zudem schien mir Nomi nicht der Typ, der zu Begeisterungsstürmen oder Lachsalven neigt, obwohl meine Mutter behauptete, Menschen, die nicht gern lachen, gebe es nicht, alles hänge davon ab, wer einen zum Lachen bringen will, aber ich würde das hinkriegen, dennoch wäre es unfair zu behaupten, dass meine Mutter Nomi nicht mochte, sicher war sie froh über diese Beziehung, die mir Lebensfreude schenkte, aber wie alle Mütter machte sie sich nicht nur über die Gegenwart, sondern auch über die Zukunft Gedanken, Nomi sei fünfundzwanzig, sagte sie, sehr hübsch und mit der Reife eines jungen Mädchens ausgestattet, das lange allein gelebt habe, und obwohl sie, die vierundsiebzig Jahre auf dem Buckel habe, die Dinge des Lebens durchschaue, bleibe ihr nichts anderes übrig, als mir viel Glück zu wünschen – meinen Vater hatte sie nicht einen Tag lang geliebt, sie stammte aus Berlin und hatte den Holocaust überlebt, sie war jung und unbesonnen, und er kreuzte als Erster ihren Weg, sein Gesicht war gebräunt von der Sonne und dem Leben in Amerika, und nichts an ihm erinnerte an die bleichen Berliner, die meine Mutter an einen Baum gebunden und gezwungen hatten, fünf Stunden mit erhobenen Händen dazustehen, ausgerechnet sie, die sich so sehr gewünscht hatte, dem Bund Deutscher Mädchen beitreten zu dürfen, aber wegen ihrer jüdischen Herkunft nicht aufgenommen worden war, mein Vater weckte keine Leidenschaft in ihr, doch erblickte sie in ihm das Gegenteil des Bösen, das ihr widerfahren war, sie hatte keine Zeit für die Liebe, die ein Privileg friedlicher Tage war, und so heiratete sie meinen Vater zwei Wochen, nachdem sie ihn kennen gelernt hatte, und sah sich schon auf und davon fliegen nach Amerika, aber mein Vater, der erschreckend naiv und ahnungslos war, verkündete wenige Tage nach ihrer Hochzeit, er habe auf seine amerikanische Staatsbürgerschaft verzichtet und sei entschlossen, praktizierender Zionist zu werden, und nun wurde ihr klar, dass sie, der Schwarm aller Jungen, bei einem Dummkopf gelandet war, den zu verlassen sich für sie nicht auszahlen würde, denn er stellte eine gute Partie dar, mit einem Haus und einem festen Einkommen, wohingegen sie selbst nur ein Flüchtlingsmädchen und ihr einziges Kapital ihre vergängliche Schönheit war, und so blieb sie bei ihm und hoffte, er würde sich beeilen und vor ihr sterben, all das hatte sie mir anvertraut, bevor ich Nomi traf, anscheinend hatte sie mein Erwachsenwerden vorantreiben wollen, damit ich nicht zu wählerisch und ängstlich bei der Brautschau vorging, denn das Leben sei gemein, versicherte sie mir, und trotzdem bestehe kein Grund, sich zu fürchten, in der Zwischenzeit war die CD zu Ende, und ich legte Tom Waits auf, Nomi würde sich freuen, immerhin hatte sie mir »Black Rider« mitgebracht, damit ich die klagenden Stakkati dieses Sängers schätzen lernte, denn in musikalischer Hinsicht, behauptete sie, brauchte ich dringend eine Verjüngungskur, jemand, der ausschließlich klassische Musik höre, verknöchere, ich nahm wieder Platz und bemühte mich, dem Text zuzuhören, *take off your skin and dance around in your bones*, verlor jedoch rasch das Interesse und wollte nur noch, dass Nomi zurückkam, das Valium hatte mich vollkommen ruhig gemacht, und ich fühlte mich geschwächt und auf angenehme Weise benommen, doch trug sicher auch der Hunger dazu bei, vielleicht sollte ich sie zum Essen ausführen und danach mit ihr einen Film ansehen, ich musste nachschauen, was in der Cinemathek lief, obwohl ich dort eigentlich nicht gerne hinging – womöglich gefielen Nomi die Schlappen tragenden Jünglinge, die in dem Kino verkehrten – doch weil Nomi alte Filme liebte, besuchte sie die Cinemathek manchmal zusammen mit Noam, der übrigens, in kleinen Dosierungen genossen, durchaus amüsant sein konnte, und plötzlich schoss mir ein Gedanke durch den Kopf, welche Werkstatt, die Werkstatt macht um vier zu, und mit zittrigen Fingern wählte ich die Nummer des Schuppens, nur um etwas Konkretes zu tun, doch natürlich nahm niemand ab, und in Bruchteilen einer Sekunde trat Übelkeit an die Stelle meines Hungergefühls, etwas Reales und Schreckliches war geschehen, ich musste einschreiten, aber meine Mutter anzurufen hatte jetzt keinen Sinn, vielleicht lieber Antoun, der bei der Staatsanwaltschaft arbeitete und wusste, was man in so einem Fall unternehmen musste, ich wählte die Nummer seines Büros, wo er fast immer erreichbar war, und als ich am anderen Ende der Leitung sein autoritäres »Ja« vernahm, zwang ich mich, ihn zunächst nach seinem Befinden zu fragen, doch kannte Antoun mich seit achtundvierzig Jahren, wir hatten als Jungen in dem wunderbaren Sumpfgebiet von Wadi Nisnas gespielt und jedes Jahr im Winter die kleine Insel, die daraus aufragte, besetzt, Antoun war ein Jahr älter als ich, klein und gedrungen, und verfügte über die Geduld eines Beduinen und einen Sinn fürs Praktische, den ich schätzte, gemeinsam, fast ohne zu reden, legten wir aus Steinen und Holzscheiten einen Weg zu der Insel an, auf der wir eine gelbe Fahne hissten, gegen die israelische Flagge hatte er Einwände, und da er jetzt die Anspannung spürte, die sich hinter der Beiläufigkeit meines Tons verbarg, fragte er, was ist los, und ich sagte, ich mach mir Sorgen, Nomi ist verschwunden, daraufhin erkundigte er sich, seit wann, und ich fühlte mich wie ein Idiot, lachte und fragte ihn, was machst du so, wir müssen uns mal wieder treffen, und wir verabredeten uns für den nächsten Nachmittag im Café am Gerichtsgebäude, und als ich eingehängt hatte, fing ich von neuem an, mir Sorgen zu machen, aber um fünf vor sieben öffnete sich die Wohnungstür, und durchnässt und mit ernster Miene trat Nomi ein, und obwohl sie mich in die Musik von Tom Waits versunken vorfand, schien sie in andere Dingen vertieft, einen Augenblick blieb sie erschrocken stehen, und was sie dann sagte, klang beinahe wie eine Beschwerde, was tust du um diese Zeit zu Hause, ich erhob mich aus dem Sessel, lächelte sie freundlich an und sagte liebevoll, du bist völlig durchnässt, das ist ein Regen, was, doch irgendetwas schien sie zu beunruhigen, und sie fragte mich, bist du krank, dann zog sie den Mantel aus und schüttelte ihr kurzes blondes Haar, das in feuchten Strähnen von ihrem Kopf abstand, doch schaute ich sie nicht richtig an, sondern gab mich meiner Erleichterung hin, und auch sie sah mich nicht wirklich an, als sie auf mich zukam und mir einen Kuss gab, sondern wiederholte nur ihre Frage, bist du krank, und ich erwiderte, nein, nicht richtig, mir tut nur ein wenig der Hals weh – wo sie gewesen war, fragte ich nicht, Spannung lag in der Luft, und ich hatte es eilig, sie zu verscheuchen, deshalb fing ich wieder vom Regen an und erzählte, dass ich auf dem Rückweg vom Technikum auch durch und durch nass geworden sei, ich schlug ihr vor, ein heißes Bad zu nehmen, in der Hoffnung, sie würde mich einladen, es mit ihr zu teilen, in den ersten Monaten hatten wir oft bei Kerzenschein in der Wanne gelegen und uns tief in die Augen gesehen, an diesem Abend aber antwortete sie knapp, baden, das ist eine gute Idee, und als sie ins Schlafzimmer ging, rief sie, schade, dass du nicht angerufen hast, wenn du Bescheid gegeben hättest, wär ich zu Hause geblieben, durch die offene Tür konnte ich unbemerkt zusehen, wie sie sich durchs Zimmer bewegte und dabei flink die Kleider abwarf, alles zog mich zu diesen runden Schultern und dünnen Ärmchen hin – Letztere machten mich immer besonders geil – und erst als sie nackt war und unbeschwert aus dem Nebenraum trat, bemerkte sie meinen Blick, und ich lächelte ihr zu und fragte, ob sie später ins Kino oder in ein Restaurant gehen wolle, und dabei tat ich, als stünde nicht ihr leuchtend weißer Körper vor mir, der mir plötzlich nicht mehr selbstverständlich schien, doch sie machte nur eine vage Bewegung mit dem Kopf und ging ins Bad, und ich hörte, wie das Wasser über ihren Körper plätscherte, und das Bedürfnis, ihr hinterherzusteigen, nahm mir die Sinne, und schon einen Augenblick später konnte ich mich nicht mehr zurückhalten und trat ebenfalls ins Bad, wo ich mein Schränkchen öffnete und, ohne in ihre Richtung zu schauen, sagte, ich such das Akamol, ich hatte dafür gesorgt, dass jeder von uns sein eigenes Schränkchen hatte, obwohl Nomi nicht in meinen Sachen stöberte, denn sie gehörte nicht zu den Schnüfflern – in diesem Punkt unterschieden wir uns voneinander – und doch wollte ich vermeiden, dass sie von meiner innigen Beziehung zu den Sedativa erfuhr, vor allem sollte sie nicht das Plastiktütchen entdecken, das ich hinten im Schrank versteckt hielt, vor ein paar Jahren hatte ich in einer Apotheke drei Packungen Akamol verlangt und irrtümlich dreimal Hypnodorm erhalten, damals wusste ich nicht, um welche Art von Medikament es sich dabei handelte, aber ich begriff sofort, dass es ein Beruhigungsmittel war, und beschloss instinktiv, den Irrtum des Apothekers nicht anzumahnen, sondern nur danke zu sagen und das Geschäft zu verlassen, später erklärte Antoun mir, dass die Tabletten wahre Hämmer seien, die Drogenabhängigen auf Entzug verabreicht würden, um ihnen über ihre Krisen hinwegzuhelfen, seither wartete das Hypnodorm in seinem Versteck, denn man konnte nie wissen, ob man es nicht irgendwann brauchen würde, nun aber suchte ich eifrig das Akamol und schielte im Spiegel zu Nomi hinüber, die die Augen geschlossen hatte und auf deren zu einem unergründlichen Lächeln verzogenen Oberlippe Schweißtropfen glänzten, und wieder setzten meine Qualen ein, sie hatte gerötete Wangen – vom heißen Wasser, redete ich mir ein – aber ich entdeckte in ihrem Gesicht eine Zufriedenheit, die sich unmöglich auf mich beziehen konnte, und als ich die Tür des Schränkchens schloss, schlug sie die Augen auf und beeilte sich, zu mir zurückzukehren, der selige Ausdruck verflüchtigte sich, und ein anderes Lächeln, das ich kannte und das mit mir zu tun hatte, breitete sich über ihr Gesicht, gehen wir nun ins Kino oder in ein Restaurant, fragte ich, und als sie »in Ordnung« antwortete, wusste ich, dass sie noch nicht ganz bei mir war, und versuchte Worte zu finden, die die undefinierbare Spannung, die zwischen uns lag, löste, noch konnte ich den Wunsch, alles genau zu wissen, unterdrücken und hoffte, dass wir gemeinsam zu Hause bleiben würden, sie stieg aus der Wanne und bat um ein Handtuch, und als mir einen Augenblick lang nicht einfallen wollte, wo sich die Tücher befanden, sagte sie, macht nichts, und beugte sich selbst zum Schränkchen unter dem Waschbecken, ihr Körper glänzte vom Wasser, aber wegen der gedrückten Stimmung gelang es mir nicht, das ganze Bild in mich aufzunehmen – bisweilen hatte ich den Eindruck, dass manche Bilder derart reichhaltig sind, dass ich nicht hinschauen kann – bei diesem Wetter gehen wir vielleicht lieber nicht aus, meinte Nomi, die sich, seit sie die Badewanne verlassen hatte, wieder bei mir befand und mir mit verführerischer Stimme befahl, mich umgehend ins Bett zu legen, sie werde sich um mich und meine kleine Grippe kümmern, ihre Wangen waren noch immer leicht gerötet, und sie strahlte eine Heiterkeit aus, die sie zu unterdrücken suchte, weshalb tat sie das, fragte ich mich, und meine Beklommenheit wuchs, ich legte mich schnell ins Bett, wartete auf den Tee, den Nomi für mich kochte, und horchte auf die Geräusche, die aus der Küche drangen, mir schien, als würde sie singen, jedoch war ich nicht sicher, denn draußen heulte der Sturm, und weil ich sie noch nie hatte vor sich hin trällern hören, erhob ich mich und schlich zur Küche, wo sie am Fenster stand und in das schwarze Loch blickte, das jenseits der Scheibe klaffte, ihre Hand strich über ihr feuchtes Haar, das jetzt dunkel statt blond war, und sie sang ein Lied von Tom Waits, *I'll shoot the moon right out of the sky for you, baby*, mir zog sich das Herz zusammen, nicht weil sie sang, sondern wegen der träumerischen Pose, die eindeutig keinen Bezug zu mir besaß, doch dann schreckte mich das Klingeln des Telefons auf, und ich rannte zum Bett zurück und nahm den Hörer ab, es war meine Mutter, die mich fragte, ob die Vermisste aufgetaucht sei, und genau in dem Moment kam Nomi mit dem Tee, und ich sagte, alles ist bestens, worauf meine Mutter erwiderte, so hört es sich aber nicht an, was ist los, ich aber widerstand ihr, behauptete, nichts, und legte auf, sie hatte wieder diesen spöttischen Unterton gehabt, der mich jedes Mal an einem empfindlichen Punkt traf, das war

Mama, sagte ich zu Nomi, schade, dass sie nicht im Sinai geblieben ist – was wollte sie, erkundigte sich Nomi – nichts, rief ich gereizt, und als sie mich ansah, spiegelte sich in ihren Zügen zwar Erstaunen, jedoch kein bisschen Ungeduld, unterdessen stieg eine bittere Erinnerung aus Kindertagen in mir auf (um meine Mutter zu ärgern, hatte ich in Winternächten oft meine Decke aus dem Bett geworfen, nur dass meine Mutter nichts davon mitbekam und ich vor Kälte und Wut schlotterte, während wilde Schreie aus ihrem Schlafzimmer hallten), jetzt allerdings hatte ich mir die Decke bis unters Kinn gezogen, und Nomi, die annahm, die Grippe habe mich eingeschläfert, stellte den Tee neben mich hin und verließ das Zimmer, sie war erleichtert, zumindest schien es mir so, weil die meisten Menschen ein schlechtes Gewissen plagt, wenn sie mit dem Leid anderer konfrontiert sind, bei mir war das übrigens nicht so, ich jubilierte, wenn Nomi erkrankte, das waren große Momente für mich, einmal war ihr ein Zahn gezogen worden, und sie hatte eine geschwollene Backe, ich war in ihr entstelltes Gesicht vernarrt gewesen und hatte es ununterbrochen angeschaut, diese Erinnerung entrang mir ein lautes Stöhnen, das Nomi eilig ins Zimmer zurückkommen ließ, was ist los, Ilan, fragte sie ehrlich besorgt, und ich fasste Mut und machte ihr neben mir Platz im Bett, denn ich musste auf der Stelle mit ihr schlafen, und als ich sie sanft an mich zog, flehte ich innerlich, sie möge sich mir nicht entziehen, doch bereitete ich mich gleichzeitig auf das Gegenteil vor, wenn ich die leiseste Zurückhaltung bei ihr spürte, ließe ich sie in Ruhe, so verfuhr ich schon seit zwei Jahren, aber diesmal versuchte sie nicht, vor mir zu fliehen, sondern warf ihren Kopf zurück, und in ihrem Blick schimmerte eine Ekstase, die ich noch nie an ihr gesehen hatte, eine fremde Musik spielte hier, ihre Bewegungen waren langsam und durchdrungen von schwerer Lust, sie flüsterte mir etwas zu, das ich nicht verstand, aber natürlich gerne verstanden hätte, doch war dies nicht der Augenblick, um nachzuhaken, lieber wartete ich schweigend ab, und wenige Minuten später drängte mich nichts mehr, Auskünfte einzuholen, denn unter meinen Händen berauschte sie sich und schien in neue Territorien vorzubrechen, mein Kopf wurde leer, und sie streckte die Arme seitlich von sich und lag mit geschlossenen Augen und dem sinnlichen Lächeln, das mir schon im Bad aufgefallen war, auf der Matratze, ich kam in ihr, und als der Tumult abgeklungen war, wüteten nur noch der Regen und der Wind vor dem Fenster, ich umarmte sie, und sie schmiegte sich an mich, die Stirn an meine Wange gepresst, und da mir die Wärme, die in mich floss, über jeden Zweifel erhaben schien, traute ich mich, ihr still zu erzählen, wie glücklich sie mich mache, und erst als ich sie fragte, ob mein Geständnis eine Belastung für sie bedeute, stellte ich fest, dass sie selig schlummerte, schnell verscheuchte ich das Gefühl der Kränkung, das in mir aufkeimte, und beschloss, mich mit dem Erreichten zufrieden zu geben, zudem konnte ich froh sein, dass meine Schwäche unentdeckt blieb, unterdessen gab Nomi ein Murmeln von sich, und ich betrachtete sie und schwelgte in meinen noch frischen Emotionen, sie liebte mich, das stand fest, und ich rekonstruierte die Minuten, die vergangen waren, seit sie sich neben mich aufs Bett gesetzt hatte, und versuchte, mich an jedes Detail zu erinnern, sofort meldete sich meine Lust zurück, und damit Nomi nicht aufwachte, fing ich an, mir zügig und ohne einen Muckser einen runterzuholen, die Erinnerungen verschwammen, die Details existierten nicht mehr, und was übrig blieb, war ein grelles abstraktes Gemälde, ich spritzte ab, und in die Ruhe, die sich allmählich um mich legte, drang unvermittelt ein schriller Laut, der Wind hatte zugenommen, und wieder trommelte der Regen wie ein Sturzbach gegen das Fenster, das mit einem Mal aufflog, und als ich aufstand, um es zu schließen, sprühten mir Tropfen entgegen, Nomi wälzte sich im Schlaf, bis sie mit leicht geöffnetem, staunendem Mund auf dem Rücken lag, und das Geräusch in meinem Kopf wurde immer lauter, ich stand neben dem Bett und betrachtete sie aufmerksam, und erst nach einer Weile begann ich mich zu fragen, wer diesen Sturm ausgelöst hatte, in den ich zufällig hineingeraten war, denn nun war ich sicher, dass ich nur die Krümel eines Festmahls abbekommen hatte, das an einem anderen Ort abgehalten worden war, trotzdem legte ich mich wieder hin und zwang mich, Schäfchen zu zählen, um den bösen Verdacht zu verjagen, und allmählich ergab sich mein Körper der Müdigkeit, der Kopf entledigte sich aller Gedanken, und irgendwann schlief ich ein.

## 2

Als ich zum Café am Gerichtsgebäude in der Chassan-Schuqri-Straße kam, wartete Antoun schon auf mich. Ich war nicht erfreut, ihn zu treffen, denn das Geräusch in meinem Kopf war noch immer nicht verstummt, und es fiel mir schwer, mich auf jemand anderen zu konzentrieren, und als ich mich setzte, beschloss ich, einen Cognac zu bestellen, obwohl erst Nachmittag war, und Antoun fragte, was ist los mit dir, aber in diesem Moment erschien die unsympathische Kellnerin, und ich konnte seine Frage ignorieren und meine Unentschiedenheit zwischen Lamm und Huhn zum Gesprächsthema erheben, vielleicht würde mein Problem darüber in Vergessenheit geraten, ich wusste, dass ich ihn nicht einweihen wollte, denn manchmal schufen Worte eine Realität, die es ohne sie nicht gegeben hätte, doch existierte noch ein Grund, mich Antoun nicht anzuvertrauen, niemand kannte mich besser als er, und ich zog es vor, mich in diesem Zustand der Schwäche keinem Seelenstriptease zu unterziehen, denn ich kannte den Mechanismus, was zunächst nur Mitleid erregt, wirkt auf Dauer minderwertig und abstoßend, auch wenn der andere seinen Ekel nicht offen zeigt – Ilan, man wartet auf deine Bestellung, ermahnte mich Antoun, und ich kam zu mir und schaute die Kellnerin an, die sich für etwas Besseres zu halten schien, schließlich entschied ich mich für Cognac und gefüllte Weinblätter, wohingegen Antoun Lammkoteletts und Bier bestellte und anschließend eine Zigarette anzündete, die mir das Wasser im Munde zusammenlaufen ließ, doch würde ich mit der Qualmerei nicht wieder anfangen, das kam überhaupt nicht in Frage, stattdessen holte ich die Pfeife heraus, die allerdings nur einen unzulänglichen Ersatz darstellte, und während ich sie abwischte, wurde mir wieder Antouns behäbige Gelassenheit bewusst, die mich deprimierte – wenn ich als Junge Streit gesucht und ihm Beleidigungen an den Kopf geworfen hatte, war er nie darauf eingegangen, sondern hatte den Unbesiegbaren gespielt, indem er mir den Rücken kehrte und nach Hause ging, und ich hatte ihm frustriert hinterhergeschaut, und auch jetzt stieg Zorn in mir auf, was völlig absurd war, denn es gab keinen Grund, auf Antoun neidisch zu sein, selbstverständlich schwieg er, und nachdem die Kellnerin uns das Essen serviert hatte, fragte ich ihn nach dem Mädchen, mit dem er ausging, mir ist ihr Name entfallen, sagte ich, und er entgegnete, Marie, und sah mich aus lang bewimperten Augen an, sie heißt Marie, und wir haben uns getrennt, ich treff mich jetzt mit einem anderen Mädchen – wie heißt sie, wollte ich wissen, und als er antwortete, das spielt keine Rolle, komm, lass uns essen, verstand ich, dass sie Jüdin war, und sofort war er mir wieder sympathisch, nicht weil das Mädchen, mit dem er ausging, eine von uns war, sondern weil der innere Konflikt, der ihn als Araber quälte, wenn er sich mit einer Jüdin einließ, seinem Panzer Risse zufügte und an die Stelle seiner unerreichbaren Gleichmut und Selbstsicherheit Verletzlichkeit trat, die für mich einen Platz an seiner Seite schuf, ich lächelte ihn an, aber er zögerte und überlegte, ob er meine Freundlichkeit, die er durchschaute, ignorieren sollte, er hatte keine Lust, nur durch das Eingeständnis einer Schwäche in ihren Genuss zu kommen, denn die unangenehmen Folgen solcher Selbstentblößungen kannte er genau, wir hatten früher oft über persönliche Dinge gesprochen, und als ich nun das letzte Weinblatt in meinen Mund steckte, sah ich Nomis unverwechselbaren gelben Käfer vorbeituckern und am unteren Ende der Chassan-Schuqri-Straße verschwinden, ein rotes Warnlicht leuchtete in meinem Kopf auf, vor ein paar Tagen war mir ein Polizeiprotokoll in die Hände gefallen, das ihr in dieser Straße aufgebrummt worden war, und als ich sie gefragt hatte, was sie dort gemacht habe, hatte sie nur eine unbefriedigende Antwort gemurmelt, und dann war der Vorfall im alltäglichen Fluss der Dinge untergegangen, aber jetzt war Nomi wieder hier, und ich wusste, dass sie morgens unterrichtet hatte und gewöhnlich nach der Arbeit nach Hause fuhr, was hatte sie hier verloren, und da ich mich fast an meinem Weinblatt verschluckte, spülte ich es schnell mit dem restlichen Cognac hinunter, und in einem Anfall von Panik, den Antoun sofort bemerkte (meiner Verstellungskunst waren trotz allem Grenzen gesetzt), sagte ich, dass ich schnell losmüsse, worauf er nichts erwiderte, mich aber mit seinem dunkeläugigen Blick piesackte, und ich rannte zu meinem Volvo, den ich vor dem Café geparkt hatte, vollführte einen regelwidrigen U-Turn und preschte in die Richtung, in die Nomi entschwunden war, und als ich zu der Kreuzung kam und nach rechts schaute, sah ich ihren Käfer unterhalb der Treppe zu den verlassenen Häusern von Wadi Salib stehen, ich hielt an und schaute mich um, die Gegend wirkte öd und verlassen, und ich konnte Nomi nur in meinem hämmernden Kopf sehen, ich erklomm die bröckligen Stufen, die in das mit Spritzen, Gummis, Kippen und anderen Überresten einer nächtlichen Hölle übersäte Geisterviertel hinaufführten, aber auch dort erblickte ich weder Nomi noch sonst jemanden, und für einen Augenblick verlor ich die Orientierung und zögerte, als sich plötzlich etwas in dem Abfallhaufen neben mir regte, ein Lebewesen, das einmal ein Mensch gewesen war, alterslos und in Lumpen gehüllt, kroch auf mich zu, sein Blick war erloschen und stumpf, und mit brüchiger Stimme bat er mich um eine Zigarette, ich rauche nicht, sagte ich und zog ein paar Schekel aus meiner Tasche, der Mann streckte seine dreckstarrende Hand aus und nahm das Geld, und ich fragte, ob er ein junges Mädchen mit einem roten Pullover gesehen habe, aber er hatte sich schon abgewandt und kroch in seinen Unterschlupf zurück, so ging ich die Treppe hinunter und blieb abermals vor dem gelben Käfer stehen, ich starrte vor mich hin, unfähig, mir vorzustellen, was sie an diesem gespenstischen Ort trieb, schließlich gab ich mir einen Ruck und schaute auf die Uhr, in einer Viertelstunde fing meine Vorlesung an, ich aber stand in diesem Tal der Verdammnis und sagte mir, es muss eine logische Erklärung für Nomis Verschwinden geben, auch in einem verlassenen Wohnviertel lösen sich Menschen nicht in Luft auf, aber ich musste unbedingt los, und so stieg ich in meinen Wagen und ließ den Motor an, die Uhrzeit und die Geschwindigkeit, mit der ich fuhr, drängten meine Befürchtung zurück, ich durfte nicht zu spät kommen, denn seit ich mit Nomi zusammen war, war ich nachlässig geworden, letzte Woche hatte mich Davis zu einem Mittagessen eingeladen, das in freundlicher, doch ernster Atmosphäre verlaufen war, mit seiner warmen Stimme hatte er mir zu verstehen gegeben, dass brillante Leute wie ich, die schon in jungen Jahren Erfolg und viel zu früh eine Professur erhalten hatten, Gefahr liefen, auszubrennen, und deshalb hatte er mir geraten, mich zusammenzunehmen und mir ein Thema zu suchen, das meine Begeisterung neu entfachte, und ich verstand, dass ich ihn enttäuscht hatte und seine Sympathie nicht unerschütterlich war, all das betrübte mich, doch hatte ich nichts davon gegenüber Nomi erwähnt, nur meiner Mutter, deren Interesse ich mir sicher war, berichtete ich von dem Gespräch, das war der einzige Nutzen, den sie mir brachte, mit allem, was ich anderen ersparte, bombardierte ich sie, doch als sie mir antwortete, Davis habe ohne Zweifel Recht, ärgerte ich mich, schließlich hatte ich Verständnis von ihr erwartet, ich blickte auf die Uhr, in fünf Minuten begann mein Kurs, doch war ich bereits auf dem Parkplatz der naturwissenschaftlichen Fakultät, und pünktlich um Viertel nach zwei breitete ich meine Papiere auf dem Dozentenpult aus, und mein Mund, der vor Publikum von selbst zu sprechen schien, hob zu einem Vortrag zum Thema »Instabilität und Kollaps« an – aus dem Augenwinkel sah ich die Studentin mit dem hässlichen Gesicht, sie schaute mich an, vielleicht war sie in mich verliebt, aber das konnte die quälende Ungewissheit, die mich befallen hatte, nicht lindern.

## 3

Als ich abends nach Hause kam, saß Nomi an ihrem Schreibtisch, sofort sprang sie auf, und ich sah, dass das Papier, das vor ihr lag, gedankenlose Kritzeleien bedeckten, die während eines langen Telefonats entstanden zu sein schienen, ihre Bewegungen waren fahrig, und ich konnte sie nicht dazu bringen, mir in die Augen zu schauen, hastig bot sie mir an, Abendbrot für mich zu machen, aber ich sagte, ich hätte schon im Technikum gegessen, trotzdem fragte sie mit gläsernem Blick, was ich wolle, und ich wiederholte etwas langsamer als vorher, ich hab schon gegessen, Nomi, sie jedoch reagierte nicht und fragte, soll ich ein Steak auftauen, und ich stand da und wartete, dass sie zu mir zurückkehrte, aber erst nachdem sie ein paar Mal unschlüssig hin und her gelaufen war, drosselte sie die Unrast ihrer Glieder, blieb vor mir stehen und fragte – noch immer, ohne mich wirklich zu sehen – ist was passiert, und erst als ich sie nachahmte und ihre Worte mit der selben Intonation wiederholte, wurde ihr Blick klarer, und sie fragte mit ihrer normalen Stimme, was los sei – nichts, erwiderte ich, was soll passiert sein, ich versuche dir nur zu erklären, dass ich bereits gegessen habe, und da sie jetzt zuhörte und mich verstand, küsste sie mich flüchtig, sagte, ja wenn das so ist, arbeite ich weiter, und setzte sich wie in Trance vor ihre Kritzeleien, während ich im Sessel am großen Fenster Platz nahm und auf die Straße hinaussah, wo das pralle Leben beheimatet schien – Rechtsanwälte, Verkäufer, Obdachlose, Gemüsehändler, Kranke, Müßiggänger und Hochzeiter, jeder führte sein eigenes Dasein, und nur eine Sache war allen gemeinsam, sie lebten wirklich, ob unglücklich oder glücklich, und hatten kein Mädchen wie Nomi zur Frau, doch der Gedanke begann mich zu langweilen, denn ich fand, dass er nirgendwohin führte, ebenso wenig wie all die anderen Überlegungen, die ziellos durch meinen Kopf schossen, noch wagte ich das, was mir widerfuhr, nicht zu benennen, und war gefangen in jenem dichten Nebel, in dem alles verschwindet, kurz bevor man endgültig Klarheit erlangt, aus meinem Augenwinkel sah ich Nomi, die sich räkelte wie ein Haustier, das jedoch nicht in dieser Wohnung heimisch war, und plötzlich blickte ich ins Auge des Strudels, und angesichts der erschütternden Erkenntnis, die mir zuteil wurde, bekam ich Bauchkrämpfe, ich saß stumm im Sessel, grub meinen starren Blick in ihren Nacken mit der milchweißen Haut, und eine unerbittliche innere Stimme sagte zu mir, Nomi hat einen Geliebten.

# 4

Am nächsten Morgen wurde ich nur mit Mühe wach, Traumfetzen klebten an mir, und ich besaß nicht die Kraft, mich davon loszureißen, ich hatte nichts Besonderes geschluckt, nur eine Nombon und eine Valium, Nomis Stimme zog mich aus den Tiefen herauf, sie stand über mich gebeugt, streichelte meine Stirn und sagte, du wirst zu spät kommen, steh auf – jetzt schaute sie mich mit ihrem richtigen Blick an, sie setzte sich neben mich, umarmte meinen schweren Kopf und fragte, was hast du eingenommen, und ich erklärte ihr, scheinbar hab ich statt Akamol eine Schlaftablette erwischt, liebevoll küsste sie mich auf den Hals, und ich wusste, dass sie an keinem anderen Ort weilte, nur hier bei mir, und auch ich umarmte sie, und was tags zuvor noch klar und eindeutig ausgesehen hatte, lag verschleiert im sachten Schein eines Wintermorgens, im gedämpften Farbton des Lichts – wieso war ich sofort auf die Idee mit dem Geliebten verfallen, vermutlich war er nur ein Hirngespinst, das auf das Konto meiner verrottenden grauen Zellen ging – hat nicht jeder Mensch ein Geheimnis, das ihn unter Umständen dazu bringen kann, in verlassenen Vierteln unterzutauchen, und wäre die Erklärung für Nomis Verschwinden am Ende nicht genauso banal wie die vieler anderer rätselhafter Momente, vielleicht malte sie dort, es sähe ihr ähnlich, mir zu verheimlichen, dass sie an einem heruntergekommenen Ort hockte, der eine gewisse Romantik ausstrahlte, und sich von maroden Fassaden inspirieren ließ, sie mochte es nicht, wenn Künstler sich über die Entstehung ihrer Werke ausließen, das zeuge von Selbstüberschätzung und übertriebenem Geltungsdrang, behauptete sie, und das war sicher schon die ganze Geschichte, denn was konnte sonst noch passiert sein, und wieso war mir gleich der Gedanke mit dem Geliebten gekommen, ihr ganzes Wesen war doch Unschuld und Reinheit und zu einem Doppelleben gar nicht fähig, und dennoch, weshalb zog sie sich in letzter Zeit immer häufiger in sich zurück – sie nahm meinen Kopf und sagte, manchmal hab ich den Eindruck, dich gibt es zweimal, und beide Ilans haben nichts miteinander gemein, aber das macht nichts, ich liebe euch alle beide, und danach richtete sie sich auf, setzte sich auf meine Lenden und schlang ihre Beine um meinen Nacken, ich spürte ihren dünnen Slip und überlegte, was macht es schon, wenn sie ein paar kleine Geheimnisse hat, so ist sie nun mal, und ich habe nicht das Recht, jede ihrer Launen auf mich zu beziehen, vieles hat überhaupt nichts mit mir zu tun, und dass meine Stimmung ausschließlich von ihr abhängt, dafür kann sie nun wirklich nichts, jeder lebt sein eigenes Leben, und meine Hand glitt unter ihre Bluse und streichelte die warme, straffe Haut, aber es war wirklich schon spät, und ich musste aufstehen, deshalb hob ich sie in die Höhe und schob sie sanft zur Seite, nur so würde ich pünktlich im Technikum sein und durch eine ruhige, kompetente Ausstrahlung beeindrucken – nicht jeder Tag beschert einem Erfolge im Doppelpack – und sie fragte mich noch, wann ich zurückkäme, und mit Bedauern erinnerte ich mich, dass am Abend ein Treffen mit Besuchern aus Finnland anberaumt war und ich vor elf nicht zu Hause sein konnte, schade, sagte sie, das kommt ein bisschen überraschend, schade, aber dann sehen wir uns eben um elf in der Wohnung, und sofort rechnete ich aus, wie viele Stunden es bis dahin noch waren, doch als ich meinen Mantel anzog und die Wohnung verließ, klingelte das Telefon, sie pustete einen Luftkuss zu mir herüber und rannte zum Apparat neben dem Bett, obwohl es einen anderen gab, der näher stand, ich hörte, wie sie atemlos »hallo« sagte, und danach nur noch Geflüster, und schon meldete sich in meinem Ohr das Pfeifen zurück, das ich an diesem Morgen glücklich zum Schweigen gebracht hatte, und damit sie glaubte, ich wäre fort, schlug ich die Wohnungstür zu und öffnete sie leise von neuem, um zurückzuschleichen und mich hinter der Tür des Schlafzimmers zu verstecken, sie war so sehr in das Gespräch vertieft, dass ich sie unbemerkt hätte berühren können, als ich sie aber vergnügt sagen hörte, Ilan ist bis um elf Uhr beschäftigt, um Viertel nach acht kann ich bei dir sein, setzten sich meine Beine wie von selbst in Bewegung, meine Hände fuhren aus, um leise die Wohnungstür zuzumachen, und ohne zu wissen wie, gelangte ich zum Technikum, ich war pünktlich, doch wieder schien es mir, als fände mein Leben außerhalb der Welt der übrigen Menschheit statt und als wäre ich hier nur zu Gast, ich hielt meine Vorlesung, empfing Studenten in meiner Sprechstunde, las zwei Seminararbeiten, lachte über einen Witz, den mir Davis erzählte, und hatte keine Hemmungen, ihm vorzulügen, dass ich wegen einer Hochzeitsfeier die Finnen nicht treffen könne, zwar legte sich ein Schatten auf sein Gesicht, aber da ich fest entschlossen wirkte, erhob er keine Einwände und sagte nur, dass ich ihm in Zukunft etwas schuldete – doch von welcher Zukunft sprach er? – um kurz vor acht erreichte ich die Kreuzung der Chassan-Schuqri- und der Bialikstraße, stellte den Motor ab und wartete auf Nomi und ihren gelben Käfer.

## 5

Ich hatte große Lust zu rauchen. Meine Gesundheit, mit der ich sonst kontinuierlich Zwiesprache hielt, bedeutete mir in diesem Augenblick nichts, ich hatte die Pfeife im Büro vergessen und brauchte dringend eine Zigarette, allerdings bestand vorläufig keine Aussicht, an eine heranzukommen, denn ich durfte mich von der Kreuzung nicht entfernen, es war schon nach acht, und Nomi musste jeden Moment eintreffen, aber meine Neugier verblasste angesichts des Verlangens nach Nikotin, das ein Eigenleben zu führen begann, und als ein sehr dicker Mann an meinem Wagen vorbeikam, bat ich ihn mit einer Verzweiflung in der Stimme, die ihn zum Anhalten nötigte, um eine Zigarette, aus seiner Gesäßtasche zog er ein Päckchen hervor, und ich bot ihm an, es ihm abzukaufen, er zögerte, gab mir am Ende aber nur eine Zigarette, die ich sofort anzündete, um mit unbändigem Genuss den Rauch zu inhalieren, unendlich lange hatte ich das nicht mehr erlebt, doch ich beherrschte mich, machte die Zigarette wieder aus und hob ein langes Stück für Notfälle auf, im Café am Gerichtsgebäude sah ich Antoun, der ein Bier trank, wer hätte in unserer Kindheit gedacht, dass es eines Tages so weit mit uns kommen würde, wer hatte überhaupt je über irgendwas nachgedacht, und plötzlich hockten wir wie zwei alternde Idioten allein in der Chassan-Schuqri-Straße, schon seit Jahren hatten wir uns nicht mehr ausgesprochen, schuld daran war nicht nur die stärker werdende Neigung, sich abzukapseln, sondern vor allem die Sinnlosigkeit allen Redens, die sich mit den Jahren immer deutlicher zeigte, abgesehen von dem Drang, sich hin und wieder mit beruflichen Erfolgen zu brüsten – auch dieses Bedürfnis hatte nachgelassen – war das Schachspielen an die Stelle unserer Gespräche gerückt, bis zu Nomis Auftauchen hatten wir regelmäßig vor dem schwarzweißen Brett gehockt, und jeder trug das Bündel, das das Leben ihm aufgehalst hatte – schon Viertel nach acht, nahm sie einen anderen Weg als beim vorigen Mal, fragte ich mich, würde sie durch die Azma'utstraße kommen, mir fiel ein, dass ich den Aufsatz, den ich bis zum nächsten Tag lesen musste, im Büro liegen gelassen hatte und dass ich auf dem Heimweg noch mal im Technikum vorbeifahren musste, auf dem Heimweg von wo, überlegte ich, wo war Nomi, und was hatte ich erwartet, als ich dieses Mädchen mit kurzem Haar zum ersten Mal sah und mich verliebte, das war in der Wohnung meiner Mutter gewesen, Nomi wrang einen Putzlappen aus, und das erste Bild war das eines Jungen, der sich zu mir umdreht und in ein Mädchen mit geschminkten Lippen verwandelt, und dieses Mädchen blickte in mein Leben mit einer liebevollen Großzügigkeit, die einem bei schönen Frauen selten begegnet, dieses erste Bild baute sich jetzt vor mir auf, sie kam auf mich zu, trocknete sich die Hände an ihrem T-Shirt ab und streckte sie mir entgegen, während ein zauberhaftes Lächeln aus ihrem offenen Gesicht leuchtete und ich dachte, wie nett von einem so hübschen Mädchen, mich derart freundlich anzusehen, seit zwanzig Jahren hatte ich mit jungen, teils gut aussehenden Studentinnen zu tun, und alle behandelten mich mit derselben schmeichlerischen Bewunderung, in die sich seit einiger Zeit ein Anflug von Ironie mischte, Letzteres war der Grund, weswegen ich, schon bevor Nomi auftauchte, das Kapitel der diskreten Hochschulaffären beendet hatte, mittlerweile hätte ich der Vater meiner Studentinnen sein können, zwar hatte ich mich gut gehalten, doch kann man sein Alter nicht verleugnen, das Verhältnis junger Mädchen zu Männern wie mir ist eine verzwickte Sache, und ich hatte mich immer bemüht, vorsichtig damit umzugehen, ich hatte mir eine Maske zugelegt, die vor Verletzungen schützen, aber den Dialog nicht unmöglich machen sollte – das Tuckern von Nomis Käfer riss mich aus meiner Grübelei, er fuhr von hinten an mir vorüber, und ich sah Nomi, die konzentriert das Lenkrad hielt und mich nicht bemerkte, erst als ihr Wagen an mir vorbeigezogen war, ließ ich den Motor an und fuhr hinter ihr die Chassan-Schuqri-Straße hinunter, an der Kreuzung bog sie nach Wadi Salib ab, parkte an derselben Stelle wie tags zuvor und verließ mit einer Taschenlampe in der Hand den VW, ich hielt Abstand und stieg erst aus, als sie bereits die Treppen hinaufging, und einen Moment lang versteckte ich mich hinter einer Mauer, denn jetzt war Vorsicht geboten, hellwach stand ich da und beobachtete, wie sie mit ihren jugendlichen Lungen zügig die Anhöhe erklomm, der Lichtkegel der Lampe hüpfte vor ihr her, und ihr weißer Mantel leuchtete in dieser Nacht ohne Mond und Sterne, still und konzentriert folgte ich ihr, mein Atem ging schwer, und als der Aufstieg geschafft war, hielt ich einen Augenblick inne, um mich an eine Wand gelehnt umzuschauen, aber nichts erinnerte mehr an sie, auch das Licht der Lampe war nirgends zu sehen, wieder war sie mir entglitten, doch es kam nicht in Frage, zurückzugehen – sie war hier, in dieser dunklen Wirklichkeit, die ich entschlüsseln würde.

## 6

Eine halbe Stunde lief ich umher und trat in offen stehende Häuser, in denen keiner wohnte, die Kälte kroch unter meinen Mantel, und erste dicke Tropfen fielen auf meinen Kopf, ein heller Blitz zerriss die Dunkelheit, ihm folgten ein Donnerschlag und ein Regenguss, der mich in dem Geisterviertel gefangen hielt – und noch immer keine Spur von Nomi. Ich setzte mich auf einen Stein und überließ mich der nasskalten Ödnis, Selbstmitleid stieg in mir auf, das ich jedoch sofort zum Schweigen brachte, ich war achtundvierzig Jahre alt, Professor für Astrophysik, gesund und mit einem guten Einkommen ausgestattet, und ein Leben nach Nomi war möglich, selbst wenn diese Aussicht vorläufig rein theoretisch schien, und dann hörte ich im Regen ein lang gezogenes Jaulen, ich schaute mich aufmerksam um und nahm in schwer schätzbarer Entfernung ein schwaches Flackern wahr, auf das ich über die Trümmer hinweg zustrebte, wobei ich ununterbrochen auf die Lichtquelle starrte, um sie nicht aus den Augen zu verlieren, vor Anspannung vergaß ich den Regen und alles andere, und plötzlich rutschte ich aus und schlug mir die Hand auf, unterdessen wurde das Flackern immer greifbarer, es kam von einer Kerze, die in einem der Gebäude brannte, und das Jammern entpuppte sich als weinerlicher Blues einer Sängerin, die ich nicht wieder erkannte, im schwachen nächtlichen Schein sah ich ein unbewohntes Haus, das fast vollständig erhalten und notdürftig hergerichtet worden war, die Fensterhöhlen bedeckten Holzbretter, und vor dem Eingang hing eine rote Plastikplane, durch die das Kerzenlicht drang, die Flamme flackerte wild, und in das Rauschen des Winds mischte sich gedämpftes Gelächter, eine Party war im Gange, und spontan trat ich an eins der verrammelten Fenster und blickte durch einen Spalt – mit gespreizten Beinen saß Nomi auf einem wildfremden Mann, mit nichts als meinem abgeschnittenen weißen T-Shirt am Leib, ihr nackter Körper, der schön wie eine Skulptur war, ritt auf dem Mann, bald kämpfte Nomi gegen ihn an, bald gab sie ihm nach, und nichts auf der Welt existierte für sie außer dem Fremden im dunklen Pullover, dessen Gesicht ich nicht richtig sah, der aber trotz des blonden Haars nicht mehr jung sein konnte, ich hätte die Plastikplane aufreißen, hineingehen und ihnen eine Szene machen können, aber nass wie ein Putzlappen stand ich da und schaute dem üppigen Mahl zu, das jenem glich, dessen Reste mir unlängst zugefallen waren, sie warf den Kopf zurück, das T-Shirt spannte sich, und der Fremde schob seine großen Hände darunter, dann warf er Nomi auf die Seite, ohne aus ihr herauszurutschen, und nun ritt er sie, und in dieser Position sah ich ihn deutlicher, er hatte ein breites, männliches Gesicht und eine gewisse Ähnlichkeit mit Nick Nolte, trotzdem fühlte ich nichts außer einer seltsamen Apathie, als befände ich mich an einem anderen Ort und als wäre die Frau vor meinen Augen nicht Nomi, die in meinem Bett nie derart zur Sache ging und immer wie eine Heilige durch unsere Wohnung schwebte, die man nicht mit schmutzigen Fingern anfassen durfte, ich stand wie festgefroren, bis der Regen meine Starre zum Schmelzen brachte und ich mich losriss und zum Wagen zurückging, doch den Weg zu finden war nicht einfach angesichts der Dunkelheit und der Verwirrung und Hoffnungslosigkeit, die mich befielen, und so schleppte ich mich durch das deprimierende Viertel, das sich zu einem Kräfte zehrenden Labyrinth wandelte, und erst als ich einen stechenden Schmerz im Knöchel fühlte, wusste ich wieder, dass ich lebte, ich befand mich auf der Treppe und war auf den Stufen ausgerutscht, und nun beeilte ich mich, nach unten zu kommen, setzte mich in mein Auto und fuhr los.

# 7

Der Regen hatte aufgehört, ich fuhr die Chassan-Schuqri-Straße hinauf, und die Wagenheizung lief auf vollen Touren, ich streifte den nassen Mantel ab und zog einen trockenen an, den ich tags zuvor zufällig von der Reinigung abgeholt hatte, in den nassen Socken fühlten sich meine Füße wie Eisklumpen an, ich stoppte an der Ampel, und weil niemand hinter mir war, ließ ich sie immer wieder auf Rot springen, ich musste mich beruhigen, mein Instinkt riet mir, meine Entdeckung vor Nomi geheim zu halten, der Verrat war geschehen, der Schaden entstanden, doch wenn ich jetzt zu ihr sagte, ich verzeihe dir, begäbe ich mich in die schwächere Position, und dann hätte Nomi die Wahl zwischen zwei Möglichkeiten – entweder sie versprach (und beabsichtigte möglicherweise sogar ernsthaft), die Affäre zu beenden, dann musste ich ihr dankbar sein, weil sie meinetwegen ein Liebesabenteuer auf seinem Höhepunkt abgebrochen hatte, oder sie nutzte die Gelegenheit, um mich zu verlassen – der Gedanke versetzte mir einen Stich, so konkret und zugleich unwirklich kam er mir vor, doch dank einer Klarsicht, die einen manchmal überkommt, wusste ich, ich hatte keine andere Wahl, ich würde den Mund halten und so tun, als wäre nichts vorgefallen, ich würde den Geliebten mit der Großzügigkeit eines Gentlemans hinnehmen, vielleicht ließ sich so etwas ja leichter ertragen, als ich befürchtete – bei Beckett hatte ich einmal einen beeindruckenden Satz gelesen, den ich mir zu Eigen machen wollte, die Gewohnheit sei ein ultimatives Beruhigungsmittel, meinte er, und in der gegenwärtigen Lage wurde mir die Bedeutung seiner Worte erstmals wirklich bewusst, ich verstand, dass es in extremen Situationen, wie beispielsweise in dem Chaos, das meine Entdeckung ausgelöst hatte, unmöglich war, den Verstand zu gebrauchen, und dass man Entschlüsse fasste, die einem später primitiv und beschämend vorkamen – denn wo hatte man seinen Grips gelassen und wie sich der Kränkung, die die alleinige Ursache all der unerfreulichen Folgen war, so bereitwillig ausliefern können – das Ergebnis wären Selbsthass und unvermeidliches Scheitern, und so zündete ich die halbe Zigarette an, die ich aufgehoben hatte, und beschloss, dass ich den Kampf um Nomi mit Geduld und Zurückhaltung führen würde, mit der Befriedigung, die diszipliniertem Handeln entspringt, außerdem würden mir ihre Schuldgefühle Genugtuung verschaffen, ja, so lagen die Dinge nun mal, besser ein beständiger Schmerz als die emotionale Wüste, in der ich bis vor zwei Jahren mein Dasein gefristet hatte, hin und her schwankend zwischen Langeweile und Furcht (meine Mutter hatte mich schon bemitleidet wie einen Kranken) und mit all den Frauen, mit denen ich ausging und die mich mit ihrem Heiratstrieb bedrängten, was eigentlich nicht verwunderlich war, denn auf den ersten Blick schien ich ein guter Fang, doch wegen des schlechten Vorbilds, das mir meine Eltern gegeben hatten, hatte ich keine Eile, mich festzulegen, und so fand ich mich immer wieder Frauen gegenüber, die bei den ersten Treffen noch strahlend und unabhängig, manchmal sogar viel versprechend wirkten, denen jedoch bald die Demütigung ins Gesicht geschrieben stand, und für diesen Anblick entschädigte nicht mal der Sex, weil die Frauen sich mir nur fügten und mich hinterher fast immer ein schlechtes Gewissen plagte – nur zwei- oder dreimal hatte ich einen Anflug von Verliebtheit empfunden, und erst bei Nomi war die Liebe mit all ihrer ozeanischen Wucht vor mir aufgetaucht, und ich war verblüfft gewesen angesichts der Energie, die mich plötzlich beseelte und trieb, in eine Welt vorzudringen, die grenzenlos schien, anfangs schaute ich die anderen Menschen an und fragte mich, ob sie dieses gewaltige Gefühl auch schon erfahren hatten, wegen dem nun, nach der Entdeckung in Wadi Salib, für mich feststand, dass ich auf einen Menschen, der mich aus meinem lebenslangen Dämmerzustand erweckt hatte, nicht einfach verzichten wollte, denn wer nicht die Fähigkeit besitzt, die Dinge selbst zu erleben, sondern verdammt ist, sie aus der Ferne zu beobachten, gibt ein Mädchen wie Nomi nicht auf, und weil ich trotz der grausamen Szene, die mich nicht losließ, weder Zorn noch Hass empfand, sondern nur einen Kummer, mit dem ich zu leben gewöhnt war, war es logisch, dass ich annahm, ich könnte mit Nomi zusammenbleiben und ihre Affäre wäre nur ein Strohfeuer, dieser Gedanke gab mir ein bisschen Mut, doch sofort attackierte mich die Furcht, dass Nomi mich verlassen könnte, vielleicht dachte sie längst darüber nach, und in dem Haus in Wadi Salib war ich Zeuge eines Dialogs darüber geworden, und weil das

Mühlrad, das sich unablässig in mir drehte, mir die letzte Kraft raubte, zwang ich mich, die Dinge aus dem Blickwinkel zu betrachten, der am wenigsten Magengrimmen verursachte – sicher würde Nomi mich nicht wegen eines alternden Hippies verlassen, der in einem gespenstischen Loch hauste, die Romantik würde rasch verpuffen, schließlich verfügte sie über einen ausgeprägten Sinn für das Wesentliche, und ich war ein spendabler Ernährer und nicht allein im Technikum ein gefragter Dozent der Astrophysik, das Weltall stellte eine Verlockung dar, von der Bedrohung und Faszination ausgingen, die auch Nomi berührten, und so begleitete sie mich manchmal zu meinen Vorträgen, die mir Gelegenheit gaben, sie zu beeindrucken, wenn ich am Rednerpult stand, betrachtete sie mich mit staunendem Studentinnenblick, als verstünde sich jemand, der über das kosmische System referierte, auch darauf, die Rätsel der Seele zu ergründen, und nach den Vorträgen fuhren wir in ein Fischrestaurant in Atlit, wo sie mich aufmerksam ansah und mir Momente schenkte, die mich noch tagelang erfüllten, bis der Alltag das Bild vom brillanten Dozenten verwässerte.

## 8

Antoun saß noch immer im Café, und als ich den Wagen auf dem Bürgersteig davor parkte und er mich bemerkte, wirkte er nicht überrascht – wenn sich seine Freude in Grenzen hielt, dann waren daran vielleicht die vier Bierflaschen schuld, die leer vor ihm standen und deren Inhalt ihn in Apathie hatte versinken lassen, aber mich bekümmerte das nicht, denn ich hatte fast zwei Stunden Zeit, ich wollte im Café warten, bis Nomis Käfer vorbeifuhr, und erst nach ihr zu Hause eintreffen, um ihr die Suche nach demütigenden Ausreden zu ersparen, Antoun zog vom Nebentisch einen Stuhl heran und fragte sein unspezifisches »Wie geht's«, er erkundigte sich nicht, wo ich gewesen war, und auch mein nasses Haar und meine lehmverschmierten Schuhe schienen ihn nicht zu beeindrucken, und nachdem ich Tee mit Cognac bestellt hatte, brachte uns der Wirt den Kasten mit den Schachfiguren, und die nächsten anderthalb Stunden vergingen wie im Flug, erst als ich auch das dritte Spiel verlor, klingelte Antouns Handy, und er schüttelte alle Bierseligkeit ab, antwortete mit einem interessierten »Ja« und konzentrierte sich fünf Minuten auf seinen Gesprächspartner – diese Art der Aufmerksamkeit versuchte ich von ihm zu lernen, er nahm keine Pose an, sondern hörte wirklich zu, und danach sagte er, ich komme, und schaltete das Handy aus, ein Mann hat seine behinderte Frau umgebracht, erklärte er mir, er hat sie mit dem Rollstuhl die Treppe runtergestoßen, und Antoun trank aus und fragte, warum morden die Leute nachts und nicht zu den üblichen Bürozeiten, und genau in diesem Augenblick fuhr der gelbe Käfer vorbei, und Antoun wollte wissen, ob das nicht Nomi war, Nomi ist zu Hause, sie hat Halsschmerzen, entgegnete ich, und er schaute dem Wagen hinterher, der in der Nevi'imstraße verschwand, und dachte nicht weiter darüber nach, er gähnte und verabschiedete sich, und nach ein paar Minuten untätigen Wartens fuhr ich nach Hause.

## 9

In der Wohnung war es dunkel und kalt, Nomi hatte sich hingelegt, ihre Kleider lagen ums Bett verstreut, und noch im Mantel ging ich zu ihr und betrachtete lange ihre geschlossenen Augen, ihr Atem ging regelmäßig, es ist schwer, diesen Rhythmus künstlich aufrechtzuerhalten, ihre Lider hingegen flatterten nervös, sie fühlte, dass ich mich in unmittelbarer Nähe befand, und begann leicht zu schnarchen, um zu beweisen, dass sie fest schlief, ihr Körper zuckte, als würde er aus tiefem Schlummer zurückgeholt, und ich empfand Bedauern wegen der Verschlagenheit, die ich an ihr entdeckte, jedoch mischte sich in meinen Kummer auch eine neue Bewunderung für die Vielfalt der Gesichter, über die sie verfügte und von deren Bestehen ich nichts geahnt hatte – trotz aller Erfahrung in der Deutung der Wirklichkeit würde ich sie wohl nie in ihrer Gesamtheit erfassen – schließlich richtete sie sich auf und fragte vorwurfsvoll, wie viel Uhr es sei, als wäre ich der Herumtreiber, der spät nach Hause kam, schlaf, sagte ich mit einer Sanftheit, die mich selbst anrührte, und dankbar verkroch sie sich in ihren eigenen Gefilden, von wo sie vermutlich in das Gespensterviertel zurückschwebte, zu dem alternden Mann mit dem langen blonden Haar, sie hüllte sich in die

Erinnerung ein, denn darin ist immer alles schön, diese Erfahrung hatte ich schon oft gemacht, ich beschloss, Tee zu kochen, tat es dann aber doch nicht, vielleicht sollte ich ein Bad nehmen, überlegte ich, rührte mich allerdings nicht von der Stelle und hoffte, dass die Nacht schnell vorüberging, erst viel später schleppte ich mich ins Badezimmer, duschte eilig und kroch unter die Decke, wo Nomis Wärme gespeichert war, und der Kontakt unserer Körper versetzte mir einen Stromstoß, morgen ist ein neuer Tag, sagte ich zu mir, dann kann ich nachdenken, und weil ich jetzt Schlaf brauchte, stand ich noch mal auf und nahm eine ganze Nombon, noch eine halbe Stunde, dann würde ich selig entschlummern, doch in der Zwischenzeit dauerte jede Minute eine Ewigkeit und flackerte alle paar Sekunden ein anderes Detail vor mir auf, und so fiel mir ein, dass ich nicht zum Technikum zurückgefahren war, um den Aufsatz zu holen, wie konnte ich am nächsten Tag unterrichten, ohne ihn gelesen zu haben, aber dann sickerte der ersten Tropfen Schlaf in mein Gehirn, und wie üblich spürte ich ihn genau, er war wie eine dünne Wolke, die sich voll sog, bis sie den Körper bedeckte, ich musste erst um zwölf unterrichten, und wenn die Wirkung der Tablette acht Stunden anhielt, dann konnte ich am nächsten Tag in Ruhe über alles nachdenken – morgen fing eine neue Geschichte an.

## 10

Die Maske, die ich gewählt hatte, saß fest auf meinem Gesicht, so dass Nomi nichts bemerkte und keinen Verdacht schöpfte, die Kluft zwischen mir und meinem wahren Ich vergrößerte sich kontinuierlich, gleichwohl liefen die Dinge zu Hause weiter in ihren gewohnten Bahnen, wenn ich von der Arbeit kam, wartete sie mit dem Abendbrot auf mich, wir aßen zusammen, und ich harrte gespannt des Vorwands, der ihr die Berechtigung gäbe, das Haus zu verlassen – Kabbalastunden am Dienstagnachmittag – vielleicht hast du Lust mitzukommen, hauchte sie, und ich sagte, Dienstagnachmittag gebe ich Unterricht, als wüsste sie das nicht, ja, richtig, sagte sie wie eine schlechte Schauspielerin, und es tröstete mich, dass sie die Kunst des Betrugs noch nicht vollkommen beherrschte, als ich dann am Dienstag nach Hause kam, fand ich einen Zettel, auf dem sie mir mitteilte, dass sie zur Kabbalastunde gegangen sei und Essen in den Kühlschrank gestellt habe, und darunter stand, in Liebe, Nomi, und als ich das Rosmarinhühnchen aß, schallte mir von jeder Zeitungsseite hämisches Lachen entgegen, sicher machten sie sich über mich lustig, denn außer Gewissensbissen bringt das Schuldgefühl heimlich Liebender Missgunst und Gemeinheit hervor, der gemeinsame Regelverstoß gebiert eine seltsame Komplizenschaft, die sie stark macht wie eine Armee, zweifelsohne bemitleideten Nomi und ihr Geliebter mich mit grenzenloser Boshaftigkeit, doch irgendwann würde Nomi sagen, genug jetzt, das ist nicht fair, armer Ilan, er hat so etwas nicht verdient, und gleich darauf würden sie erneut in Gelächter ausbrechen – weshalb hatte sie sich einen Mann in meinem Alter ausgesucht, wie viele Väter brauchte sie noch, fragte ich, doch würden Antworten mich nicht trösten, und als würde ich mit dem Finger immer wieder auf mein entzündetes Zahnfleisch drücken, berauschte ich mich an dem schrecklichen Bild, das ich gesehen hatte, ich bekam keine Luft mehr, und deshalb ging ich auf den Balkon, das Meer lag gleichgültig und still, und ich ließ meinen Blick schweifen bis nach Wadi Salib, und plötzlich erinnerte ich mich an das idiotische Teleskop, das meine Mutter mir anlässlich meines ersten Studienabschlusses gekauft hatte, als ständen Astrophysiker auf dem Balkon und hielten nach Sternen Ausschau, und aus einem Bedürfnis, dessen zerstörerische Kraft mir bewusst war, kehrte ich in die Wohnung zurück, holte das mit Spinnweben bedeckte Gerät vom Hängeboden herunter und trug es, ohne es zu säubern, auf den Balkon, denn ich wollte jenes ferne Flackern im Auge behalten, und so stellte ich die Optik ein und suchte, die Entfernung belief sich auf weniger als einen Kilometer, man brauchte nur einen scharfen Blick und eine sichere Hand, und so drehte ich das Teleskop langsam und forschte nach dem roten Plastikvorhang, stieß jedoch zunächst auf die Treppe, auf der ich vorsichtig bergan glitt, als ein heller Strahl durch den Dunst brach und das verlassene Viertel erleuchtete, als hätte speziell für mich jemand die Sonne angeknipst, schon zum zweiten Mal in einer Woche hatte ich das Gefühl, ein heimlicher Helfer stünde mir bei, klar und deutlich sah ich den roten Vorhang und das wieder hergerichtete Haus, doch was drinnen passierte, konnte ich nur ahnen, ich kreiste über dem aufgebrochenen Asphalt rings um das Gebäude, und für den Bruchteil einer Sekunde blieb mein Blick an einem türkisfarbenen Punkt hängen, auf den ich mich aber nicht einlassen wollte, stattdessen versuchte ich in den abgeschotteten Raum einzudringen, das Auge, das ich geschlossen hielt, fing zu zittern an, aber ich blieb standhaft wie ein Späher in einem Hinterhalt auf der Beqa'a-Ebene, und als nichts geschah – weshalb sollten sie herauskommen, sie hatten es sich im Innern des Hauses gemütlich gemacht – wandte ich mich ab und setzte mich auf einen der strohbespannten Stühle, den der Regen durchnässt hatte – seit die Party begonnen hatte, holte Nomi bei schlechtem Wetter die Stühle nicht mehr herein, was interessierte es sie jetzt noch, dass ihr Kauf so eine große Aktion gewesen war – und so saß ich eine Weile da und wusste nicht, was ich mit mir anfangen sollte, doch brach abermals die Sonne durch die Wolken, um den Himmel in einem kräftigen Blau erstrahlen zu lassen, was mir den türkisfarbenen Farbfleck in Erinnerung rief, eben hatte ich mich nicht damit aufhalten wollen, aber jetzt sprang ich auf, schaute durchs Teleskop und erspähte ihn in einer Pfütze neben einer zerbrochenen Steinbank unweit des roten Vorhangs, ich überlegte, ob das vielleicht Nomis Slip sein könnte, dann konnte ich mir allerdings nicht vorstellen, warum er da draußen lag – war sie nach ihrem gemeinsamen Schäferstündchen hinausgegangen, und hatte den blonden Mann das, was er bereits bekommen hatte, noch nicht befriedigt – vielleicht hatte ihn die frische Erinnerung von neuem erregt, und er hatte sich von hinten an sie herangemacht und sie zur Steinbank getragen, um ihren Rock hochzuschieben, ihr den Slip vom Körper zu reißen, hastig seine Hose zu öffnen und abermals in sie einzudringen, und vielleicht hatte sie ihre kräftigen Schenkel gespreizt, sich hin und her geworfen und ihm ins Ohr gestöhnt, damit er mit seinen großen Händen wie ein Wahnsinniger ihren Körper walkte – der Fremde lebte meine Fantasien aus, die Fantasien eines distinguierten Professors – und danach waren sie in eine Luftblase eingetaucht, in der die Gesetze der Welt nicht mehr galten und sie in ihrer Verschmelzung eine unabhängige Einheit bildeten, und von da an sah ich nichts mehr und sank auf den Stuhl zurück, doch das Bild vor meinem geistigen Auge zerfiel nicht, die Fantasie quälte mich heftiger als jener Geschlechtsakt, den ich tatsächlich beobachtet hatte, und plötzlich empfand ich nur noch Überdruss, klappte das Teleskop zusammen und deponierte es auf dem Hängeboden, danach beschloss ich, mich in den Sessel zu setzen und mit Hilfe des Agnus Dei von Verdi, das meistens eine aufbauende Wirkung auf mich ausübte, zur Ruhe zu kommen, bevor ich jedoch die CD einlegte, ging ich zu meiner Tasche, um meine alte Pfeife zu holen, aber ich stellte fest, dass ich sie im Büro vergessen und nur den Tabak eingesteckt hatte, und so blieb mir keine andere Wahl, als die Pfeife zu benutzen, die mir Nomi geschenkt hatte, als ich mit dem Rauchen aufhörte – eigentlich bevorzugte ich das schlichte Modell, das ich mir selbst zugelegt hatte, und als Nomi meine Vorliebe eines Tages bemerkte, war sie gekränkt, was sie damit begründete, dass ich ihr die Wahrheit verschwiegen hätte, warum ist es so schwer, mir zu sagen, die Pfeife gefällt mir nicht, fragte sie, was soll das Versteckspiel, denkst du, dass ich ein kleines Kind bin, das beleidigt ist, wenn sein Geschenk keinen Gefallen findet, aber genau das war die Ursache ihrer Verstimmung, ich kannte dieses Bestreben, die Wahrheit abzustreiten, weil man beleidigt ist und unbedingt Recht behalten will, da mir aber nichts Besseres einfiel, pflichtete ich ihr bei, und nun würde ihre Pfeife endlich doch noch zu Ehren gelangen, und wenn Nomi zurückkäme, würde sie sich wundern, und ich würde freundlich zu ihr sagen, ich hätte mich nach ihr gesehnt und mich deshalb ihres Geschenks erbarmt, das würde ihr ein paar Gewissensbisse bescheren, die jedoch nur eine kleine Genugtuung waren im Vergleich zu der Befriedigung, die sie *ihm* gegeben hatte, aber dann fand ich die Pfeife nicht und verzichtete auf die Show, hatte jedoch ohne Pfeife auch keine Lust, Musik zu hören, daher streckte ich mich aufs Sofa und hoffte einzudösen, doch spukte der türkisfarbene Slip in meinem Kopf herum, und ich wollte unbedingt Gewissheit haben wegen des Höschens, und so stand ich auf, ging zu ihrer Kommode und durchwühlte ihre gestapelte Wäsche, *ein* türkisfarbenes Paar fand ich, aber ich wusste, dass sie noch ein zweites besaß, und der schmerzliche Wunsch, es in der Wohnung zu finden, trieb mich zum Korb mit der Schmutzwäsche, doch hörte ich Sekunden später bereits die Wohnungstür aufgehen, und Nomi, deren Stimme nach schlechtem Gewissen klang, rief, Ilan, bist du zu Hause, so dass ich genau in dem

Moment, als ich ein türkisfarbenes Stück Stoff zu erblicken glaubte, den Deckel auf den Korb zurücklegen musste, ich ging zu Nomi ins Wohnzimmer und schaute auf ihren kurzen Rock, in der Hoffnung, ich würde das Höschen darunter vorgucken sehen, und als sie sich mir lächelnd näherte und mich flüchtig küsste, versuchte ich, zwischen ihre Schenkel zu greifen, aber sie entzog sich mir, fragte mich, ob ich schon gegessen hätte, und gähnte, damit sich im Hinblick auf die Nacht keine Missverständnisse einschlichen, ich betrachtete ihren Rock und war jetzt sicher, dass sie darunter nichts trug, sie sagte, ich geh duschen, und lächelte mich wie zur Entschädigung an, und als sie im Bad verschwunden war, versuchte ich mich zusammenzureißen und redete mir ein, dass die Geschichte mit dem Höschen absurd war, ein paar Minuten später kam sie ins Wohnzimmer zurück, und ich erzählte ihr einen Witz, den ich von Davis hatte und über den sie übertrieben laut lachte – sie brauchte ein Ventil für die Energie, die in ihrem Innern tobte – als sie sich etwas überziehen ging, strich sie mit der Hand durch mein ergrauendes Haar, mit dem ich recht zufrieden gewesen war, bis ich die Mähne des anderen gesehen hatte, jetzt hingegen kam ich mir wie das lebende Klischee vom alten Knacker mit den melierten Schläfen vor, und dann schauten wir Nachrichten und einen Film, in den ich mich nicht hineinfinden konnte und in dessen Verlauf ich feststellte, dass Nomi eingenickt war, und weil ihr schönes Gesicht mich traurig stimmte, weckte ich sie sanft und schlug ihr vor, sich ins Bett zu legen, und als sie aufstand und ins Schlafzimmer wankte, öffnete sie die Augen nur einen winzigen Spalt, um den Schlaf nicht zu vertreiben, und ich schaltete auf das Einkaufsfernsehen um, das mir eine Aufführung ins Gedächtnis rief, die wir in London gesehen hatten, *Shopping and Fucking* – der Titel ließ ein vages Gefühl von Freude in mich einkehren, und ich betrachtete zufrieden die Küchenmesser, die die Moderatorin so ausführlich beschrieb, dass man hätte glauben können, sie moderiere fürs Radio, und einen Augenblick überlegte ich sogar, das Set, das einen hochwertigen Eindruck machte, zu bestellen, doch sprach die Moderatorin bereits vom nächsten Produkt, das sie genauso detailliert und mit derselben Begeisterung anpries, diesmal handelte es sich um einen Heimtrainer, dessen Anblick mich deprimierte, ich schaltete den Fernseher aus und blieb wie versteinert sitzen.

## 11

Schon seit mehreren Tagen verließ sie kaum noch das Haus, das wusste ich, weil ich sie ohne Unterlass beobachtete, zum Beispiel rief ich regelmäßig aus dem Technikum an und legte auf, sobald sie den Hörer abnahm, oder gab vor, sie etwas fragen zu müssen – das Wichtigste war, auf Tuchfühlung zu bleiben und keine Veränderung zu versäumen (mein obsessives Bedürfnis, Bescheid zu wissen, schien mir natürlich), die übrige Zeit verbrachte ich mit Nomi gemeinsam zu Hause, sie hatte mich vor längerer Zeit gebeten, ihr Bibelunterricht zu erteilen, und die toten Tage, die wir durchlebten, eigneten sich dazu hervorragend, ich musste die Spannung lockern, auch wenn ich mich entschieden hatte, mit dem Schmerz zu leben – damit könnte ich sie sogar beeindrucken, denn wenn ich gewinnen wollte, musste ich mein Bestes geben, und meine natürliche Neigung, mich gehen zu lassen, hätte sich nur zu meinen Ungunsten ausgewirkt, deshalb besorgte ich in der Bibliothek Originalinterpretationen des Wochenabschnitts Genesis 32,4–36,43, und abends las Nomi den Bibeltext vor, und ich legte ihn aus, dabei schaute sie mich aufmerksam und möglicherweise sogar bewundernd an, und ich achtete genau auf meine Art zu sprechen, versuchte, eindrücklich, doch nicht pathetisch zu sein, und vermied es, mit den Händen zu gestikulieren, über den Vortrag selbst zerbrach ich mir nicht den Kopf, schließlich war ich ein erfahrener Referent, der über eine gute Rhetorik verfügte und bei Evaluationen immer auf einen der führenden Plätze kam, und während ich ihr die Geschichte vom Erstgeburtsrecht erklärte, bildete ich mir ein, dass sie wirklich bei mir war, nur bei mir, und mich nicht verlassen würde – was war so übel daran, mit einem Professor, einem Intellektuellen, zusammenzuleben, mit einem Mann, der großzügig war, sensibel und kein Idiot und der zudem einigermaßen gut aussah und kultiviert auftrat – Scheiße, meine Kultiviertheit hing mir allmählich zum Halse heraus, und die Aggressionen, die sie jetzt in mir weckte, ließ ich an Esau aus, dem animalischen Primitiven, dem, der an verlassenen Orten hauste, auf die Gesellschaft pfiff und sie gleichzeitig ausnutzte – wo ist der Zusammenhang, fragte Nomi, die von meinem Aufbrausen überrascht war, und ein Schatten legte sich auf ihren Blick, es überleben immer die, die es am wenigsten verdient haben, behauptete ich, und sie fragte erneut, wo ist der Zusammenhang, ich aber machte eine wegwerfende Handbewegung, die sie in ihre Schranken verwies und mich über sie erhob, und sofort war sie der Überzeugung, etwas nicht verstanden zu haben, weil sie nur die kleine, ahnungslose Nomi war und ich der allwissende Professor, jemand wie ich konnte sich nicht irren, und mit einer Hoffnungslosigkeit, die ich hinter Ungeduld verbarg, lächelte ich ihr zu, sagte, ich bin völlig geschafft, und ging ins Schlafzimmer, sie folgte mir und fragte, was ist los, Ilan, und ich wiederholte lächelnd, ich bin müde, ich hatte einen schweren Tag – wenn sie Verdacht geschöpft hatte, dann war er verflogen, denn sie näherte sich mir, umarmte mich und sagte in einem kindlichen Ton, der mich wieder aufrichtete und wilde Lust in mir entflammte, du bist so klug, sie versuchte, meinem Blick auszuweichen, doch ich packte sie, zog ihren Slip herunter, öffnete meine Hose und drang in sie ein, und die ganze Zeit über schaute ich unerbittlich in ihr Gesicht und fühlte nichts als den verzweifelten Wunsch, ihr wehzutun, und sie lag unter mir, ergeben und gleichgültig wie eine Puppe, bis ich von ihr absah und mich waschen ging, bei meiner Rückkehr lag sie immer noch so und starrte auf die Zimmerdecke, es tut mir Leid, Nomi, sagte ich, und sie entgegnete, schon in Ordnung, schon in Ordnung.

## 12

Als ich am nächsten Mittag im Flur stand und die Wohnungstür aufschloss, hörte ich das Telefon klingeln, ich ging hinein und sah durch die Milchglastür des Schlafzimmers Nomis Silhouette, die sich dem Nebenanschluss näherte und den Hörer abnahm, ich ging zum Apparat, der im Wohnzimmer stand, und wegen der Art, wie sie sich hatte aufs Bett fallen lassen, wusste ich, dass *er* in der Leitung war, ich bedeckte die Sprechmuschel mit meiner Hand und hielt vorsichtshalber den Atem an, Oded, sagte sie, und eine tiefe, raue Stimme antwortete, hallo, Liebling, und fügte in sachlichem Ton hinzu, ich geh Fisch essen im Restaurant »Zur Mole« in Bat Galim, komm auch dahin, wenn du kannst, aber Nomi erklärte, das geht nicht, Ilan muss jeden Moment nach Hause kommen, und die Stimme erwiderte, kein Problem, dann treffen wir uns eben ein andermal – es schien den Fremden nicht zu stören, dass er nicht den Mittelpunkt ihres Interesses bildete – sie habe Sehnsucht nach ihm, säuselte Nomi in den Hörer, und sie werde sich bemühen, ihn morgen Abend zu treffen, aber auch heute wolle sie es noch versuchen, allerdings könne sie ihm nichts versprechen, denn ob es klappen würde, hinge von der Lage daheim ab, danach legte sie auf, und ich lief zur Tür zurück und verließ die Wohnung, um einen kurzen Spaziergang zu machen. Am Hort an der Ecke blieb ich stehen, ich betrachtete die Kinder, deren Vorhandensein ich seit letztem Jahr als etwas Wunderbares begriff, nachdem es mir früher vor allem als lästiges Übel erschienen war, müde und erschöpft von einem langen Tag standen einige Jungen und Mädchen am Zaun und warteten, dass sie abgeholt wurden, unterdessen wanderte mein Blick zu einem blonden Knirps, der mit rotzverschmierter Nase im Sandkasten stand, ein Junge mit einem Pferdeschwanz kippte ihm einen Eimer feuchten Sand ins Gesicht, der an seinen Wangen und seinem Mund festklebte und eine Kruste bildete, durch die sich Tränen einen Weg bahnten, doch der Junge ließ die Erniedrigung über sich ergehen, während die anderen Kinder ihn ungerührt beobachteten, sie akzeptierten das grausame Geschehen als Teil des Laufs dieser Welt, nur ein Mädchen mit einem Flitzebogen in der Hand trat auf den Jungen mit dem Zopf zu und sagte, Joavi, das ist nicht nett von dir, worauf der kühl entgegnete, das ist wohl nett von mir – das stimmt nicht, es ist überhaupt nicht nett, beharrte das Mädchen, ohne sich wirklich aufzuregen, und kehrte zum Zaun zurück, als nun jedoch ich freundlich, aber bestimmt zu Joavi hinüberrief, Joavi, hör auf damit, war das dem hübschen Bengel unangenehm, und er sagte, okay, und gesellte sich zu seinen Kameraden am Zaun, während der blonde Junge sich vor lauter Scham in den Sand fallen ließ, ich ging zu ihm und sagte, ich werd dir helfen, dein Gesicht abzuwischen, aber er antwortete, lass mich, und das Mädchen mit dem Flitzebogen rief, er ist immer so eine Heulsuse, daraufhin verließ ich das Grundstück und kehrte, mich für die nächste Runde unseres Kampfs wappnend, in die Wohnung zurück, wo mich Nomi freundlich empfing, sie kochte Kaffee, und ich harrte gespannt ihrer Ausrede für den Abend, der Gedanke, dass er im Restaurant »Zur Mole« auf sie wartete, peinigte uns beide, und als sie fragte, was machen wir heute (sie fragte nicht, was hast *du* heute Abend vor), behauptete ich, weiter an dem Buch arbeiten zu wollen, sie schwieg und ließ das Thema auf sich beruhen, erst nach einer Weile sagte sie, sie habe daran gedacht, abends ins Kino zu gehen, weil Noam aus Amsterdam zurück sei – was hältst du davon, auswärts zu essen, schnitt ich ihr das Wort ab, entschuldigte mich aber sofort und fragte, Augenblick, was hast du gesagt, als hätte ich sie nicht absichtlich unterbrochen, egal, lass uns essen gehen, entgegnete sie, und als ich mich stur stellte und sagte, du wolltest doch was anderes unternehmen, fing sie an, sich zu winden, nein, es macht nichts, ich wollte bloß mit Noam ins Kino – aber das ist kein Problem, dann gehen wir morgen Abend essen, erwiderte ich lächelnd, und sie sah mich an, und unsere Blicke trafen sich – immer wenn sich zwei Menschen unvermittelt in die Augen sehen, sind sie zunächst verlegen, doch mein offener Gesichtsausdruck half Nomi über die Peinlichkeit hinweg, und sie sagte, nein, lass uns lieber ins Restaurant gehen, dabei schüttelte sie heftig den Kopf, und ich sagte, gut, wie du willst, und holte den Mantel, doch hielt sie mich zurück und sagte, warte, vielleicht willst du arbeiten, nicht, dass du nachher behauptest, das Buch wäre meinetwegen nicht fertig – als würde ich je solche Behauptungen aufstellen, protestierte ich, und mit einer Autorität, die ich manchmal aus einem unbekannten Winkel meines Seins hervorzauberte, fügte ich hinzu, Nomi, Liebes, du kannst tun und lassen, was du willst, aber entscheide dich endlich, woraufhin Nomi endgültig nachgab und mich aufforderte, komm, lass uns gehen – wohin du willst, verkündete ich großzügig, und sie entgegnete, dann also auf nach Atlit – eine prima Idee, sagte ich, und wir traten in einen leuchtenden, klaren Abend hinaus, der Regen hatte die Stadt einer Grundsäuberung unterzogen, und in diesen letzten Augenblicken des Tages war Haifa wirklich schön (das Leben hatte so viel zu bieten!), als wir uns der Straßenkreuzung am Busbahnhof näherten, sagte ich, als wäre mir der Gedanke erst vor einer Sekunde gekommen, was hältst du davon, wenn wir im Restaurant »Zur Mole« essen, Antoun hat mir erzählt, dass sie dort eine Forelle mit Meerrettich zubereiten, die man sich nicht entgehen lassen darf, sie wirkte derart überrascht, dass ich verlegen wurde, sie war fassungslos, als wäre ein schwerer Balken auf ihren Kopf gefallen, und da ich über ihre Reaktion nicht einfach hinweggehen konnte, tat ich, als würde ich sie auf etwas anderes zurückführen, und sagte, jetzt übertreibst du aber, so schrecklich war das Essen beim letzten Mal gar nicht, wir haben nur den Irrtum begangen, nicht der Empfehlung des Besitzers zu folgen, sie fasste sich und erwiderte, aber die Vorspeisen sind in Atlit leckerer, und ich sagte, okay, dann fahren wir dorthin, Bat Galim lag einfach näher, ich warf ihr einen verstohlenen Blick zu und sah, dass sie die Vorstellung, mit mir im Restaurant »Zur Mole« zu essen, auf seltsame Weise erregte, sie sagte, wenn du unbedingt ins »Mole« willst, soll es mir recht sein, von der Forelle mit Meerrettich hab ich auch schon gehört, ich erwiderte, gut, dann gehen wir ins »Mole«, und statt an der nächsten Ampel links abzubiegen, fuhr ich geradeaus weiter nach Bat Galim, der Wagen war erfüllt von ihrer Anspannung, denn das Risiko bedeutete nicht nur Nervenkitzel, sondern auch Schrecken für sie, wahrscheinlich fürchtete sie, ihr Geliebter würde zu spät begreifen, dass sie in Begleitung kam, und erfreut auf sie zustürzen – obwohl ich nicht den Eindruck hatte, dass das wirklich sein Stil war – doch möglicherweise jagte ihr auch etwas anderes Angst ein, jedenfalls geriet sie in Panik, als wir Bat Galim erreichten, und regte an, vielleicht doch lieber nach Atlit zu fahren – Nomilein, du machst mich verrückt, rief ich energisch, und sie gab nach und entschuldigte sich, und ich spürte, dass ich die Situation im Griff hatte, denn Wissen bedeutet Macht, und als wir das Restaurant betraten, fiel mein Blick zuerst auf ihn, er saß am hintersten Tisch, mit dem Gesicht zum Eingang, und obwohl sie sich an mir vorbeidrängte, um vorauszugehen, bemerkte ich den warnenden Blick, den sie ihm zusandte und auf den er mit einem durchtriebenen Grinsen reagierte, ehe er sich wieder seinen Vorspeisen widmete, Nomi wollte sich an einen der vorderen Tische setzen, auf einen Platz, der ihr ermöglicht hätte, ihn anzuschauen, doch wies ich sie darauf hin, dass unmittelbar darüber ein Heizkörper hing, und dirigierte sie zu einem Tisch, der näher bei seinem stand und an dem ich mich als Erster niederließ, so blieb Nomi keine Wahl, sie war gezwungen, ihm den Rücken zuzukehren, und als wir Platz genommen hatten, schaute ihr Geliebter hin und wieder zu mir herüber, doch versuchte er, sich nichts anmerken zu lassen, unterdessen kam der Kellner, und wir bestellten Forelle mit Meerrettich und Salat, und ich suchte ein Gesprächsthema, doch dachte ich die ganze Zeit über an Nomis Rücken, der schon in Flammen stehen musste, dann servierte der Kellner die Vorspeisen, und wir bemühten uns zu essen, während ihr Geliebter eine weitere Bestellung aufgab, was mir ermöglichte, ihn zu beobachten – wie ich gedacht hatte, besaß er Charme und trat trotzdem nüchtern und selbstsicher auf – bist du nicht hungrig, fragte ich Nomi, ehe sie mir die gleiche Frage stellen konnte, um ehrlich zu sein, ich hab vorhin ein Sandwich gegessen, erklärte sie, und ich sagte, schade, dass du das nicht erwähnt hast, es macht keinen Spaß, in einem Restaurant zu sitzen, wenn man keinen Appetit hat – lass dich von mir nicht stören, erwiderte sie, und ich musste den Kampf gegen meine Riesenportion Salat aufnehmen, die mir im Hals stecken zu bleiben drohte, plötzlich erhob sich Nomi, sagte, sie müsse mal, und ging an seinem Tisch vorbei zur Toilettentür, den Blick, den sie ihm zuwarf, konnte ich nicht sehen, doch ich fühlte ihn, und kurz darauf stand auch er auf und verschwand in dieselbe Richtung – das geschah mir recht, was hatte ich mir gedacht, als ich beschloss, hierher zu fahren, nicht quälen wollte ich mich, sondern sie und ihn in einem Raum sehen, um aufgrund einer perversen Lust Kontrolle über sie auszuüben, ich bat den Kellner, mich von der Zumutung, die vor mir aufgehäuft lag, zu befreien, bekümmert überlegte ich, wo in meinem Bauch noch Platz für eine ganze Forelle wäre, und als ich zur Uhr schaute, die an der Wand hing, heftete sich mein Blick an den Sekundenzeiger, der einem eigenen Rhythmus folgte, zwei Minuten, drei Minuten, vier Minuten verstrichen und danach noch weitere zwanzig Sekunden, ehe Nomi mit rosigem Gesicht in den Saal zurückkam und sich auf ihren Fisch stürzte, während ich dasaß und verzweifelt das Exemplar auf meinem Teller musterte, schließlich kehrte auch er zurück, ließ sich an seinem Tisch nieder und zündete sich eine Zigarette an – eine Zigarette, das war mein Retter, ich brauchte eine Zigarette – hast du Zigaretten, fragte ich Nomi, die manchmal rauchte, doch sie entgegnete, wozu brauchst du Zigaretten, du wolltest doch damit aufhören, aber mein Verlangen war so stark, dass ich den Kellner rief, der jedoch zu beschäftigt und außerdem Nichtraucher war, lass doch, sagte Nomi, aber ich stand auf, und als ihr klar wurde, dass ich auf den Tisch ihres Geliebten zusteuerte, fuhr sie entsetzt hoch, als stünde ihr Stuhl in Flammen, während ich ihren Freund höflich um eine Zigarette bat – entschuldigen Sie die Frechheit, fügte ich meiner Bitte hinzu – schmunzelnd und mit spendabler Geste hielt er mir die Schachtel hin und sagte, nehmen Sie zwei, dann haben Sie noch eine für später, doch ich bedankte mich und sagte, eine genügt, und als er mir Feuer gab, beugte ich mich so weit zu ihm hinunter, dass sich fast unser Haar berührte, und für eine Sekunde, nicht länger, sahen wir uns in die Augen, danach kehrte ich auf direktem Weg zu Nomi zurück, die ihre Verwirrung zu kaschieren versuchte, indem sie von meiner Mutter zu sprechen anfing, die wütend sei, weil Antoun und ich uns nicht die Mühe gemacht hatten, zur Beerdigung von Hensi Bauer zu kommen, der alten Nachbarin, die früher unsere Kindergärtnerin war – du hast mir nicht mal erzählt, dass sie gestorben ist, wir hätten hingehen müssen, meinte Nomi rechthaberisch, und ich erwiderte mit einem Anflug von Zorn, was hast du mit einer wildfremden Kindergärtnerin zu schaffen, außerdem ist sie schon zwei Wochen tot, wieso fällt dir die Sache gerade jetzt ein, und während ich sprach, steckte ich mir einen Zahnstocher in den Mund und bemühte mich, gelangweilt zu klingen, damit Nomi – wie so oft – meine Reaktion nicht deuten konnte, ich sah, wie ihr Blick für den Bruchteil einer Sekunde von mir zu ihm glitt und wie sie sich bemühte, die Situation zu durchschauen, aber jetzt gähnte ich, als würde mich nur ein Gefühl von allgemeinem Überdruss plagen, und sogleich beruhigten sich ihre Pupillen, und mit einem Lächeln erklärte sie, es war mir nur gerade eingefallen, wir hatten noch keine Gelegenheit, darüber zu sprechen, dann nahm ihre Stimme einen herausfordernden Ton an, und sie setzte hinzu, du hast Recht, es ist unwichtig, aber was ist schon wichtig, und auf einmal hielt ich es in diesem Restaurant nicht länger aus und bestellte die Rechnung, und als wir aufbrachen, ließ ich sie vorausgehen, weil ich nicht die Kraft gehabt hätte, das Funkeln ihrer sich treffenden Blicke zu sehen, draußen schob sie den Arm unter meinen Mantel, weil ihr kalt war, ihr reiner Geruch nahm mir die Sinne, ich hob ihr Kinn an, küsste ihre geschminkten Lippen und dachte, was soll's, diese Runde hab ich verloren.

## 13

In der Wohnung war es kalt und dunkel, ein störrischer toter Fisch hatte sich in meiner Kehle verfangen, und ich fühlte mich zu schwach, um die Depression, die mich herunterzog, zu bekämpfen, zu Nomi sagte ich, dass ich arbeiten wolle, und sie küsste mich und ging fernsehen, vor allem aber dachte sie an ihren Geliebten, während ich den Computer einschaltete, die Datei »Doppelsterne« öffnete und trotz meiner Verfassung drei Stunden einigermaßen zielstrebig arbeitete, eine weitere halbe Stunde benötigte ich, um das Vorwort, das nun endlich geschrieben war, noch mal durchzusehen, um Formulierungen einzudampfen und umständliche Sätze zu vereinfachen, trotzdem würde die Lektorin noch ungewöhnlich viel Arbeit damit haben, vielleicht sollte ich Giv'on bitten, meinen Text zu lesen, denn mit meiner Schlampigkeit würde ich mir noch meine Zukunft versauen, doch dann fiel mir das Internet ein, und ich rief den Überblick der neuesten Publikationen auf, um mich zu vergewissern, dass ich alle relevanten Erkenntnisse berücksichtigt hatte, Nomi ging inzwischen ins Bett und verabschiedete sich mit einem munteren Kuss, doch als ich den Computer ausschaltete, meldete sich meine Depression zurück, die durch die Arbeit nur vorübergehend verdrängt worden war, ich setzte mich in den Sessel am Fenster und dachte, wenn ich eine Zigarette hätte, sähe die Welt anders aus, morgen fang ich wieder zu rauchen an, und dieser Gedanke tröstete mich und drückte mich gleichzeitig nieder, ich nahm eine rosa Xanax und gab mich ihrer allmählich eintretenden Wirkung hin.

## 14

Am Morgen weckte mich das Telefon, es war Riad, Antouns kleiner Bruder, der mit lachender Stimme zu mir sagte, herzlichen Glückwunsch, ich hab geheiratet – ich brauchte einen Moment, um mich zu sammeln, unterdessen erzählte er, wir sind gestern aus Zypern zurückgekommen, die Heirat war ein spontaner Entschluss, aus dem Hintergrund schallte das Lachen der jungen Braut, deren Namen ich vergessen hatte, er redete weiter, aber ich hörte nicht zu, weil ich hartnäckig versuchte, mir ihren Namen ins Gedächtnis zu rufen, erst am Ende des Gesprächs bekam ich von dem, was er sagte, wieder etwas mit, er lud mich für Samstagabend zu einer Feier bei seiner Mutter ein, und ich öffnete mich ihm und seinem Glück und wünschte ihm mit einer Wärme, die plötzlich in mir aufflackerte, alles Gute – Antouns kleiner Bruder, der Drahtlöckchen und ein rundes heiteres Gesicht hatte, verbreitete immer gute Laune – und dann fiel es mir wieder ein, sie hieß Michal Rinot und stammte aus einem Moschav, einer Genossenschaftssiedlung in der Jesre'el-Ebene, und sie wirkte genauso vergnügt wie Riad, schon als ich sie zum ersten Mal sah, hatte ich gedacht, dieses Mädchen ist voller Leben, weil es selbst mitten im Leben steht, die beiden erschienen mir als ein Paar, dessen Zusammenleben einem fröhlichen Spaziergang glich, Riad war von Geburt an so, er sah immer die positive Seite der Dinge, zu meinem Geburtstag hatte er mir mal ein Buch mit dem Titel »Der Optimist« geschenkt und als Widmung hineingeschrieben: »So liegen die Dinge nun mal; da kann man nichts machen«, und genau nach diesem Motto lebte er, statt sich mit der Wirklichkeit anzulegen, machte er sich über sie lustig, und diese Gabe ermöglichte es ihm, die Probleme, die sonst ständig auftauchen (zum Beispiel, wenn man wie er mit einem jüdischen Mädchen zusammen ist) aus seinem Dasein herauszuhalten – als Antoun und ich uns noch über private Dinge unterhielten, hatte er Riad oft der Oberflächlichkeit bezichtigt, bis er eines Tages begriff, dass es ein Segen war, die Dinge aus der Distanz zu betrachten, denn dadurch verlieren sie ihre Bedeutung und ihren giftigen Stachel, und obwohl Antoun die gleiche perspektivische Sichtweise wie Riad besaß, fehlte ihm dessen Fähigkeit, Nah und Fern wieder zusammenzufügen, und aus diesem Grund hatte er auch kein Talent für das Glück und lebte in ähnlichen seelischen Gefilden wie ich – als ich später die Wohnung verließ, rief Riad erneut an und erklärte, er habe vorher nicht erwähnt, dass er und noch ein paar Freunde nach dem Fest um Mitternacht ins Hafenviertel fahren wollten, um bei den Fischern einen draufzumachen, ich solle meine schöne Frau einmal vergessen und mich ihnen anschließen, und als wir uns am Samstagabend umzogen, sagte Nomi mit jener Beiläufigkeit, die sie neuerdings an den Tag legte, wenn sie sich davonstehlen wollte, nach der Sauferei nimmst du lieber ein Taxi, und ich fahr das Auto zurück, und sofort war mir klar, dass sie vorsichtig nachforschte, ob sie nach Mitternacht frei hätte – als ich ihr von Riads und Michals Hochzeit erzählte, hatte ich über den Ausflug zu den Fischern nur eine flüchtige Bemerkung fallen lassen – ich weiß nicht, sagte ich, denn ich hatte mich noch nicht entschieden, wenn ich ihr gestattete, sich am Ende des Abends zu verdrücken, würde sie mich danach zur Entschädigung ein bisschen verwöhnen – die Erniedrigung, die damit verbunden war, steckte ich bereits problemlos weg, denn »so liegen die Dinge nun mal, da kann man nichts machen«, und daher war ich drauf und dran, ihr zu sagen, dass ich mit den anderen mitgehen würde, aber dann stand sie in ihrem schwarzen Kleid vor mir, und ich sah ihre langen Beine und ihre leuchtenden Augen, und all mein Altherrengroßmut verging, und ein an kein Alter gebundener Schmerz wühlte mich auf (in Wahrheit war ich unfähig, mich mit Entschädigungen zufrieden zu geben) – eigentlich ist es eine prima Idee, bei den Fischern zu feiern, ermunterte Nomi mich, und ich versuchte zu lächeln, obwohl die Eifersucht wie ein Felsblock auf meine Brust drückte, wir werden sehen, vertröstete ich sie, und die Gemeinheit, die in meinen Worten schwang, verlieh meiner Stimme einen schrillen Klang, so dass Nomi mich überrascht anschaute, aber sofort schlüpfte ich wieder in die Rolle des reifen Gentleman und sagte, Liebes, in meinem Alter zahlt man einen zu hohen Preis für eine durchzechte Nacht, und sie verbarg ihre Enttäuschung und sagte mit einem süßlichen Lächeln, gut, du musst dich nicht jetzt entscheiden, die Tatsache, dass sie halbwegs bereit war, auf ihn zu verzichten, verringerte den Druck in meiner Brust, und plötzlich war ich es, der Entschädigung leistete, denn ich wollte Nomi die Hoffnung nicht nehmen und sagte, vielleicht geh ich ja doch mit, mal abwarten, wie sich der Abend entwickelt, und sie entgegnete, einverstanden, sie wirkte munter und energiegeladen, und als wir die Arlosoroffstraße entlangfuhren, sagte sie unbekümmert, dass die Cinemathek um Mitternacht zufällig einen Film aus Nigeria zeige, den sie sich mit Noam anschauen wolle, ich möge ja keine Ethnofilme, und da habe sie mit Noam verabredet, dass er sie auf der Party anrufen werde, damit sie ihm sagen könne, ob sie Zeit habe – es macht dir doch nichts aus, setzte sie leise hinzu, und ich antwortete, im Gegenteil, und schenkte ihr ein warmes Lachen, Minuten später öffnete uns Antouns Mutter die Tür, und ich bemerkte sofort ihren mitleidigen Blick (als meine Mutter ihr mitteilte, dass ich Nomi heiraten würde, hatte sie gesagt, möge Gott ihnen beistehen, und mit dem Wort »ihnen« hatte sie Menschen wie mich gemeint, die die Grenzen der Konvention überschritten), um Antouns Mutter gnädig zu stimmen, legte ich meinen Arm um Nomi, die sich bald darauf unter die Familie mischte und sich in schwesterlicher Eintracht mit Michal und Antouns Cousine unterhielt – Letztere war Richterin, und auch ihr Name wollte mir nicht einfallen – der Arrak floss in Strömen, und unter Riads und Michals Lachsalven schritt der Abend voran, und irgendwann fragte Nomi Michal, wie habt ihr euch eigentlich kennen gelernt, worauf Michal antwortete, ich werd's dir erzählen, und sich auf Riads Schoß niederließ und ihn wie eine glückliche Bärin umarmte, es war bei der Beerdigung eines gemeinsamen Nachbarn, begann sie, vorher hatten wir uns nur ab und an zufällig im Treppenhaus getroffen, wir standen am Grab, alle waren traurig und so, und plötzlich rutschte der Ungarin aus dem Erdgeschoss der Rock runter und landete auf der Erde, ich schwör's euch, genau das ist passiert, und alle stellten sich blind, und so stand die Ungarin in langen Unterhosen am Grab, und wie alle anderen bemühte auch ich mich, nicht zu ihr rüberzuschauen, aber plötzlich trafen sich Riads und mein Blick, und ich sah, wie sehr auch er sich zusammenreißen musste, und als ich glaubte, ich würde vor Lachen explodieren, trat ich langsam den Rückzug an und verschwand aus dem Kreis der Trauernden, Riad tat das Gleiche, und wir versteckten uns hinter einem hohen Gedenkstein, dort prusteten wir los, und seither sind wir zusammen, Riad pflanzte einen schmatzenden Kuss auf Michals Hals, und seine Mutter wandte den Blick ab, danach fragte Nomi Michal mit einem Grinsen, wollen die Männer dich auch nicht zu den Fischern mitnehmen – den ganzen Abend hatte ich überlegt, bei welcher Gelegenheit sie das Thema anschneiden würde, ihr lief die Zeit davon, Noam würde jeden Moment anrufen, doch endlich war das Thema auf dem Tisch, und Michal entgegnete prustend, wozu soll ich mich ihnen aufdrängen, lieber nehme ich ihn später wieder in Empfang, wenn er heiß ist, und dann wandte sie sich mir zu und sagte mit Entschiedenheit, du musst einfach mitgehen, Ilan, und ich fragte mich, ob Nomi sie vorher, als sie sich von Frau zu Frau unterhielten, gebeten hatte, mir die Teilnahme an dem Ausflug schmackhaft zu machen, alle Blicke ruhten auf mir, zumindest glaubte ich das, und weil ich mich in der Falle wähnte, sagte ich, aber klar, ich komm mit, zum Dank erntete ich von Nomi, die jetzt ein angeregtes Gespräch mit Antoun begann, einen zärtlichen Blick, und als das Telefon klingelte und Antouns Mutter sagte, Nomi, es ist für dich, entschuldigte sie sich triumphierend und eilte zum Apparat, ich sah, wie ihre Züge weich wurden, aber sie drehte sich zur Wand, so dass ihr zarter Rücken als Schutzwall diente, ich erhob mich aus meinem Sessel, entfernte mich in Richtung Toilette und nahm im Flur den Hörer des Zweittelefons ab, über dessen Sprechmuschel ich meine Hand breitete, doch das wilde Pochen in meiner Brust übertönte ihre Stimmen, die Furcht, beim Mithören ertappt zu werden, war stärker als meine Verzweiflung, ich stellte mich mit dem Rücken zur Wand, um Gefahr rechtzeitig erkennen zu können, und in der Zwischenzeit balgten sich ihre Stimmen wie junge Tiere, und inmitten ihres zärtlichen Geflüsters hörte ich, wie sie sich im »Gasthaus zum Wind«, einem Pub im Süden der Stadt, verabredeten, und als Nomi ihm den Weg erklärte, hängte ich ein und kehrte zu den lachenden Menschen im Zimmer zurück, ich sank in den Sessel und hatte das Gefühl, von arktischer Kälte eingeschlossen zu sein, doch nach ein oder zwei Minuten nahte Nomi mit glühendem Gesicht und setzte sich auf die Seitenlehne des Sessels (der größte Teil von ihr befand sich schon im »Gasthaus zum Wind«), schlang ihr dünnes Ärmchen um meinen Nacken und wühlte in meinem Haar (verglich sie unseren Haarwuchs?), und die ganze Zeit über ruhte brennend der Blick von Antouns Mutter auf mir, die mich bei meinem Lauschangriff womöglich beobachtet hatte, aber dieser Gedanke berührte mich nicht wirklich, vielmehr tauchte ich in Gleichgültigkeit unter, als wäre ich vor vollendete Tatsachen gestellt und als hätte nichts mehr eine Bedeutung, Nomi, die sich schuldig fühlte, spürte, dass in mir etwas vorging, daher beugte sie sich über mich und erkundigte sich, ob ich mich nicht wohl fühlte, resigniert lächelte ich, und ein dunkler Schatten legte sich auf ihren Blick, sollen wir nach Hause fahren, fragte sie, und ich hätte beinahe zugestimmt, doch wäre ich außer Stande gewesen, mich an ihrer Enttäuschung zu erfreuen, deshalb entgegnete ich, wie kommst du auf die Idee, und ihr Blick klarte auf, und sie verkündete, dann geh ich jetzt, ich will Noam nicht warten lassen, fröhlich verabschiedete sie sich von allen und schwebte davon, und in diesem Augenblick wusste ich, dass es so nicht weitergehen konnte, aber der Gedanke blieb vage, und ich empfand nur Brüchigkeit und Verwirrung, als ich um Mitternacht mit den anderen Männern aufbrach, hatte ich das Gefühl, meine Beine bestünden aus Wackelpudding, und als ich in seinem Escort saß und wir zum Hafen fuhren, fragte Antoun mich, wo bist du mit deinen Gedanken – im Bett, ich komm vor Müdigkeit um, antwortete ich, um meinen frühzeitigen Rückzug vorzubereiten, unterdessen warteten im alten Bootshaus die Fischer mit Wodka und Fischrogen, sie ließen Riad hochleben, entkorkten eine Flasche Champagner und spritzten ihn damit nass, danach tanzten sie Debka, und Antoun reihte sich in ihren Reigen ein, übernahm ihren Rhythmus und ihre Bewegungen, und ihre Einheit erschienen sie mir wie eine erleuchtete Burg, die ich in der Dunkelheit stehend betrachtete, ich wusste nicht, was ich unternehmen sollte, ich konnte weder in die leere Wohnung zurückfahren noch Nomi und ihrem Geliebten nachspionieren (diesen Alptraum hatte ich bereits erlebt), plötzlich nahm ich in der Ferne, am anderen Ende des Hafens, die roten Lichter einer Nuttenbar wahr, da trink ich noch einen Absacker, die sind an depressive Typen gewöhnt, sagte ich zu mir und trat Minuten später durch einen mit Perlschnüren verhängten Eingang in einen kleinen, in grelles Rot getauchten Raum, an einem Tischchen saßen zwei Frauen und unterhielten sich einsilbig mit einem Mann und einer sehr großen Frau, die am Tresen stand, die Hand des Mannes war in den Ausschnitt der Walküre gerutscht und knetete gleichgültig ihren Busen, kann ich einen Cognac bekommen, fragte ich höflich, und eine der Sitzenden erhob sich und verschwand hinter die Bar, um mir einzuschenken, derweil stieß die große Frau den Arm des Mannes zur Seite, nahm den Drink entgegen und sagte zu mir, setz dich, warum stehst du, ich bedankte mich und begab mich zu einem Tischchen weiter hinten im Lokal, etwas Familiäres haftete diesem Ort an, und als sie das Glas vor mich hinstellte, fragte sie mit abgenutzter Erotik, vielleicht hast du sonst noch Wünsche – nein, danke, ich war bei einem Fest bei den Fischern und bin nur auf einen Cognac hier, danach muss ich gehen, entgegnete ich in entschuldigendem Ton, damit sie nicht dachten, es gefalle mir bei ihnen nicht, na denn zum Wohl, Süßer, sagte die Frau mit einem verkniffenen Lächeln, hinter dem ich ein schlechtes Gebiss vermutete, Ruhe kehrte in mich ein, und ich fragte mich, warum dieser Ort einem das Gefühl vermittelte, beschützt zu sein, als wäre es in Ordnung, dass alles in Unordnung war, die Frau von dem Tischchen, die meine Bestellung entgegengenommen hatte, raffte sich stöhnend auf und sagte, ich geh jetzt, und ihre Freundin fragte, was kochst du heute – Eintopf, raunzte sie, meinst du, ich hätte noch vor, gefüllte Auberginen zu brutzeln, ich hinterließ ein übertrieben hohes Trinkgeld und brach ebenfalls auf, danke, Süßer, und genieß das Leben, sagte die große Frau zu mir, und ich trat in die Nacht hinaus und stellte fest, dass es mir trotz des vielen Alkohols nicht gelungen war, mich zu betrinken, deshalb kaufte ich an dem Kiosk gegenüber der Bar eine Flasche Goldstar, aus der ich über die Azma'utstraße trottend hin und wieder einen Schluck nahm, ich wollte ein Taxi anhalten, konnte mich aber nicht überwinden, den Arm zu heben, es war angenehm, durch die schweigende Nacht zu spazieren, und so beschloss ich, erst in der Ben-Gurion-Allee einen Wagen heranzuwinken, dann aber unterließ ich auch das und bewegte mich zu Fuß auf das »Gasthaus zum Wind« zu, das Bier hatte mich endgültig erledigt, und als jäh Musik die Stille zerriss, sah ich das Schild mit dem Namen des Pubs, in den ich eigentlich nicht hineingehen wollte, doch als ich einen Augenblick im Schutze des Eingangs gewartet hatte, nahm in meinem Kopf die Vorstellung Gestalt an, auf die beiden zuzutreten und ebenso höflich wie zurückhaltend zu ihnen zu sagen, dass wir miteinander reden müssten, noch zögerte ich, denn ich wollte mich erst an den Ort gewöhnen, aber dann folgte ich einem hoch gewachsenen Mann in den Schankraum, wo ich Nomi und ihren Geliebten sofort erblickte, sie saßen an der Bar und kehrten mir den Rücken, der große Mann strebte auf einen Tisch zu, so dass ich plötzlich meines Schutzschilds beraubt war – würden sie sich umdrehen, dann sähen sie, wie ich im Eingang stand und die ankommenden und aufbrechenden Gästen behinderte, die mich bald in die eine, bald in die andere Richtung schoben, doch Nomi strich bloß mit dem Fuß über den Unterschenkel ihres Geliebten, und sie hatten Augen nur füreinander – es gab keinen Grund für sie, sich umzuschauen, und als ich das Lokal verließ, blieb mir nur eine Hoffnung: auf Müdigkeit, die mich ins nächste Taxi warf, das vorbeikam.

## 15

Am nächsten Morgen erwachte ich mit einem Gefühl der Leere und schaffte es nicht, aus dem Bett aufzustehen, obwohl der Wecker schon lange geklingelt hatte, neben mir schlief Nomi, ich hatte keine Ahnung, wann sie zurückgekommen war, und betrachtete ihr Gesicht, doch konnte ich nichts darin erkennen, und so raffte ich mich auf, machte Kaffee und setzte mich in den Sessel, aber auch als ich aus dem Fenster schaute, wurde mir die Situation nicht deutlicher, vielmehr fühlte ich mich vollkommen kraftlos, saß mit hängendem Unterkiefer da, und der Speichel tropfte aus meinem Mund, doch dann gab ich mir einen Ruck und befahl mir, mich am Riemen zu reißen, was war das Schlimmste an all den Dingen, die mir widerfahren waren, fragte ich mich, alles war schlimm, aber am furchtbarsten erschien mir, dass Nomi mich verlassen würde, nicht die Kränkung ihres Betrugs bedrückte mich (die war nur eine Begleiterscheinung), sondern die Vorstellung, ohne Nomi leben zu müssen, denn Nomi füllte den Platz aus, den sonst meine Ängste und meine innere Leere einnahmen, und nur wer solche Ängste und eine solche Leere nie erfahren hatte, konnte auf ein Mädchen wie Nomi verzichten, deshalb würde ich den Mund halten und mit der Geduld eines weisen Häuptlings abwarten, bis sich die reißende Woge ihrer Leidenschaft in Routine auflöste, ich kannte diese anfängliche Euphorie, die Langeweile schlummert noch tief und fest und zuckt nicht mal mit den Lidern, aber irgendwann geht die Symmetrie verloren, eine der beiden Parteien bleibt zurück, und die andere wird um so schneller, und in kürzester Zeit haben sie ein Problem miteinander, und wenn es bei Nomi und ihrem Freund so weit wäre, würde Nomi auf mich angewiesen sein, um die Scherben, in die ihr Leben zerborsten war, zusammenzukitten, und sollte sie mich inzwischen verlassen haben, dann wäre sie dankbar, heimkehren und immer bei mir bleiben zu dürfen, die Geschichte würde also in jedem Fall glimpflich ausgehen, und vielleicht wäre sie sogar weniger nervenaufreibend, als gegenwärtig zu befürchten stand, ich fuhr zum Technikum, und zu meinem Optimismus gesellte sich die Befriedigung über das Vorwort, das endlich fertig war, ich hatte es am Vormittag noch mal überflogen und mich davon überzeugt, dass es Hand und Fuß hatte und dem neuesten Stand der Forschung entsprach – auch Davis konnte zufrieden sein – und so beschloss ich, Nomi an diesem Abend nicht am Ausgehen zu hindern, sondern dazu beizutragen, dass sie der Party schnell überdrüssig würde, ich würde ihr sagen, ich müsse arbeiten und sie solle sich einen schönen Abend machen, auf diese Weise würde ich nicht nur die Großzügigkeit eines Gentlemans an den Tag legen, sondern gleichzeitig meinen eigenen Interessen dienen, und als ich auf dem Parkplatz vor der Hochschule ankam, erinnerte ich mich an mein Vorhaben, wieder zu rauchen, der Entschluss stand unverrückbar fest, auf dem Heimweg würde ich mir ein Päckchen Marlboro besorgen und abends, während Nomi ihr Schäferstündchen genoss, im Sessel sitzen, mit einem Cognac, den Zigaretten und der Richard-Strauss-CD, die ich gekauft und noch nicht gehört hatte, und mich vor allem über mich selbst lustig machen (die Zwiesprache mit meinem Wohlbefinden war seit einiger Zeit verstummt, wenigstens dieses Ärgernisses hatte ich mich entledigt), in der Bibliothek führte ich ein hochtrabendes Gespräch mit drei Studenten und entlieh Bücher für die Vorbereitung meines Seminars über physische Doppelsterne, danach las ich in meinem Büro Klausuren und rundete die erteilten Noten nach oben auf (die Jugend sollte ihr Vergnügen haben, schließlich hatte ich ihr momentan nichts vorzuwerfen), und zum Schluss ging ich zur Fakultätsverwaltung, um mich ein bisschen bei Schoschi, der alten, trägen Sekretärin, einzuschmeicheln, die nur jenes Minimum an Arbeit erledigte, das unerlässlich war, um den Zusammenbruch der Fakultät zu verhindern, beispielsweise stellte sie die Nervensägen, die aufgeregt anriefen und erzählten, sie hätten einen physikalischen Beweis für die Existenz Gottes gefunden, automatisch zu mir durch, da ich als der kultivierteste und höflichste unter den Professoren galt, jetzt aber vertraute ich ihr das Manuskript an und bat sie, es Giv'on zu geben, der an diesem Tag nicht unterrichtete, Giv'on nicht persönlich zu treffen bedeutete einen Gewinn von zwei Stunden, und so verging der Tag, und beim Verlassen der Hochschule lief mir in der Nähe des Ausgangs Davis über den Weg, der mir berichtete, dass ihm Giv'on wegen der Dekanwahl zusetze, ich heuchelte Interesse, und nachdem er alle Einzelheiten der Geschichte vor mir ausgebreitet hatte, fragte er mit fast unmerklichem Spott, und wie geht es deiner bezaubernden jungen Frau, und ich malte mir aus, wie mein Fall in der Fakultät durchgehechelt wurde, und antwortete, hervorragend, danke, wandte mich zu meinem Wagen, stieg ein und fuhr los, unterwegs kaufte ich ein Päckchen Marlboro und entschied, mir wahlweise drei ganze oder sechs halbe Zigaretten pro Tag zu genehmigen, zugleich schwor ich, dass ich Nomi gehen lassen würde, wenn ich meine Tagesration überschritte, doch unvermittelt verdüsterte sich meine Stimmung, und meine Depressionen kehrten zurück, und obwohl ich keinen konkreten Plan hatte, riss ich das Steuer rum, vollführte trotz durchgezogener Linie einen U-Turn und brauste nach Wadi Salib, und von da an ergab sich eins aus dem anderen, ich parkte unterhalb der Treppe und stieg aus dem Wagen, ein unkontrollierbarer Impuls hatte von mir Besitz ergriffen, der mich die Stufen hinauftrieb und für klare Gedanken oder Entscheidungen keinen Raum übrig ließ, allein das Laufen und Ankommen zählte noch, wie bei einem Pferd, das seinen Stall wittert, und erst als ich den Plastikvorhang sah, auf dem in dunkelroten Buchstaben »Oded Sifra« stand, begriff ich, dass ich am Ziel war, und nur eine Frage beschäftigte mich, wie gelange ich am besten ins Haus, eine Tür zum Anklopfen existierte nicht, und es wäre mir peinlich gewesen, laut hallo zu rufen, auf eigene Faust einzudringen, kam jedoch ebenso wenig in Betracht, schließlich waren wir nicht im Kino, und so sammelte ich mich und rief, Entschuldigung, allerdings klang meine Stimme eher kläglich, vielleicht ist er nicht da, dachte ich und probierte es noch einmal, Entschuldigung, wiederholte ich mit der Intonation eines Pizzakuriers, worauf eine tiefe klare Stimme »ja« antwortete, ich fragte, ob ich eintreten dürfe, und die Stimme entgegnete, ja, ja, wer ist da, als ich den Vorhang zur Seite schob und einen Schritt nach vorn machte, prallte ich mit dem Bewohner des Hauses zusammen, der aufgestanden und zum Eingang gekommen war, er fasste mich an den Schultern, erkannte mich jedoch nicht, ich schaute ihm ins Gesicht und stellte fest, dass er so groß wie ich war, vielleicht ein bisschen größer, erst als ich den Blick senkte, verstand er, wer vor ihm stand, und er nahm einen neutralen Ausdruck an, Sie sind es, sagte er, sie hat Ihnen von mir erzählt (diesen Satz versah er mit einem Ausrufezeichen) – nein, sie hat mir nichts erzählt, ich bin selbst drauf gekommen, sie weiß nicht, dass ich hier bin, erläuterte ich, und er forderte mich auf, mich zu setzen, möchten Sie etwas trinken, fragte er, ja, etwas Hochprozentiges, falls Sie so was im Haus haben, entgegnete ich, selbstverständlich, sagte er und verschwand, seine Behausung wirkte ordentlich, praktische Gesichtspunkte bestimmten die Einrichtung, eine große Matratze, viele Bücher, auf dem Steinboden afrikanische Teppiche, zwei brennende FireSide-Öfen und hier und dort Mitbringsel aus Afrika, ich hatte nicht die leiseste Ahnung, weshalb ich hier war und was ich dem Mann sagen würde, zudem war ich zu befangen, um Entschlüsse zu fassen, und stand im Bann des Augenblicks und der Realität dieses Hauses, ich entspannte mich erst, als ich mich an die Schachtel in meiner Tasche erinnerte, die ich herauszog und öffnete, als hätte ich nie zu rauchen aufgehört, ich nahm eine Zigarette und steckte sie an, doch verursachte das Nikotin einen leichten Schwindel, und ich überlegte, ob ich sie nur zur Hälfte rauchen sollte, dadurch bliebe mir eine Reserve von zweieinhalb Zigaretten, oder würde ich sie ganz rauchen, dann hätte ich für daheim nur noch zwei – leider vergaß ich, mich auf die ersten Züge zu konzentrieren, die ich aus dem frisch entzündeten Tabak inhalierte, und als Nomis Geliebter mit einer Flasche Arrak zurückkam und sich mir gegenüber setzte, beschloss ich, die ganze Zigarette zu rauchen, und bot ihm auch eine an, doch lehnte er ab, er saß da und schaute mir unbefangen in die Augen, und auf seinem Gesicht war kein spezifischer Ausdruck erkennbar, vielmehr zeugte es von der gleichen Aufmerksamkeit, die Antoun an den Tag legte, wenn er wartete, dass ich zu reden anfing, er beschäftigte sich nicht mit dem Wie, ehe er nicht wusste, worin das Was bestand, und da seine Selbstsicherheit meine Verwirrung steigerte, schwieg ich, und meine Augen wichen ihm aus, als er jedoch schließlich sagte, ich höre Ihnen zu, erklärte ich entschuldigend, ich musste kommen, ich hatte keine andere Wahl, und seine Lippen deuteten ein Lächeln an, sie würde mich seinetwegen verlassen, wegen ihm, dem Prinzen aus dem Geisterviertel, einem Mann, der über eine beeindruckende Präsenz verfügte und den mein Schweigen nicht aus der Ruhe brachte, ich hab mich einfach auf den Weg gemacht, Nomi weiß nicht, dass ich hier bin, hob ich erneut an, und er fragte, haben Sie vor, es ihr zu erzählen – ich bin nicht sicher, antwortete ich, denn ich wusste weder ob ich ihr von dem Besuch in Wadi Salib berichten würde noch worüber ich mit ihrem Geliebten sprechen sollte, und so verstummte ich und hoffte, dass vielleicht er die Initiative übernähme, und tatsächlich stand er auf, verkündete, gut, wenn Sie sonst nichts auf dem Herzen haben, geh ich die Wäsche aufhängen, ich muss die letzten Sonnenstrahlen ausnutzen, Sie können mitkommen, wenn Sie wollen, nahm den Korb mit der Wäsche und ging hinaus, und weil ich nicht wusste, was ich tun sollte, begleitete ich ihn hinaus, setzte mich auf die Steinbank und schaute zu, wie er routiniert ein Wäschestück nach dem anderen nahm und auf die Leine hängte, hoffentlich regnet es heute nicht mehr, sagte er, bei diesem Wetter bekomm ich die verdammte Wäsche nicht trocken, und ich fragte ihn, weshalb er sie nicht neben den Öfen ausbreite, worauf er, ohne seine Tätigkeit zu unterbrechen, entgegnete, Unterhosen im ganzen Haus, das würde mir auf den Geist gehen, und plötzlich hielt er den türkisfarbenen Slip in der Hand, den er auf der Leine platzierte, als gehörte er ihm, und sofort beneidete ich ihn, weil er die Dinge einfach als Dinge nahm und nicht als Zeichen, unter deren Last man zusammenbricht, wie sehr wünschte ich, mich wie er dem Strom der Wirklichkeit überlassen zu können, statt die ganze Zeit darüber nachzudenken, wie ich diese Wirklichkeit erlebte (Baudelaire würde sagen, ich staune über mich selbst, wenn ich über eine Blume staune), jedes Mal wenn das volle Haar in seine Stirn fiel, warf er es mit seiner großen Hand zurück, es war unglaublich, wie viele Haare dieser Mann auf dem Kopf hatte, ich musste an einen Besen denken, und als er mit der Wäsche fertig war, sagte er, lassen Sie uns reingehen, und ich gehorchte wie ein Roboter, drinnen nahm er sein Glas, sank in den Sessel und ignorierte seine Umgebung mit einem freundlichen Hochmut, der mir als die Essenz aller Freiheit erschien, lieben Sie sie, fragte ich ihn, ohne zu wissen, weshalb ich gerade diese Frage stellte – jetzt kam ich mir wirklich wie in einem Film vor – wieso sollte ich sie nicht lieben, erwiderte er, und wir verfielen erneut in ein Schweigen, das mich offenbar mehr störte als ihn, denn schließlich erkundigte ich mich nach seinem Broterwerb, worauf er mir mit der Selbstverständlichkeit, die zwischen Reisenden in einem Zugabteil herrscht, darlegte, dass er als Naturfilmer arbeite und hin und wieder für mehrere Wochen nach Afrika oder Australien fliege, um Dokumentarfilme für zoologische Institute auf der ganzen Welt zu drehen, in Wadi Salib wohne er, weil er seine Wohnung verloren habe, daran trage ein gescheitertes Projekt Schuld, auf das er sich aus Dummheit eingelassen habe, auf diese Weise spare er Miete, doch wohne er durchaus gerne hier, das Viertel scheine ihm akzeptabel, außerdem habe er keine Wahl, denn er wolle von seinen Schulden herunterkommen, und sein Vater, der an Alzheimer leide, lebe auf dem Französischen Karmel, in einem Altenheim, für das er als Sohn zahlen müsse (es heißt Ness Sahav, wenn ich mich recht entsinne, setzte er hinzu) – und das war alles, er rechtfertigte sich nicht, sondern legte einen sachlichen Bericht ab, und nach kurzem Schweigen fragte er, was das Thema des Buches sei, von dem Nomi ihm erzählt habe, die Vorstellung, dass sie von mir sprachen, rührte mich, und ich sagte, dass ich nicht wirklich der Autor, sondern der Herausgeber sei, es gehe um die Ergebnisse eines Kongresses über ein Phänomen, das man »Doppelsterne« nenne, und was ist das, wollte er wissen, und einen kurzen Moment überlegte ich, ob er sich wirklich dafür interessierte oder nachhakte, weil die Sache indirekt mit Nomi zusammenhing – ich war einmal einer Lehrerin aus Nomis Gymnasium begegnet, einer anstrengenden Person, der ich nur deshalb andächtig lauschte, weil sie Nomi kannte – und was versteht man darunter, wiederholte er, und ich fragte, interessiert Sie das wirklich – würde ich sonst danach fragen, entgegnete er, und ich war sicher, Spott in seinen Worten zu hören, ich hatte mich wohl getäuscht, als ich annahm, er betrachte alles mit größter Gelassenheit, die meisten Sterne haben einen Partner, begann ich, vom Augenblick ihres Entstehens an kreisen sie paarweise umeinander und müssen jeder für sich alle Phasen der Biographie eines Sterns durchlaufen, von der Geburt bis zum Tod, nach all den Vorträgen, die ich vor interessierten Laien gehalten hatte, war ich es gewöhnt, wissenschaftliche Sachverhalte mit Hilfe von Analogien zu veranschaulichen, das Problem besteht darin, fuhr ich fort, dass sie aus unterschiedlich viel Masse bestehen und deshalb nicht miteinander auskommen, die Masse bestimmt das Tempo ihrer Entwicklung, und je mehr Masse ein Himmelskörper hat, um so schneller schreitet sein Sternenleben voran, wenn die beiden Körper zu nahe aneinander geraten, stört der größere die ruhige Evolution des kleineren – an dieser Stelle unterbrach ich meine Ausführungen, um mir die zweite Zigarette des Tages anzustecken – derjenige, der sich schneller entwickelt, verbrennt auch früher, und wenn er explodiert, bleibt ein sehr komprimierter Kern zurück, ein Neutronenstern, und hat schließlich der kleine Stern, der wesentlich langsamer verbrennt, seinen Treibstoff aufgebraucht, dann dehnt er sich aus, in der Absicht, in aller Stille als weißer Zwerg zu verglühen, allerdings gerät er dabei in die Einflusssphäre des Neutronensterns, der ihn auszusaugen beginnt, unterdessen kommt es zu einer Reihe von Explosionen, und weil der friedliche kleine Stern Röntgenstrahlen aussendet, nennt man das Phänomen in Fachkreisen »X-ray burst«, übrigens ist das Spannende an der Geschichte, dass der Neutronenstern, der in Wirklichkeit seit langem tot ist, die Materie seines lebenden Partners aufnimmt, bis sein Fassungsvermögen erschöpft ist, danach fällt er in sich zusammen und reißt seinen Begleiter mit ins Verderben, ich verstummte und schaute ihn an, und er fragte, wie kann ein Toter Aktivität entfalten, und ohne zu wissen, weshalb ich solchen Unsinn von mir gab, behauptete ich, alles sei relativ, man könne auch sagen, dass der Neutronenstern bloß ohne Energie lebe, und in der Stille, die auf meinen Vortrag folgte, fühlte ich mich wie ein Idiot – was kann ich für Sie tun, richtete Nomis Geliebter erneut das Wort an mich, und seine Lippen deuteten ein Lächeln an, ich weiß es nicht, antwortete ich, und er fragte, soll ich Ihnen versprechen, mich mit Nomi nie mehr zu treffen (sein ironischer Unterton trat nun schärfer hervor) – hat es denn Sinn, Sie darum zu bitten, erwiderte ich trotz seines Spotts – wenn Sie bereit sind, daran zu glauben, versprech ich's, versicherte er mir – aber wozu soll das gut sein, beharrte ich – die Menschen lassen sich gerne was vormachen, das gibt ihnen Sicherheit, er sprach langsam und mit undurchdringlichem Gesicht, und ich wusste nicht, worauf er hinauswollte, sondern erfasste nur, dass er Macht hatte und ich in der Position des Schwächeren war, es ist nicht abwegig, dass ich hier sitze und Sie bitte, meine Frau in Ruhe zu lassen, sagte ich, als erklärte ich Pfadfindern den Weg, doch er erwiderte nur, Professor Ben-Natan (das Wort »Professor« dehnte er in die Länge), das Einzige, was ich Ihnen anbieten kann, ist, den Preis für die Heirat mit einem wunderhübschen jungen Mädchen zu zahlen, es wird Ihnen nichts anderes übrig bleiben, als sich zu gedulden, bis die Romanze zu Ende ist, falls sie je zu Ende geht, aber wenn Sie darauf bestehen, verspreche ich Ihnen alles, was Sie wünschen – auf seinen Lippen erschien abermals der Anflug eines Lächelns, und in meiner Erbärmlichkeit, die seine Lust, mich zu demütigen, steigerte, zückte ich eine weitere Marlboro und rollte sie zwischen Zeigefinger und Daumen, er fragte, ob ich noch Arrak wolle, und ich sagte, warum nicht, und als er in der Küche verschwand, erhob ich mich und drehte mich einmal um mich selbst, schließlich kehrte er mit der Arrakflasche zurück und schenkte mir ein, und ich trank und rauchte im Stehen, und mit diesem angedeuteten Lächeln, das auf seinem Gesicht festgeklebt schien, steckte er die Hand in seine Jackentasche und holte eine Pfeife hervor, die ich sofort als meine identifizierte, es war die, die ich an dem Tag gesucht hatte, an dem mein Blick durchs Teleskop auf das türkisfarbene Höschen gefallen war, »in Liebe« stand in das Holz geschnitzt, und diese Worte galten nun ihm, er zog einen Beutel aus seiner Tasche, steckte den Daumen und den Zeigefinger hinein (seine Finger waren feingliedrig und lang) und begann die Pfeife zu stopfen – meine Pfeife – und ohne die Naivität meiner Worte zu begreifen, sagte ich, die hat mir Nomi geschenkt, als ich mir das Rauchen abgewöhnte – diese Pfeife, fragte er, und zum ersten Mal lächelte er wirklich – ja, die, antwortete ich, ich hab sie nie benutzt, bitterer Zorn breitete sich in mir aus, der allerdings nichts mit der Pfeife zu tun hatte, sondern einzig mit meinem Scheitern vor der unüberwindbaren Mauer, durch die ein Wort und kein Gedanke von mir durchbrechen konnte – dann lassen Sie uns stolz sein auf unser schlaues Mädchen, empfahl er mir (offenbar begann er die Situation zu genießen), statt Geld zu verschwenden, hat sie ein unnützes Geschenk wieder verwertet, darüber müssten Sie froh sein, schließlich geht es um *Ihr* Geld, und während er mit der Hand in seine Jackentasche fuhr, um sein Feuerzeug zu suchen, wurde mir schwarz vor Augen, und mein Atem stockte vor Wut, ich bemühte mich, nicht die Kontrolle über mich zu verlieren, und vergegenwärtigte mir, dass ich von Nomis Liebhaber sowieso kein Verständnis erwartet hatte, und noch in diesem Augenblick hätte ich mich umdrehen, die Beine in die Hand nehmen und aus dem Haus rennen müssen, aber der unerträgliche Zorn in mir wollte sich entladen und nagelte meine Füße am Boden fest, obwohl mein Kopf sagte, dass es in der Natur allen Zorns lag abzuebben und sich die ganze Sache auf ihre normalen Proportionen reduzieren würde, sobald ich draußen wäre, aber aus den Tiefen meines Innern stieg ein undefinierbares Summen empor, und trotz der Unfähigkeit, noch mehr Beleidigungen hinzunehmen, war ich außer Stande zu gehen, haben Sie Feuer, hörte ich seine Stimme, die einer entlegenen Ecke des Zimmers zu entspringen schien, wie bitte, fragte ich und versuchte, das Geräusch zu unterdrücken, das inzwischen zum aggressiven Fauchen einer Lötflamme angeschwollen war, haben Sie Feuer, trug er sein Anliegen erneut vor, und meine Hand senkte sich in meine Manteltasche und zückte das Feuerzeug, in diesem Moment brachen letzte Sonnenstrahlen durch die Wolken und erleuchteten die dunkle Landschaft wie an dem Tag, an dem ich das Haus mit dem Teleskop gesucht hatte, der Kunststoffvorhang glühte rot auf, und wie Scheinwerfer drangen Lichtgarben durch die Ritzen der verrammelten Fenster und fielen auf sein Haar, er lehnte sich zurück, und seine Augen begannen zu glänzen, er steckte die Pfeife in den Mund und wartete, dass ich ihm Feuer gab, schwerfällig, als hätte mein Körpergewicht sich verdoppelt, trat ich in das Lichtfeld und beugte mich zu ihm hinunter, er wollte mir das Feuerzeug aus der Hand nehmen, aber ich entzündete es und hielt es vor ihn hin, Shampoogeruch wehte mir aus seinem Haar entgegen, und da ich ihn aus so geringer Entfernung betrachtete, verschwamm sein Bild, und ich sah ihn doppelt, und beide Gestalten trugen das gleiche verschlagene Grinsen auf ihren Lippen, und plötzlich war ich nicht mehr ich selbst, der helle Schein blendete mich, für Sekunden nahm ich seinen überraschten Blick wahr, und noch ehe er aus seiner lässigen Pose auffahren konnte, rammte meine rechte Hand, die eben noch den Tabak in Brand gesteckt hatte, die Pfeife in seinen Mund, japsende Laute drangen aus seiner Kehle, doch ließ ich nicht locker, bis das Mundstück sein Röcheln erstickte, danach packte ich brutal seine Arme und presste sie auf die Seitenlehnen des Sessels, das Feuer in seinem Rachen verbrannte all seine Kraft, nur seine Halsmuskeln spannten sich noch, um Luft einzusaugen, doch gleichzeitig blähte sich seine Kehle, und in seinen weit aufgerissenen Augen stand ein monströses Entsetzen, sein ganzer Körper zuckte, die Äderchen in seinen Augen bildeten rote Verästelungen, dann lief sein Gesicht blau an, und ich setzte mich auf ihn und drückte atemlos und ohne nachzudenken seine Arme hinunter, bis ihr Widerstand verlöschte und ich sie freigab, um ihm von neuem den Mund und die Nase zuzuhalten, die noch immer nach Luft schnappten, wie unter Krämpfen hob er die Hände, die seitlich fortsackten, und auch sein ganzer Körper schien zu fallen, während die Pupillen unter seine Lider glitten, so dass in seinen Augen nur ein weißes Feld übrig blieb, unfähig, etwas zu empfinden, lag ich auf ihm, und obwohl sich aus seiner Kehle eine warme Flüssigkeit gegen meine Hand ergoss, ließ ich nicht von ihm ab, wagte weder zu atmen noch meine Position zu verändern, und erst allmählich fühlte ich ein Brennen in meiner Hand, und ich richtete mich auf und stand starr vor seinem schlaffen, leblosen Körper, in einem tiefen Seufzer schoss die Luft, die in seinen Lungen gefangen war, ins Freie und schleuderte mir die Pfeife entgegen, die ich auffing, um sie wie glühende Kohlen auf den Boden zu werfen und zusammenzubrechen.

## 16

War ich in Ohnmacht gefallen? Als ich erwachte, hatte ich keine Ahnung, wie lange ich schon dalag, aber ich wusste, dass ich den Mann, der auf dem Sessel ruhte, getötet hatte, ich wollte schreien, aber meine Lippen bewegten sich nicht – nicht getötet, sondern ermordet hatte ich ihn, das war die treffende Bezeichnung meiner Tat, ich genoss das Privileg, die Wahrheit »kristallklar« zu sehen, natürlich hatte ich keine Gewalt über sie, doch stand sie mir unverkennbar vor Augen, so dass ich glaubte, in eine zusätzliche Dimension meiner Existenz einzutreten, die alles umschloss, was sonst unmöglich war, als verberge sich in meinem Körper eine mit Reservekräften gefällte Kammer, die sich wie der Fallschirm am Schleudersitz eines Piloten geöffnet hatte, zwar schaukelte ich noch unsicher hin und her, doch würde sich meine Position rasch stabilisieren, wie ein Magnet zogen die Augen des blonden Mannes meinen Blick an, und in einem kurzen, intensiven Moment spiegelte sich darin die Chance, die sich mir bot – er ist tot, das ist eine Tatsache, und Gewissensbisse ändern nichts, niemand ahnt, dass ich von seiner Existenz wusste und ihn besucht habe, ich werde die Leiche beseitigen, denn wo keine Leiche ist, ist auch kein Mord geschehen, wie eine Ameise werde ich vorgehen, die weder Mitleid noch Reue kennt und nur die harte Arbeit sieht, die sie bewältigen muss, ich werde warten, bis es vollkommen dunkel ist, bis dahin kann es nicht mehr lange dauern, denn es dämmert schon, trotzdem darf ich kein Licht machen, sondern muss mich mit dem schwachen Schein, der von draußen ins Haus fällt, begnügen, aber zuallererst muss ich mich waschen, sagte ich zu mir und ging ins Bad, um meine Hände von allen Spuren zu befreien (ich drückte die Fingernägel tief in die Seife), und als ich wie gewohnt in den Spiegel schaute, war ich nicht allein, ich sah mich und das Gesicht mir gegenüber, von dem ich wusste, dass es meins war, und das mir trotzdem das eines Fremden schien, ich trocknete meine Hände an der Klorolle ab, die ich auf dem Fußboden neben der Toilette fand, und ging in die Küche, wo ich die Arrakgläser und zwei Kaffeetassen spülte, die ich ebenfalls mit Klopapier trockenrieb, in der Zwischenzeit wuchs in meinem Kopf ein Plan heran, und nachdem ich mich überzeugt hatte, dass alles sauber war, streifte ich meine Handschuhe über und machte mich an die Arbeit, kühl, sachlich und alle gedanklichen Abschweifungen unterdrückend schob ich ein Blatt Papier in die Hermes Baby, die auf dem Schreibtisch stand, und stellte sie neben den Toten, ich umfasste seinen Zeigefinger und fing zu tippen an, meine Liebe, ich habe einen dringenden Job in Neuseeland übernommen, ich weiß nicht, wann ich zurück sein werde, dein – danach stellte ich die Schreibmaschine auf den Tisch zurück und drehte an der Walze, damit das beschriebene Blatt jedem, der hereinkam, ins Auge stach, ich nahm die zusammengefaltete Armeedecke vom Bett, breitete sie auf dem Fußboden aus und zog den Toten an den Beinen auf das große Stück Stoff, er war schwer, und sein Kopf schlug dumpf auf den Fliesen auf, um ihn einwickeln zu können, zerrte ich die Decke ein Stück weit vom Sessel fort, aber vorher drückte ich seine Lider zu, so dass er einem Schlafenden glich, sein Fleisch war noch warm und geschmeidig, und weil ich keine Zeit hatte, um Kordel zu suchen, nahm ich drei dunkle Hemden aus dem Schrank und band sie um den in die Decke eingerollten Körper, beim Verknoten der Stoffenden überlegte ich, dass alles so aussehen musste, als wäre der Bewohner des Hauses auf unbestimmte Zeit verreist, das Licht wurde immer schwächer, und ich begann den Rucksack, den ich im Schrank fand, mit den wenigen persönlichen Gegenständen des Toten zu füllen, mir fiel der türkisfarbene Slip draußen auf der Leine ein, ich holte ihn und verstaute ihn ebenfalls im Rucksack, ich schaltete die Öfen aus, faltete die Bettlaken zusammen und warf die Zigarettenkippen fort, doch kam es mir noch immer nicht in den Sinn, mich zu fragen, wo ich die Leiche verscharren würde, stattdessen saß ich da, wartete auf die Nacht und dachte plötzlich an Nomi, zu der meine Gedanken sonst immer zuerst wanderten, sogleich strömte Leben in mich ein, ich muss Bescheid geben, dass ich später nach Hause komm, überlegte ich und ging in den letzten Minuten der Dämmerung zur Telefonzelle, hallo, drang Nomis Stimme aus dem Hörer, und ich streifte die Maske über, die ich am häufigsten trug, hallo, Nomi, sagte ich, wurde aber sofort von ihr unterbrochen, wo bist du – in der Bibliothek, log ich, über die Arbeit an dem Buch hab ich die Zeit vergessen – wann wirst du zurück sein – spät, ich muss mich noch um Besucher aus Skandinavien kümmern – was heißt spät – sehr spät, vielleicht fahr ich mit ihnen nach Jerusalem – sei unterwegs vorsichtig, es soll sintflutartig regnen – mach dir keine Sorgen – aber ich mach mir Sorgen (ich hatte ihren Geliebten auf dem Gewissen, und sie fürchtete um mein Leben!), mir schnürte sich die Kehle zu, und ich verabschiedete mich und hängte ein, am Himmel war noch ein heller Schimmer, doch zogen schon dicke Wolken über dem Meer auf, diesmal würde mir kein Schutzengel zu Hilfe eilen, ich ging zum Haus zurück, setzte mich und wartete, dass es vollkommen dunkel würde, und zum ersten Mal fragte ich mich, wo ich die Leiche vergraben könnte, ich muss ein verlassenes Grundstück finden, überlegte ich und erinnerte mich an das Gelände, wo früher der Sumpf mit der Insel war, es lag in der Nähe des Hauses der Griechen, von denen alle behauptet hatten, sie wären Mafiosi, was meine Mutter nicht davon abgehalten hatte, sie trotzdem zu mögen, heute war der Sumpf trockenes Ödland und mit dem Auto gut erreichbar, vergessene Bilder tauchten vor meinen Augen auf, ich war zehn, und die Symptome, unter denen ich seit dem überraschenden Tod meines Vaters litt (Kurzatmigkeit und Hautausschlag), hatten mein Ansehen in der Klasse massiv geschädigt, daher sprang ich an einem kalten Wintertag in das Sumpfwasser und schwamm durch Schwärme von Kaulquappen zur Insel, aber meine Tat, die ich für kühn und amüsant hielt, löste bei den Mädchen nur Ekel und Gelächter aus, und so traute ich mich nicht aus dem Wasser und trieb schließlich wie ein sterbender Fisch auf der Oberfläche, der älteste Sohn der Griechen, der manchmal Botendienste für meine

Mutter erledigte, rettete mich und trug mich nach Hause, ich raffte mich auf, schaute zum Himmel und stand eine Weile bewegungslos und ohne an etwas Konkretes zu denken da, um mich her herrschte nächtliches Schwarz, und die Wolken verdeckten die Sterne, doch hatte der große Regen noch nicht begonnen, nur einzelne dicke Tropfen kündigten ihn an, und aus der bedrückenden Stille meldete sich ein Geräusch, das allmählich lauter wurde, kein Zweifel, das war das Tuckern von Nomis Käfer, ich konnte sehen, wie sich die Scheinwerfer einen Weg durch die Dunkelheit bahnten, und mir gefror das Blut in den Adern, aber dann fasste ich mich – so wäre es künftig immer, ich müsste mir meiner Lage ständig bewusst sein und hoffen, dass die Gewohnheit mir half, wie ein Agent oder Verbrecher mit meinem Geheimnis zu leben – ich eilte ins Haus und beschloss, mich mit der Leiche hinter dem Schrank zu verstecken, der diagonal in einer Ecke des Zimmers stand und dessen Rückwand mit den angrenzenden Mauern ein Dreieck bildete, doch musste ich das Möbelstück, das sich als überraschend schwer erwies, zunächst verrücken, erst danach konnte ich mich mit meinem Opfer dahinterzwängen, ich stützte den toten Körper auf meinen leicht abgespreizten Oberschenkel, und als wir einigermaßen sicher standen, zog ich den Schrank in seine ursprüngliche Position zurück, dabei wippte der Kopf des Toten auf meiner Schulter hin und her, ich ließ einen schmalen Guckspalt und wartete ab, und schon Sekunden später flog der Kunststoffvorhang auf, der Lichtkegel einer Taschenlampe schoss ins Innere des Hauses, und Nomi trat ein, die erwartungsvoll »Oded« rief, ein Augenblick verstrich, und sie rief noch mal, Oded, allerdings schwang Enttäuschung in ihrer Stimme, sie hielt inne, und ihre Gestalt war von feinen Lichtstreifen überzogen, erst als sie mit der Lampe aufs Bett und danach in die Küche zielte, schien sie die Leere und Ordnung, die in der Behausung ihres Freundes herrschten, zu bemerken, mit dem Strahl in der Dunkelheit stochernd ging sie im Zimmer umher, und als sie sich dem Schrank näherte, roch ich den Duft ihrer Bodylotion, deren Kauf im Vorjahr den Anlass für eine dreitägige Reise nach Paris gebildet hatte, ich unterdrückte das absurde Verlangen, mich heulend vor ihr niederzuwerfen, und als sie den ausgeräumten Schrank öffnete, spürte ich ihre Nervosität, ihr Erstaunen und ihre Furcht – jetzt zahlte sich aus, dass sie in den vergangenen zwei Jahren das einzige Projekt gewesen war, in das ich investiert hatte – die Taschenlampe leuchtete in den Spalt zwischen Schrank und Wand, und ich zuckte erschrocken zurück und schlug mit dem Kopf gegen die Rückwand des Möbelstücks, wir erstarrten, der Aufprall war leise, doch unüberhörbar gewesen, Oded, fragte sie, unsicher, woher das Geräusch kam, ich hielt den Atem an, sie entfernte sich, kehrte jedoch kurz darauf zurück, offenbar hatte sie einen Stuhl geholt, den sie vor den Schrank stellte und bestieg, sie versuchte, in das Dreieck dahinter zu leuchten, aber zu meinem Glück – oder Unglück – wanderte der Lichtkegel über meinen Kopf hinweg, der Stuhl war zu niedrig, und sie gab auf und entfernte sich, mein Herzschlag wurde ruhiger, ich lugte durch den Spalt und sah sie im Zimmer auf und ab gehen, sie folgte dem Strahl der Taschenlampe, der plötzlich auf dem Tisch anhielt, sie beugte sich über die Schreibmaschine, zog das eingespannte

Blatt heraus und fing zu lesen an, zwar sah ich ihr Gesicht nicht, doch konnte ich mir seinen Ausdruck vorstellen, Verwunderung und Enttäuschung, Kränkung und Wut, zu denen sich im Laufe der Zeit Kummer und Sehnsucht gesellen würden, sie zerknüllte den Brief und ließ ihn auf den Boden fallen, eine Weile stand sie mit hängendem Kopf, dann ging sie zum Sessel und ließ sich hineinsinken, die Taschenlampe lag auf ihren Knien und beleuchtete ihr Gesicht, das mich anzuschauen schien, sie zog eine Zigarette heraus und rauchte sie, ohne sich dazu aufzurichten, sie hatte nicht die leiseste Ahnung, was hier geschehen war, der Zigarettenstummel versengte ihre Finger, und ein kindlicher Schmerzensschrei durchdrang die Stille, schließlich stand sie auf und ließ mich mit ihrem toten Geliebten allein.

## 17

Noch einen Moment harrte ich aus, der Tote lag wie ein Embryo um meine Beine gekrümmt, dann schob ich den Schrank zurück und verließ mein Versteck, die wahren Ausmaße meines Entsetzens blieben vorerst unfassbar für mich, ich nahm lediglich wahr, wie ich mich, mit starrem Gesicht und ohne meine Füße zu spüren, zum Sessel bewegte und darauf niedersank, alles schien unwirklich, als wäre ich ein Fremder, den keine Schuld traf, die Splitter eines zersprungenen Bildes zogen an mir vorüber, und erst als ein Blitz das Haus in kaltes Licht tauchte und das Rollen des Donners erklang, holte mich die Wirklichkeit ein, an der ich von nun an festhalten musste, meine gesamte Konzentrationsfähigkeit, die in den Tiefen meines zweifelhaften Charakters schlummerte, musste aktiviert werden, ich trat ins Freie und vergewisserte mich, dass sich niemand auf der Straße befand, danach brachte ich den Rucksack mit den Sachen des Toten zum Auto und kehrte zum Haus zurück, um die Leiche zu holen – mich gegen alle Gefühle abschottend näherte ich mich zügig dem reglosen Körper und überlegte, wie er sich am einfachsten zum Wagen befördern ließe, denn den Gedanken, ihn an den Füßen zu packen und hinter mir her zu schleifen, hatte ich sofort verworfen, ich könnte es nicht ertragen, seinen Kopf auf jeder Stufe aufschlagen zu hören, stattdessen beabsichtigte ich, ihn wie einen Verletzten zu tragen, diese Technik hatte ich in der Grundausbildung bei der Armee drei Jahre lang trainiert, da ich aber mittlerweile auf die fünfzig zuging, zerrte ich ihn zu der niedrigen Mauer vor dem Haus und hievte zunächst seine Beine und dann den Rest seines Körpers darauf, dann hockte ich mich hin, lehnte mich mit dem Rücken an die Mauer und zog den Toten vorsichtig zu mir, so dass ich ihn auf meine Hände und meinen Kopf stützen konnte, schließlich stemmte ich ihn wie ein Gewichtheber in die Höhe und ließ ihn auf meine Schultern herunterrutschen, und so begann ich den Abstieg, aber mit jeder Stufe verstärkte sich mein Drang, den Toten abzuwerfen und zu fliehen, ich kann nicht mehr, er ist zu schwer, mir wird übel, dachte ich, außerdem lockerten sich von der Bewegung, der das Bündel ausgesetzt war, die verknoteten Hemden, so dass sich die rechte Hand des Toten befreite und vor meinen Augen hin und her zu schwenken begann, mit einer Bewegung des Kopfes drängte ich die Last, die gegen meinen Nacken drückte, ein wenig zurück und versuchte, mich für die verbleibenden zirka zwanzig Stufen einzig auf die Arbeit meines Körpers zu konzentrieren und die letzte Kraft aus meinen Muskeln herauszupressen, wie ein Roboter schritt ich voran, setzte gefühl- und willenlos einen Fuß vor den anderen, hoffentlich kommt mir kein Spaziergänger in die Quere, dachte ich und spürte, wie sich die Decke von seinem Körper löste, wieder blitzte und donnerte es, und plötzlich fing es wie aus Eimern zu regnen an, die Knoten der Hemden hatten sich gelockert und der Saum der Decke schleifte auf dem Boden, da der Tote seiner schützenden Hülle entblößt war, war ich seiner unmittelbaren Berührung ausgesetzt, an meinem Hals spürte ich seinen kalten Kopf, und sein Haar peitschte mir ins Gesicht, und obwohl ein unerträglicher, dumpfer Schmerz von meinen Schultern Besitz ergriff und meine Kräfte aufgezehrt waren, setzte ich den Abstieg fort, noch fünf Stufen, dann vier, dann drei, doch dann stolperte ich über die Decke, ich kann nicht mehr, stöhnte ich und landete am Ende der Treppe zusammen mit dem Toten in einer Pfütze, das Gefühl, die Last endlich los zu sein, bannte einen Augenblick meinen Ekel, wir lagen ineinander verschlungen im Regenwasser, und meinen Kopf auf seinen Leib gebettet genoss ich die Leichtigkeit meines Körpers, nahm mir aber gleichzeitig vor, in dieser Wonne nicht zu versinken, denn ich musste mich aufrappeln, zum Auto gehen und es zurücksetzen, um die Leiche im Kofferraum zu verstauen, doch da ich nicht aufstehen konnte, kroch ich im stärker werdenden Regen auf allen vieren zum Wagen, und als ich gerade den Motor anließ, sah ich, wie mir jemand mit tanzenden Schritten entgegenkam, der Betrunkene wankte zunächst an der Pfütze vorbei, blieb dann aber stehen, machte kehrt und beugte sich über den toten Mann, um ihn zu schütteln und danach seine Taschen zu untersuchen, ich hatte keine Ahnung, ob darin Papiere waren, aber der Betrunkene suchte Geld, für die Probleme anderer interessierte er sich nicht, er steckte die Banknoten, die er fand, in seine Manteltasche und verschwand in einer Gasse, die zur Hammam-al-Pascha-Straße führt, die kurze Pause hatte mir zu neuer Kraft verholfen, und ich setzte mein Werk fort, den Blick allein auf das gerichtet, was jetzt zu tun war – ich fuhr rückwärts bis zu der Pfütze, öffnete die Heckklappe, richtete unter äußerster Anstrengung die durchtränkte Leiche auf und ließ ihren Oberkörper in den Kofferraum sinken, danach hob ich ihre baumelnden Gliedmaßen in die Höhe und bog sie in eine Position, die kein Lebender freiwillig einnehmen würde, wie bei einer Schlangenfrau rahmten die Beine des Mannes seinen Kopf ein, und da sich seine Lider durch den Transport geöffnet hatten, glotzte er mich wie ein toter Haifisch an, ich warf die nasse Decke auf ihn und knallte angewidert die Heckklappe nieder, doch sprang sie wegen der Stellung seiner Beine wieder auf, ich schob ihn tiefer in den Kofferraum hinein und versuchte abermals, die Heckklappe zuzuschlagen, dabei entstand ein dumpfes Geräusch, dessen Ursprung zu ergründen ich keine Kraft besaß – und ehe ich in den Wagen stieg, schaute ich in die unbekannten, gleichgültigen Weiten des Himmels, von deren Erforschung ich ironischerweise lebte.

## 18

In einem fort ergoss sich der Regen über die ausgestorbenen Straßen, und ich steuerte auf das verlassene Gelände zu, als ich allerdings den großen Getreidesilo am Hafen passierte und mit der Planung der Bestattung des Toten begann, erinnerte ich mich, dass ich kein Werkzeug dabeihatte – wie konnte ich ohne einen Spaten ein Loch ausheben, und weshalb hatte ich nicht früher daran gedacht – mit einem Mal fühlte ich mich müde und verloren und solchen Herausforderungen nicht gewachsen (als gäbe es Menschen, die mehr Talent fürs Beseitigen von Leichen haben), am liebsten hätte ich aufgeben und wäre zu Antoun gefahren, um ihm alles Weitere zu überlassen, ich würde ein Geständnis ablegen, wenn er mir nur erlaubte, ein heißes Bad zu nehmen, denn ich glaubte nicht, dass ich aus dem Schlamassel herauskäme, und als ich mich einer grünen Ampel näherte, fasste ich einen Entschluss – wenn ich die Kreuzung schaffe, ehe es rot wird, ergebe ich mich, und springt die Ampel auf Rot, mach ich weiter – noch bei Grün überquerte ich das Straßenkreuz, fuhr dann aber doch nicht zu Antoun, denn ich hatte nicht wirklich vor, mich der Justiz auszuliefern, sondern klagte mich selbst an, wie ein Autodidakt, der auf niemanden angewiesen ist, ich schüttelte

Antouns Bild ab und durchkämmte in Gedanken die Umgebung von Haifa auf der Suche nach einem Beerdigungsplatz, für den kein Spaten notwendig war, plötzlich erinnerte ich mich an Nachal Scheikh, dort gab es eine Art Katakombe, und in die würde ich den Toten legen und mit Steinen zudecken, eines Samstags waren Nomi und ich in der Gegend spazieren gegangen, ich hatte ihr das verfallene Karmeliterkloster und den Obsthain mit den Oleanderbüschen und Wasserquellen unten im Wadi gezeigt, das war zu unseren guten Zeiten gewesen, und nun fuhr ich abermals nach Süden, bog an der Tankstelle am Karmelstrand links ab und folgte einem holprigen Pfad, der durch einen zwischen zwei arabischen Häusern gelegenen Hof führte, als ich das halb private, halb öffentliche Terrain durchquert hatte, bemerkte ich ein dürres, sehr großes Mädchen, das mit einem Regenschirm in der Hand auf einem Kreidefelsen saß und wie eine lange Echse anmutete, einen Augenblick beleuchteten die Scheinwerfer des Wagens ihr verzerrtes Gesicht, und ich fragte mich, weshalb sie da saß, der Weg schlängelte sich bergauf, und als er endete, hielt ich an und begab mich mit einer Taschenlampe auf die Suche nach einem geeigneten Versteck, doch war in der Dunkelheit kaum etwas zu erkennen, und ich musste mich vorsichtig zwischen den Steinen hindurchtasten, rechts von mir erhob sich die einzige erhaltene Klostermauer, in ihrer Mitte entdeckte ich eine kleine Tür, die jedoch von einem Trümmerberg, der von der eingestürzten Decke zu stammen schien, blockiert war und sich nur einen Spaltbreit öffnen ließ, doch vielleicht würde es mir trotzdem gelingen, den Toten hindurchzubugsieren und anschließend

Steine auf ihn zu häufen, so bestünde keine Gefahr, dass er gefunden würde, niemand käme auf die Idee, diese Tür zu benutzen, es sei denn, außer mir wollte noch jemand eine Leiche loswerden, aber die Vorstellung, den Toten herzuschleppen, deprimierte mich, es regnete nicht mehr, und eine lastende Stille kündigte das Unheil an, das sich über mir zusammenbraute, ich musste ihn schätzungsweise zwanzig Meter tragen, als ich aber zum Auto zurückging, um ihn zu holen, nahm ich in einiger Entfernung einen Schatten wahr, der auf mich zustrebte, es war das große Mädchen, das den Weg heraufschwebte und mit dem Regenschirm in der Hand vor mir stehen blieb – das hatte mir noch gefehlt! – es heftete den ausdruckslosen Blick seiner großen, leicht schräg stehenden Augen auf mich, und um die unerträgliche Stille zu durchbrechen, wünschte ich dem Mädchen einen guten Abend, doch schien es stumm zu sein, denn aus seinem Mund drangen nur abgehackte, Tierlauten ähnelnde Silben, jetzt muss ich mir einen anderen Begräbnisplatz suchen, dachte ich, als das Gesicht des Mädchens sich mir entgegenstreckte und riesige Zähne bleckte, es schien mich beißen zu wollen, aber nichts konnte mich noch erschüttern, und deshalb verzog ich meinen Mund zu einem Lächeln, das das Mädchen zusammenzucken ließ, seine Augen nahmen einen gläsernen, Mitleid erregenden Ausdruck an, und es wich langsam zurück, ohne mich aus den Augen zu lassen, sie verfügte über ein Geheimnis, wie viele Behinderte schien sie von einem Geheimnis umwittert, und da ich nicht sicher sein konnte, dass sie nicht Alarm schlagen würde, eilte ich zum Auto und ließ den Motor an, doch erwies sich das Wendemanöver als überaus schwierig, da neben mir das Wadis gähnte und mir kaum Spielraum blieb, eine leise Verlockung stieg in mir auf, mich in den Schlund hineinfallen zu lassen, gemeinsam mit meinem Toten, aber ich widerstand ihr, setzte behutsam vor und zurück und fragte mich, weshalb ich so sehr an meinem Leben hing – meine Mutter hatte meinen Vater verlassen, weil er während des Sinaikriegs in den Luftschutzkeller gegangen war, was hast du zu verlieren, hatte sie ihn gefragt, du hast doch schon genug gelebt, sie selbst suchte nie im Luftschutzkeller Zuflucht und setzte im Golfkrieg auch keine Gasmaske auf (damit konnte sie nicht rauchen), und trotz alledem versuchte ich, wie mein Vater ungeschoren davonzukommen, das Mädchen war inzwischen verschwunden, doch als ich wieder durch den Hof zwischen den Araberhäusern fuhr, sprang es vor meinen Wagen, und ich hielt mit quietschenden Reifen an, denn ich wollte nicht noch eine Leiche am Hals haben, ich stieg aus, und sie baute sich vor mir auf und lächelte mich mit ihren großen Zähnen an, der verrückte Ausdruck ihres Gesichts ließ mich versteinern, er erinnerte mich an meine eigene schreckliche Situation, Übelkeit schnürte meine Kehle zu, und ich wollte vor dem Blick des Mädchens ins Wageninnere fliehen, das Mädchen jedoch griff nach meinem Mantelkragen und umklammerte mich mit ihren kräftigen Händen, erfolglos versuchte ich, sie abzuschütteln, als in einem der Häuser das Licht anging und eine füllige Araberin herbeilief, um mich von dem Mädchen zu befreien, sie ist nicht gesund, nicht gesund, sagte die Frau und tippte zur Erklärung mit dem Finger an ihre Stirn, das Mädchen gab sofort nach und schmiegte sich an seine Mutter, wobei es mir wie eine Besiegte einen letzten erschrockenen Blick zuwarf, ich setzte die Fahrt fort und zermarterte mir den Kopf, um eine Lösung für mein Problem zu finden, es konnte doch nicht sein, dass es in ganz Haifa keinen Ort gab, wo man eine Leiche loswurde (wenn ich das Wort »Leiche« dachte, zuckte ich nicht mal mehr zusammen – kaum zu glauben, wie schnell sich der Mensch an die Bredouille gewöhnt, in die er sich selbst hineinmanövriert hat), an der Ampel am Karmelstrand sah ich auf die Uhr, ich war sicher, dass es schon sehr spät war, aber es war erst zehn, die Ampel sprang auf Grün, da aber kein Auto hinter mir wartete, blieb ich stehen und strengte meine siechen Hirnzellen an, um endlich einen passenden Ort für die Beerdigung des Toten zu finden, wie ein Blitz flackerte das Bild der städtischen Abfalldeponie vor mir auf, dort brauchte ich keinen Spaten, sondern konnte mit bloßen Händen eine Grube im frischen Müll ausheben und den toten Körper, dessen Geruch im allgemeinen Gestank untergehen würde, hineinlegen, und so brauste ich bei Rot los, obwohl ich nur eine vage Vorstellung von der Richtung hatte, die Deponie lag am Weg zu den Qirjot-Stadtteilen, das war alles, was ich wusste, also blieb mir nichts anderes übrig, als einen Passanten zu fragen, doch der Gedanke bereitete mir Magenschmerzen, denn wie konnte ich um diese Uhrzeit und in einer solchen Nacht jemanden bitten, mir den Weg zur Müllkippe zu erklären, ich wollte schon aufgeben, folgte aber zunächst weiter dem Weg zu den Qirjot, an der Scheckpost bog ich links ab, hielt an einem Schouarma-Imbiss an, öffnete das Fenster und rief dem Verkäufer in forderndem, von allen Komplexen gereinigtem Ton zu, Entschuldigung, wo ist die Mülldeponie, worauf er, gleichgültig und ohne sich zu wundern, sagte, geradeaus, dann links, noch mal links und dann rechts, dann sehen Sie ein Schild, doch ich wollte es genau wissen und bat ihn, es mir erneut zu erklären, damit ich unterwegs nicht noch mal fragen musste, mit den gleichen Worten und im selben unbeteiligten Tonfall wiederholte er seine knappe Erläuterung, während sein müder Blick durch mich hindurch in weite Fernen glitt, der Mann wollte seine Ruhe, und so verabschiedete ich mich und versuchte, mich nach seiner Wegbeschreibung zu richten, die mich nach wenigen Minuten zu einem Schild mit der Aufschrift *Hafen – Depots* führte – der Mann hatte nicht richtig zugehört, diese Nacht würde niemals enden – da das Gelände verlassen lag und keine Menschenseele zu sehen war, kehrte ich zur Kreuzung von Qirjat Ata zurück, trat in ein anderes Imbisslokal und trug mein unmögliches Anliegen noch einmal vor, entschuldigen Sie, ich suche die Mülldeponie, dabei sprach ich das Wort »Müll« besonders betont aus, damit man mich kein zweites Mal zu den Lagerhäusern am Hafen schickte, aber diesmal gab es kein Missverständnis, der Imbissverkäufer sah mir in die Augen, die Mülldeponie, was wollen Sie jetzt auf der Mülldeponie – ich suche was, antwortete ich entschlossen, aber er blieb hartnäckig und wiederholte, was wollen Sie da mitten in der Nacht – ich bin verabredet, behauptete ich – Sie sind auf der Müllkippe verabredet, können Sie sich nicht anderswo treffen, erwiderte er wütend, und ich fragte mich, weshalb er sich aufregte, und im selben Moment mischte sich ein Kunde, der ein hartes Ei verspeiste, in das Gespräch ein und fragte, was, wo will er hin, und der Verkäufer erklärte in anklagendem Ton, er sucht die Müllkippe, doch weil auch der Eiesser auf mein Ansinnen mit Befremden reagierte und zweifelnd sagte, zur Müllkippe, ließ ich die beiden Männer stehen und setzte meine Irrfahrt fort, wie finde ich diese beschissene Deponie, fluchte ich und sah an einer Busstation einen Soldaten der Luftwaffe stehen, ich hielt bei ihm an und fragte ihn, wissen Sie, wo die Mülldeponie ist (inzwischen sprach ich auch diese Worte völlig gelassen aus), und weil der Soldat, der ein großes, gequältes Gesicht hatte, zu sehr mit seinen eigenen Problemen beschäftigt war, stutzte er nicht, sondern bat mich mit zitternder Stimme, ihn zur Kaserne mitzunehmen, die sich nicht weit von der Deponie entfernt befinde, das ist unmöglich, erwiderte ich, aber schon öffnete er die Wagentür und stieg ein, fahren Sie, bedrängte er mich, bitte fahren Sie, und ich gehorchte ihm, ich bin aus der Kaserne abgehauen, rechtfertigte er sich, und hab meine Freundin besucht, aber mein Schwager lag bei ihr im Bett, danach erlitt er einen Zusammenbruch und startete einen fieberhaften Bericht, der sich nicht stoppen ließ, selbst als ich ihn bat, mir zu sagen, wo ich langfahren musste, machte er nur ein Zeichen mit der Hand und erzählte schluchzend und schnaufend, wie er ihr Blumen, Parfüm und Strümpfe gekauft hatte und mit seinen Geschenken in ihre Wohnung getreten war, und dort habe er dann seinen Schwager gesehen, im Bett seiner Freundin, und jetzt, jammerte er, würden sie ihn auch noch einsperren, weil er sich widerrechtlich von der Truppe entfernt hatte, dabei habe er sich nur ihretwegen davongeschlichen, und sie vögele mit seinem Schwager, heulend kauerte er neben mir, und ich wurde fast verrückt, weil ich nicht wusste, was ich mit ihm anstellen sollte, doch als wir zur Kaserne kamen, wurde er mit einem Schlag ruhig und verließ das Fahrzeug, die Deponie, wo ist die Deponie, rief ich ihm flehend hinterher, aber er hatte mich schon vergessen, wie ein krankes Nilpferd schleppte er sich zum Kasernentor, während ich wieder alleine war und immer noch nicht wusste, wo es zur Müllkippe ging, alles, was ich hatte, war eine Leiche im Kofferraum, und an die gewöhnte ich mich allmählich, ich fuhr weiter und durchquerte das Qischontal, bis ich plötzlich ein Schild sah, »Zur städtischen Abfalldeponie« – manchmal braucht man so wenig, um glücklich zu sein – doch als ich zirka eine Minute später zum Tor des abgezäunten Gebiets gelangte, war es mit einem langen Eisenbolzen verriegelt, sie haben die Deponie zugesperrt, stöhnte ich, wer kommt bloß auf so eine beschissene Idee, fragte ich mich und stieg aus dem Wagen, aber nicht die Verzweiflung trieb mich, sondern das Gesetz der Trägheit, und schon ein leichtes Drücken ließ das Tor aufspringen, ich fuhr hindurch, und der Gestank von im Regen faulendem organischem Abfall schlug mir entgegen, ich folgte einem Weg, der bergan führte, hier würde ich ihn begraben, sollte er bis ans Ende aller Tage in diesem Dreck schmoren, sagte ich still zu mir und hielt Ausschau nach Anhäufungen frischen Unrats, da ich jedoch wegen der Dunkelheit kaum etwas erkannte, stellte ich den Wagen ab, drehte die Scheinwerfer auf und näherte mich zu Fuß dem sich vor mir erhebenden Hügel, der im gelben Licht wie ein von Kunststudenten geschaffenes Ausstellungsstück wirkte, ich tastete nach den Handschuhen in meiner Manteltasche, aber mir fiel ein, dass ich sie in den Rucksack geworfen hatte, und so fing ich an, mit bloßen Händen eine Mulde zu graben, der Abfall war feucht und frisch, Hüttenkäse, Gemüse, Schalen, Eier, Konservenbüchsen, Plastiktüten, Papier, Kleidungsstücke und undefinierbare Knochen, dorthinein warf ich das Feuerzeug, das noch immer wie ein glühendes Stück Kohle in meiner Tasche schmorte, und als das Grab beinahe bereitet war und ich glaubte, das erste Kapitel der Horrorgeschichte würde in wenigen Minuten zum Abschluss kommen, hörte ich ein Murmeln und nahm in einer Entfernung, die sich schwer bestimmen ließ, den blassen Schein beweglicher Lampen wahr, ich erstarrte, jemand versuchte, mir einen Streich zu spielen, das würde mein Ende sein, man war mir auf den Fersen, der Soldat hatte mir die Armee hinterhergeschickt, ich fürchtete, mich umzudrehen, und stand bewegungslos da, sollen sie mich festnehmen, dann ist der Alptraum endlich vorüber, aber es waren keine Soldaten, sondern zwei Männer und eine Frau, die den Müll durchsuchten, und für Sekunden bildete ich mir ein, auch sie seien hier, um Leichen zu verscharren, doch nickten sie mir zu, als würde meine Gegenwart sie nicht weiter erstaunen, und einen Augenblick wusste ich nicht, wie ich die Situation einschätzen sollte, guten Abend, sagte einer der Männer mit russischem Akzent, und als er lächelte, blinkten seine Goldzähne im fahlen Lampenlicht, seine Begleiter machten sich nicht die Mühe, mich anzuschauen, sondern stocherten eifrig mit ihren langen Stöcken im Unrat, sie trugen Arbeitshandschuhe, und keiner von ihnen wollte eine Leiche verstecken, was für ein Hirngespinst, sie suchten verwertbares Zeug, es waren arme Einwanderer, die es auf die Krumen der reich gedeckten Tische aus dem Karmelviertel abgesehen hatten, mit einem freudigen Pfeifen hielt die Frau eine Handtasche in die Höhe, sah sie im Licht der Taschenlampe prüfend an und warf sie auf den Haufen ihrer Fundstücke, gleich danach sandte sie mir einen drohenden Blick, sie hielt mich für einen Konkurrenten, der in ihr Territorium eingedrungen war, ich war ratlos und dachte resigniert, auch dieses Grab ist verloren, doch der Mann mit den Goldzähnen rief mir zu, da ist es nicht gut, hier ist's besser, nicht dort, worauf die Frau mit verbitterter, wütender Stimme etwas auf Russisch zu ihm sagte, danke, aber ich muss gehen, erwiderte ich dem Mann, obwohl sich keiner von ihnen für meine Erklärung zu interessieren schien, erst als ich mich abwandte und zu meinem Wagen zurückging, hörte ich einen der Männer rufen, können Sie rausnehmen uns, sofort war mir klar, dass ich sie nicht hindern konnte, meinen Wagen als Taxi zu missbrauchen, trotzdem entgegnete ich, tut mir Leid, ich hab es furchtbar eilig, doch als der Mann genauso eindringlich wie der Soldat von der Luftwaffe zu betteln anfing, bitte, mein Herr (die Nachtschwärmer in dieser Gegend schienen allesamt verzweifelte Menschen zu sein), fand ich nicht die Worte, um ihn zurückzuweisen, und sagte, in Ordnung, und unverzüglich begannen die drei, die Ausbeute ihres Streifzugs in große Plastiktüten zu stecken, wobei mich die Frau mit einem hochmütigen Blick bedachte (diese Art kenne ich, sagte ich zu mir), und als zwei Tüten gefüllt waren, nahm jeder der Männer eine, während die Frau noch einen Moment stehen blieb und mit sich haderte, ob sie eine Pfanne mitnehmen sollte, aber aus Rücksichtnahme mir gegenüber trieb der Mann mit den Goldzähnen sie zur Eile an, und sie schloss sich den beiden Männern an – mir fiel auf, dass der zweite Mann hinkte, obwohl er kräftig und muskulös war, er trug den prall gefüllten Plastikbeutel auf seinem breiten Rücken und steuerte direkt auf den Kofferraum zu, mir blieb die Luft weg, und das Entsetzen ließ meine Füße am Boden festkleben, schon berührten die Hände des Mannes das Schloss, als sich meiner Kehle ein Klagelaut entrang, der von einem gerupften Huhn hätte stammen können, der Mann zuckte zusammen, zog die Hand vom Schloss zurück, als hätte es ihm einen elektrischen Schlag versetzt, und schaute mich verdutzt an, und mit meiner normalen Stimme sagte ich, entschuldigen Sie, nicht dahin, da ist kein Platz mehr, der Mann mit den Goldzähnen übersetzte meine Worte, und da ihnen meine Bitte einleuchtend schien, wandten sie sich vom Kofferraum ab, ich entriegelte die Wagentüren, und die Frau setzte sich neben mich, wohingegen die Männer auf der Rückbank Platz nahmen und die Tüten auf ihrem Schoß mit beiden Armen festhielten, ich ließ den Motor an und fuhr los, der Gestank machte mich verlegen, aber ihn zu ertragen war in dieser Situation das kleinere Opfer, die Frau wies mir die Richtung zum Ausgang, trotzdem sah sie nur selten zu mir hin, obwohl sie jede meiner Bewegungen registrierte, sie schien um die dreißig zu sein, und ihre Entschlossenheit beeindruckte mich, als wir zum Tor hinausfuhren, zeigten sie auf Wohnwagen, die in der Nähe standen, Sie bitte sehr zu uns kommen, bisschen Wodka trinken, sagte der Mann mit den Goldzähnen, und als ich hastig ablehnte, schaute die Frau mich an, als könnte sie in meinem Gesicht lesen, sofort geriet ich ins Schwitzen, doch verweilte ihr

Blick auf mir, und ohne es zu wollen, drehte ich den Kopf und sah ebenfalls zu ihr hin, unsere Blicke trafen sich und schufen eine peinliche Intimität, die Frau kann nichts wissen, beruhigte ich mich, und doch schien sie es im Gegensatz zu ihren Begleitern nicht für selbstverständlich zu halten, dass sich jemand wie ich mitten in der Nacht auf einer Müllkippe herumtrieb, ich stoppte bei den Wohnwagen, und sie stiegen aus und dankten mir in einem Gemisch aus Hebräisch und Russisch, dann entfernten sie sich mit ihren Tüten, doch wartete ich noch einen Augenblick, da ich sicher war, dass sich die Frau zu mir umdrehen würde, und sie tat es wirklich, doch konnte ich im Dunkeln ihre Augen nicht sehen, nur ihren Blick spürte ich, und ich fuhr los und wurde erneut von dem Gefühl heimgesucht, in einer anderen Dimension, einer Parallelwelt zu leben, als wäre ich auf ein Gleis geraten, wo eine Wirklichkeit herrschte, die sich von der der übrigen Menschen unterschied, die Details waren vertraut, doch schienen sie von einem neuen Bewusstsein umschlossen, alle Klarheit, ob die Dinge tatsächlich passierten oder nur einem Wachtraum entsprangen, hatte ich eingebüßt, und wieder kam ich an der Imbissbude an der Kreuzung von Qirjat Ata vorbei, und ich erinnerte mich, dass ich vernünftig sein und nachdenken musste, um endlich einen Platz für die Leiche zu finden, denn so konnte es nicht die ganze Nacht weitergehen, eine abscheuliche Woge von Einsamkeit schlug über mir zusammen und spülte mich zu meiner Mutter – das war's, ich würde zu meiner Mutter fahren und mich bei ihr von meiner Last befreien, ich war zu verwirrt und erschöpft, um mich allein damit abzuplagen, mein Entschluss verlieh mir neue Energie, und ich schlug den Weg zur ehemaligen Deutschen Kolonie ein, ich würde sie wecken und ihr alles vor die Füße werfen, schließlich hatte auch sie mir in meiner Kindheit einiges zugemutet – mit der Mitteilung, dass sie sich von meinem Vater trennen wollte, war sie an meinem achten Geburtstag zu mir gekommen, natürlich wusste sie nicht, dass ich Geburtstag hatte, es handelte sich um einen unglücklichen Zufall, sie riss mich aus dem Schlaf, und noch ehe ich vollkommen wach war, sagte sie in trockenem, sachlichem Ton, ich und dein Vater lassen uns scheiden, vor Schreck fing ich zu weinen an, und sie sagte, das ist zwecklos, aber mein Kummer steigerte sich zu einem Geheul, das meinen Vater auf den Plan rief, und erst als sie zu ihm im selben Ton sagte, Avigdor, ich verlasse dich, und sein Gesicht mehrfach die Farbe wechselte, begriff ich, dass auch er nichts gewusst hatte, was soll das heißen, stammelte er – dass wir uns trennen, antwortete sie brutal, und während er vor ihr auf den Knien rutschte und ich jammernd in meinem Bett lag, erklärte sie kühl, sie habe ihn nie geliebt, und da man nur einmal lebe und er noch gesund sei, bestehe kein Grund für sie, sich weiterhin für ihn abzurackern, zu kochen und Wäsche zu waschen und seine Pingeligkeit zu ertragen, und er, der ihr all die Jahre wie ein Hund treu ergeben gewesen war und nie etwas von ihr verlangt hatte, war außer Stande, die Nachricht zu verdauen, er heulte in ihren Schoß hinein, aber sie sagte nur, stell dich nicht an, auch das Jammern des Jungen kann mich von meinem Entschluss nicht abbringen, doch wegen des bürokratischen Aufwands hatte sie sich später nie durchringen können, die Scheidung offiziell zu erwirken, deswegen hatte mein Vater auch nie verstanden, dass ihre Ehe endgültig gescheitert war, sie mietete ihm eine Wohnung, aber er kam fast jeden Tag zu uns, saß in der Küche und schaute meine Mutter mit tränenden Augen an, was in scharfem Kontrast zu seiner kräftigen, sonnengebräunten Erscheinung stand, und als sie ihn aufforderte, seine Besuche einzuschränken, blieb er ein paar Tage fort und kam von da an regelmäßig unter dem Vorwand zu Besuch, es gebe jemanden, der zu ihr passen würde und mit dem er sie unbedingt bekannt machen wolle, so aßen wir gemeinsam von der Möhrenpastete, die meine Mutter ständig backte (ohne es zu bemerken, verzehrte mein Vater auch das Pergamentpapier, mit dem sie die Form ausgelegt hatte), und obwohl ich und er uns dabei gegenübersaßen, behandelte er mich, als wäre ich Luft, denn sobald ich das Wort ergriff, schaute er durch mich hindurch und wartete, bis die Störung vorbei war, wahrscheinlich ist vor allem er schuld, dass Kinder für mich nur in der Theorie existieren, und so saß ich am Tisch, kaute auf der Pastete, die ich seit langem satt hatte, und hörte zu, wie er ihr Männer anpries, die er getroffen habe und die ihr sicherlich gefallen würden, mal war es ein Ingenieur, mal ein Landwirt und einmal sogar ein Theaterregisseur, und immer handelte es sich um ausgezeichnete Burschen, doch genau genommen habe ich keine originäre Erinnerung an meinen Vater, vielmehr ist mein Bild von ihm schon vor langer Zeit mit den Erzählungen meiner Mutter verschmolzen, die nicht aufhörte, von ihm zu reden, seit er eines Tages einen Herzstillstand erlitten hatte und zusammengebrochen war, das war passiert, als sie zu ihm sagte, er solle endlich aufhören, sich vor ihr zu erniedrigen, denn das Einzige, was dem Menschen am Ende bleibe, sei seine Selbstachtung – seit dem Beginn meiner Romanze mit Nomi musste ich oft an die übertriebene Anhänglichkeit meines Vaters denken, an diese Liebe, die einem das Herz zerreißt und wegen der ich jetzt in meinem Auto mit einer Leiche im Kofferraum saß, in der Azma'utstraße fasste ich den Plan, den Toten unter der Eiche im Garten meiner Mutter zu beerdigen, und da mein Problem gelöst schien, lockerte sich auch die Verspannung in meinen Schultern, unterdessen fing es wieder zu regnen an, und ich bog in die Ben-Gurion-Allee und kurz darauf in die kleine Seitenstraße, die zu meinem Elternhaus führte, lenkte den Wagen in eine Parklücke, stieg aus und klingelte, bei meiner Mutter brannte Licht, wer ist da, hörte ich von drinnen ihre Stimme, ich bin's, mach auf, rief ich, und sie öffnete mir, ja, ich habe vergessen, dass ich nach Müll stinke, räumte ich ein, als ich den konsternierten Blick in ihren tief liegenden Augen sah, mein Gott, was ist dir zugestoßen, wo hast du dich rumgetrieben, krächzte ihre Raucherstimme, und so standen wir im Eingang des Hauses, und ich wusste sofort, dass ich bei ihr keinen Trost finden würde, aber den wollte ich gar nicht, denn ich hatte etwas Dringendes zu erledigen und war dabei wenigstens nicht auf mich allein gestellt, du bist krank, sagte sie und ließ mich hinein, und während ich an ihr vorbeiging, spürte ich in meinem Rücken ihren Blick, ich bin nicht krank, widersprach ich ihr, gleich werde ich dir alles erklären, aber gib mir erst was zu trinken, sie holte ihren grauenhaften Cognac, und ich nahm mehrere Schlucke direkt aus der Flasche, meine Niedergeschlagenheit breitete sich im ganzen Zimmer aus, und anstatt mich zu ermahnen, das Glas zu benutzen, nahm meine Mutter Platz und wartete, bis ich mich, vom Cognac leicht benommen, ihr gegenüber setzte und von Nomis Geliebtem zu erzählen begann, als mein Bericht beim Besuch in Wadi Salib angelangt war, trat Erschütterung in ihr Gesicht, doch monoton und wie durch einen Nebel hindurch entwarf ich vor ihr das ganze Bild meiner Katastrophe und bemühte mich, ihr in die Augen zu schauen, du musst mir helfen, flüsterte ich wie ein schutzbedürftiges Kind und hoffte, dass sie sich nach diesem Appell erbarmen würde, denn ich brauchte ihre Zuwendung und wusste, dass es nicht leicht war, sie zu überzeugen, denn ihr Leben lang hatte meine Mutter Sentimentalitäten verabscheut, schon Gefühlsäußerungen waren ihr suspekt gewesen, sie behauptete, das alles sei Ausdruck einer hohlen Feierlichkeit, die die Menschen liebten, weil sie nicht den Mut hätten, sich mit der grauen, harten Seite der Wirklichkeit auseinander zu setzen und die Dinge so zu sehen, wie sie sind, deshalb hatten wir nie Geburtstage gefeiert, denn Geschenke betrachtete sie als eine einschmeichelnde, verschwenderische Geste, und auch das Ritual des Küssens hielt sie für peinlich und verzichtbar, obwohl ich nicht mal behaupten kann, dass mich die Tatsache, dass man sich bei uns zu Hause nie umarmte, besonders störte – was man nicht kennt, vermisst man nicht – und noch immer sagte sie nichts, und ich fragte mich, wie viel Zeit inzwischen vergangen war, sie hat mich in der Hand, soll sie mich ausliefern, meine Kraft ist aufgezehrt, meinetwegen können wir bis ans Ende aller Zeiten so voreinander hocken, dann aber stand sie auf und näherte sich mir, und in ihren Augen lag eine Sanftmut, die ich noch nie bei ihr gesehen hatte, sie streckte ihre Hand aus und schob die Strähne beiseite, die mir in die Augen gefallen war, und die zärtliche Berührung ließ Selbstmitleid in mich einströmen, so dass ich hemmungslos zu schluchzen anfing und sich diese ganze unwirkliche Nacht in einem Tränenstrom auflöste, der aus den Tiefen meines Seins hervorfloss, es gab keine Vergangenheit und keine Zukunft mehr, nur den Augenblick zwischen ihr und mir, am Ende krümmte ich mich hilflos vor ihr auf dem Boden, sie beugte sich über mich und nahm meinen übel riechenden Kopf in ihre Arme, und zum ersten Mal in meinem Leben schmiegte ich mich an sie, ihr Körper war der einer Fremden, doch allmählich beruhigte ich mich, und plötzlich wurde mir sehr kalt, unbeholfen versuchte sie, mich aufzurichten, und mir fiel auf, wie dünn ihre Arme waren, doch dann umwölkte sich ihr Gesicht und verwandelte sich in jenes zurück, das ich kannte, genug, Ilan, sagte sie, steh auf, wir haben zu tun, und bei diesem letzten Satz klang sie ärgerlich, als weigerte ich mich, das Geschirr abzutrocknen, wir gingen in den kleinen Garten, die Straße lag verlassen und dunkel, sie brachte mir einen Spaten und eine Taschenlampe, und ich fing an, unter der Eiche ein Loch zu graben, doch hatte ich nicht bedacht, dass die Erdschicht in dieser Gegend dünn war und der Fels bis fast an die Oberfläche reichte, versuch es woanders, empfahl sie mir, und nach und nach grub ich den ganzen Garten um, und all meine Hoffnung ging verloren, schon seit gestern Abend bemüh ich mich, ihn unter die Erde zu bringen, aber bisher ist jeder Versuch fehlgeschlagen, sogar hier, bei meinen Eltern, meine Mutter stand neben mir und sagte, komm, Ilan, lass es, doch ich fiel abermals wütend über den Boden her, der hart und unbeugsam blieb, schließlich lief ich zur Südecke des Gartens, wo noch einzelne Rosenbüsche standen, aber auch dort war die Erdschicht nicht dick genug, derweil ging im Haus neben uns das Licht an, und unser freundlicher Nachbar steckte den Kopf zum Fenster heraus und fragte, was los sei und ob er helfen könne, wegen seines schlichten Gemüts schöpfte er keinen Verdacht, jemand buddelte nachts in einem Garten, und er bot seine Unterstützung an, seine verstorbene Frau hätte anders reagiert, es ist nichts passiert, Josef, sagte meine Mutter, wir suchen nur etwas, entschuldige, wenn wir dich geweckt haben, er aber wollte uns unbedingt helfen, und nur der autoritäre Ton meiner Mutter hielt ihn im Haus zurück, und wieder hätte ich am liebsten geheult, aber ich traute mich nicht, sondern stützte mich auf den Spaten und sagte in sachlichem Ton, nichts zu machen, insgeheim jedoch dachte ich, dass die Vergeblichkeit meines Mühens vielleicht ein Zeichen war, das mir zur Aufgabe riet, ohnehin konnte ich mir nicht vorstellen, wie ich mit der Erinnerung an meine Tat leben sollte, der Gedanke, alles hinzuwerfen, munterte mich vorübergehend auf, und ich sagte zu meiner Mutter, dass ich Antoun anrufen wolle, aber ihre zerbrechliche Hand umklammerte mit einer Kraft meinen Arm, zu der ich sie nicht für fähig gehalten hatte, du bleibst hier, sei kein Idiot, ich lass dich nicht im Gefängnis verrotten, du hast eine Dummheit begangen und wirst auf deine Art bezahlen, sie flüsterte, doch war jedes Wort deutlich vernehmbar, und so ging ich nicht zum Telefon, sondern begab mich endgültig in ihre Hände, was soll ich deiner

Meinung nach tun, fragte ich, und sie entgegnete, ich werde dir sagen, was Antouns Mutter getan hätte, wenn ihr Sohn mit einer Leiche nach Hause gekommen wäre, Antouns Mutter hätte sie aufgegessen, weil sie nur so sicher sein konnte, dass die Leiche nie entdeckt würde, das hätte Antouns Mutter für ihren Sohn getan – hör auf, schrie ich, und sie sagte, beruhige dich, ich werde sie nicht essen, ich erkläre dir nur, dass Antouns Mutter es getan hätte, weil das die einzige vollständige Lösung ist – Mama, ich bitte dich, protestierte ich, mir ist schlecht genug, und sie sagte, lass uns reingehen und in Ruhe nachdenken, doch konnte ich keinen vernünftigen Gedanken fassen und wartete, dass sie etwas vorschlug, und nachdem sie eine Weile im Zimmer auf und ab gegangen war, verkündete sie, ich habe eine Idee – was für eine Idee, fragte ich – eine gute Idee, antwortete sie, ich geh mich schnell anziehen, aber setz dich in der Zwischenzeit mit deinen schmutzigen Sachen nicht auf den Sessel, es reicht schon, dass du Flecken in den Teppich gemacht hast, dann verschwand sie in ihrem Schlafzimmer, und ich blieb alleine zurück, und die widersprüchlichsten Gedanken tobten in meinem Kopf, der zu zerspringen drohte, ich musste Ordnung da oben schaffen und richtete meinen Blick auf den Heizstab im elektrischen Ofen, doch der rote Streifen führte mich zu den FireSide-Öfen zurück und von dort zu seinem Gesicht, seinem blonden Haar und dem überraschten Blick, als ich das Feuerzeug vor ihn hinhielt – wie viel Uhr ist es, rief ich, um mich wachzurütteln, und meine Mutter antwortete, ich komme schon, im Kühlschrank steht Kabab, Antouns Mutter hat es gestern vorbeigebracht – sie glaubt wirklich, dass ich in dieser Situation etwas runterkriege, wunderte ich mich und trank noch einen Schluck Cognac, der genüsslich meine Speiseröhre hinunterkroch, ein paar Minuten später erschien sie in ihrem lilafarbenen Trainingsanzug, der ihr mehrere Nummern zu groß war, mit einer roten Wollmütze und klobigen Turnschuhen, wohin gehen wir, erkundigte ich mich, aber sie sagte, komm mit, ich erkläre es dir unterwegs, ich habe einen ausgezeichneten Plan, und daher stellte ich auch keine Fragen, als sie aus dem Flurschrank einen zusammenklappbaren Gepäckwagen hervorholte, vielleicht fliegen wir ins Ausland, dachte ich und nahm ihn ihr schweigend ab, sie schloss sorgfältig das Haus ab, und als wir am Auto ankamen, sagte sie, zeig ihn mir, und ich fragte, wen – den Toten, sagte sie, ich will sehen, wie groß er ist, ich öffnete die Heckklappe und schaute nach oben, um die Leiche nicht sehen zu müssen, meine Mutter hingegen beugte sich tief in den Kofferraum und schaute hinein, als handelte es sich um Einkäufe, die ich ihr vom Markt mitgebracht hatte, er ist groß, stellte sie fest, hol den Spaten aus dem Schuppen, und als ich zu fragen wagte, wozu, wurde sie ungeduldig, geh und hol ihn, befahl sie, und ich holte den Spaten, legte ihn neben den Kopf des Toten und schloss die Heckklappe, während meine Mutter bereits im Innern des Wagens auf mich wartete, nichts erinnerte mehr an ihre Sanftmut, und wenn man in ihr Gesicht schaute, fiel es einem schwer zu glauben, dass jener Augenblick wirklich existiert hatte, wohin soll ich fahren, fragte ich wie ein Chauffeur – zum Nachal Scheikh, antwortete sie, und als ich erwiderte, da bin ich heute schon mal gewesen, sagte sie, das spielt keine Rolle, tu nur, was ich dir sage, danach sank sie in sich zusammen und strahlte eine Unnahbarkeit aus, die ich schon als Kind beängstigend fand (es hatte Zeiten gegeben, in denen sie tagelang schwieg, und umgeben von dieser Stille lag ich nachts in meinem Bett und hoffte, dass sie wenigstens niesen oder sich räuspern würde), die Erinnerung ließ die alte Beklommenheit wieder auferstehen, doch entschied ich, mich heute, mit achtundvierzig Jahren, vor meiner Mutter nicht mehr zu fürchten, und indem ich nach Süden zur Kreuzung am Karmelstrand fuhr, zählte ich von hundert abwärts und gelangte, ohne nachzudenken, ans Ziel, mit einer Handbewegung bedeutete meine Mutter mir, links zum Südufer des ausgetrockneten Flusses abzubiegen, und als wir zu einem Schild mit der Aufschrift »Friedhof Sde Jehoschua« kamen, begann ich die Absicht meiner Mutter zu durchschauen, doch enthielt ich mich jeden Kommentars, denn sie wirkte verschlossen und hart, und unsere Feindseligkeit lag zwischen uns wie ein Felsblock, halt an, bellte sie, und ehe wir ausstiegen, drehte sie sich zu mir um, sandte mir aus ihren tiefen Augenhöhlen einen durchdringenden kalten Blick zu und fragte, was ist los, Ilan, willst du in Zukunft alle ihre Liebhaber töten, dann ging sie ums Auto herum, öffnete die Heckklappe und forderte mich auf, den Toten auf den Gepäckwagen zu legen, sehr kalt und sehr hart war er, und ich versuchte, ihn möglichst geschickt aus dem Kofferraum herauszuhieven, doch brachten mich die Blicke meiner Mutter aus dem Konzept, nun pack ihn schon unter den Armen, sagte sie, als läge kein Mensch vor uns, sondern irgendeine Ware, unter größter Anstrengung zerrte ich ihn aus dem Kofferraum, während sie an seinem Hemd zog, das hochrutschte und seinen glatten Bauch entblößte, als der Tote schließlich auf dem Gepäckwagen zusammensackte, bog sie seine Beine in die Höhe und band sie mit einem Strick fest, den sie in ihrer Tasche bereithielt, das eine Bein rechts des Haltegriffs, das andere links davon, träum nicht, ermahnte sie mich, bring lieber den Rest, und ich holte den Spaten, die Decke, die drei Hemden und den Rucksack, und nachdem ich blind ihre Befehle ausgeführt hatte, stand ich stumpf und regungslos, bis sie mich musterte und ruhig und ohne Groll zu mir sagte, du musst dich beherrschen, Ilan, das ist alles, wozu ich dir im Moment raten kann, ich erwachte aus meiner Apathie, legte die Decke und alle übrigen Sachen auf den Toten und prüfte nach, ob er ausreichend befestigt war, danach betraten wir das Friedhofsgelände, meine Mutter sagte, lass mich vorausgehen, und ich schob den Wagen wie ein Laufbursche aus dem Supermarkt hinter ihr her, mit dem Spaten in der Hand und ihrem wackelnden Gang schien sie einem Zeichentrickfilm entlaufen zu sein, aber nach wenigen hundert Metern blieb sie vor drei frisch aufgeworfenen Erdhügeln stehen, zeigte auf den mittleren und sagte, das ist das Grab eurer Kindergärtnerin, zu deren Beerdigung du und Antoun nicht gekommen seid – aber jetzt bin ich da, entgegnete ich, doch hatte sie keine Nerven für Plänkeleien, los, grab schon, herrschte sie mich an und drückte mir den Spaten in die Hand, er soll ins Grab von Hensi Bauer, fragte ich jämmerlich, und sie erwiderte, wohin sonst, aber wo lassen wir Hensi Bauer, stammelte ich, und ihr platzte endgültig der Kragen, wach auf, Ilan, zischte sie, Hensi kommt nirgendshin, sie kriegt endlich einen Beischläfer, lass es uns mal aus diesem Blickwinkel sehen, ihr Realitätssinn, der mich schon immer geärgert hatte, setzte mir diesmal besonders zu, doch nahm sie energisch meine Hand und sagte, fang an, wir haben keine Zeit, wer weiß, was für Geistesgestörte nachts über Friedhöfe geistern und uns beobachten, ich trug den Erdhügel ab und drang in die Tiefe vor, die Situation wirkte unwirklich und absurd und verdrängte die Scham, die in mir aufkeimte, behutsam stieß ich den Spaten ins Erdreich, denn ich wollte die in Tücher gehüllte Kindergärtnerin nicht verstümmeln, aber meine Mutter sagte mit ungezügeltem Spott, du brauchst dich nicht vorzusehen, es tut ihr nicht weh, sie liegt unter mehreren Steinplatten, das beruhigte mich ein wenig, und ich schaufelte schneller, und weil der Boden weich war, stieß ich bald auf etwas Hartes und empfand Erleichterung bei dem Gedanken, den darunter verwesenden Körper nicht anschauen zu müssen, als ich mich allerdings umdrehte, um Nomis Geliebten zu holen, sagte meine Mutter, auch die Steine müssen raus – warum, fragte ich, verstand aber sofort den Grund – wenn wir ihn auf die Steinplatten legen, wird man ihn beim Aufstellen des Grabsteins entdecken, mit der Taschenlampe trat meine Mutter an den Rand des Erdlochs und leuchtete hinein, während ich die Steinplatten lockerte und mich auf den Anblick und den Gestank des verwesenden Körpers vorzubereiten versuchte, obwohl sich das als zweckloses Unterfangen erwies – es gab keine Vorbereitung, vor mir lag die letzte, ultimative Schicht – schlaf nicht ein, sagte meine Mutter, bring ihn jetzt her, und ich befreite ihn von seinen Fesseln, zog ihn zu dem Loch und kippte ihn, ohne ihn eines Blicks zu würdigen, hinein, sein Körper klatschte auf ihren, und ich erstarrte, vorwärts, Ilan, flüsterte meine Mutter, leg ihn ordentlich hin, sonst passen die Steine nicht drauf, und ich kletterte ins Grab und bettete ihn auf der toten Kindergärtnerin, doch weil ihr Körper geschrumpft war, sah es aus, als drücke sie ihr Gesicht – oder was davon übrig war – zwischen seine Schenkel, da konnte man einfach nicht wegschauen, und meine Mutter sagte, na denn guten Appetit, Hensi, doch das Absurde der Situation verflüchtigte sich, und ich empfand erste Scham, schwere Niedergeschlagenheit lauerte bereits hinter meinem Grinsen, ich hätte mich am liebsten an der Orgie der Toten beteiligt, damit auch ich in der Erde verschwände, der Ehemann, der Geliebte und die Kindergärtnerin, aber ich breitete nur die Decke über sie, die meine Mutter mir gegen den Kopf warf, um mich aus meinen Fantasien zu reißen, und stopfte sie an den Rändern wie ein Leichentuch unter den Körper des Geliebten, das Gefühl, dass etwas Fundamentales geschah, sickerte durch die Schale der Gleichgültigkeit, mit der ich mich umgab, und ich spürte die endgültige Hilflosigkeit des zur ewigen Ruhe Gebetteten, ein Frösteln lief über meinen Rücken, ich setzte mich auf den Rand des Erdlochs, doch meine Mutter, die wie ein Wachsoldat neben mir stand, sagte liebevoll, komm, Ilan, lass dich nicht gehen, und ich raffte mich auf und nahm den Spaten, um die Steinblöcke auf den beiden Toten zu platzieren und anschließend die Grube zuzuschütten, diese Tätigkeiten führte ich mit den effizienten Bewegungen eines Bauern aus, bis der Grabhügel wiederhergestellt war und meine Mutter den Stab, auf dem der Name und das Todesdatum standen, ins Erdreich spießte und sagte, nichts wie weg, ich hingegen konnte mich nicht lösen und entgegnete panisch, einen Moment noch, ich will das Totengebet sprechen – was für ein Totengebet, entrüstete sie sich, du bist verrückt, trotzdem kam ich gegen den seltsamen Drang nicht an und erklärte, ich kann nicht anders, warte im Auto auf mich, und wegen meines metaphysischen Eifers, gegen den Vernunft machtlos war, fügte sie sich, mach aber schnell, sagte sie und ließ mich alleine, ich lief zum Friedhofstor, nahm ein Gebetbuch aus der Mauernische, entzündete das Feuerzeug und suchte im Licht der Flamme, die mir die Finger versengte, mit vom Schmerz geschärften Sinnen die alten Verse, *jitgaddal we-jitqaddasch schmeh rabba, erhoben und geheiligt werde sein großer Name in der Welt, die er nach seinem Willen erschaffen hat, und sein Reich erstehe in eurem Leben und in euren Tagen und im Leben des ganzen Hauses Israel schnell und in naher Zeit, und saget: Amen* – der vertraute Klang der aramäischen Worte, die einem auf Beerdigungen oft als leeres Ritual erscheinen, vermittelte mir ein Gefühl des Heimischseins, als weilte ich an einem dunklen, aber sicheren Ort, ich ging zum Wagen zurück, und unsere Mission war beendet – wo keine Leiche war, war auch kein Mord – meine Mutter sagte, gib Gas, und wie auf der Herfahrt schwiegen wir, wir zogen uns in uns selbst zurück, nachdem wir alles auseinander herausgeholt hatten, ich brachte meine Mutter heim und trug noch den Spaten in den Schuppen, und als ich zum Wagen zurückkehrte, war sie bereits im Haus verschwunden, auch sie wollte, dass diese bedrückende Nacht endlich vorbei war, und so fuhr ich mit schmerzendem Kopf los, denn außer dem Cognac hatte ich seit Stunden nichts getrunken, ich steckte mir eine

Zigarette an und atmete ihren Rauch tief ein, es regnete nicht mehr, die Wolken hatten sich gelichtet, und eine seltsame Klarheit beherrschte die Stadt, leise betrat ich die Wohnung und hob die Tür an, damit sie nicht knarrte, im Flur zog ich Schuhe und Mantel aus und ging ins Schlafzimmer, Nomi lag auf der Seite und schlief, ein silberner Lichtstreifen erhellte ihr Gesicht, und mir war, als betrachtete ich eine Fotografie, ich ging ins Badezimmer, schälte mich aus meinen Kleidern, stopfte sie in die Waschmaschine und schrubbte mich unter dem warmen Strahl der Dusche ab, weil ich mich danach aber noch nicht sauber fühlte, ließ ich Badewasser einlaufen, und die Vorstellung, in die dampfenden Fluten zu gleiten, erregte mich, ich schaltete das Licht aus, lehnte den Kopf an den Wannenrand, schloss die Augen und ließ den Dampf meine Gesichtszüge entspannen, und um Grübeleien vorzubeugen, lauschte ich der Waschmaschine, deren Raunen wie die Klänge einer hängen gebliebenen Schallplatte in mein Bewusstsein sickerte, mein Kopf wurde leer, und ich tauchte immer tiefer in die Wanne ein, Schultern, Hals und Kinn verschwanden im Wasser, ein Wohlgefühl breitete sich in meinem Körper aus, und ich rutschte noch tiefer, hielt die Lider, die jetzt ebenfalls unter Wasser waren, geschlossen, und dachte nur noch an die Wärme, ich hörte zu atmen auf, überließ mich einer Art Tiefenrausch und stellte mir vor, ganz zu verschwinden, nicht mehr zu wünschen, zu lieben oder zu sein, doch mein erbärmlicher Überlebensinstinkt trieb meinen Körper in die Höhe, Schwindel pochte in meinem Kopf, und obwohl ich wusste, dass ich zu jenem Leben verurteilt war, das mich außerhalb der Badewanne erwartete, ließ ich mich nochmals ins Wasser sinken, nicht um zu sterben, sondern um mich dem vergänglichen laufenden Nichts anzuvertrauen, aber plötzlich erwachte ich aus dem Nebel, denn die Tür ging auf und Nomi erschien – an Nomi hatte ich in den zurückliegenden Minuten zur Abwechslung nicht gedacht – Ilan, sagte sie, was soll das, warum schaltest du mitten in der Nacht die Waschmaschine an, und ich hob den Kopf aus dem Wasser und schaute sie wie ein begossener Pudel an, sie war ungehalten, das sah ich sofort, ich bin am Stadtrand von Jerusalem mit dem Wagen liegen geblieben, log ich, mit dem Kühler war etwas nicht in Ordnung, doch hatte sie keine Geduld, um nachzuhaken oder mir zuzuhören, meine nächtliche Irrfahrt interessierte sie nicht, denn sie hatte andere Probleme, und so drehte sie sich um und verließ das Bad, und ich unternahm einen neuen Versuch, mich in den Fluten zu versenken, aber der Zauber war gebrochen, und ich war ins wahre Leben zurückgekehrt, ich stieg aus der Wanne, trocknete mich ab und ging ins Schlafzimmer, Nomi lag im Bett und kehrte mir den Rücken zu, sie schlief nicht, sondern war von ihrer eigenen Wirklichkeit gefangen, an der sie mich nicht beteiligen konnte, ich schlüpfte unter die Decke, legte mich auf den Rücken und ergab mich der Müdigkeit, deren ganze Schwere ich spürte, sie warf mich nieder, meine Augen fielen zu, Gedankenfetzen schwirrten davon und hinterließen ein leeres Bewusstsein, aber selbst in dieser Nacht erfasste ich die Sekunde, die zwischen Wachsein und Schlaf liegt, und wie jedes Mal beim Einschlafen sagte ich mir, dass dies der letzte und allerneueste Augenblick meines Lebens war.

# 19

Als ich am Morgen erwachte, fühlte ich mich schwer und benommen, mein Kopf glühte, und ich zitterte, und erst nach einer Weile bemerkte ich, dass ich nicht zugedeckt war, mit geschlossenen Augen tastete ich nach der Daunendecke und wickelte mich darin ein, der Schüttelfrost ließ nach, und ich lag da und versank in einem trägen Dämmerzustand, in dem ich tanzende Sterne sah und jemanden von fern meinen Namen rufen hörte, doch als ich die Lider zu öffnen versuchte, war die Verlockung, mich in meine Schwäche zurückfallen zu lassen, zu stark, und ich döste weiter, bis ich einen kalten kantigen Block auf meiner Stirn spürte und mir an den Kopf fasste, Nomi hatte sich über mich gebeugt, und ich fragte, was ist geschehen, sie rieb mit einem Eiswürfel über meine taube Stirn und erklärte, du hast hohes Fieber, deshalb hab ich den Arzt gerufen, gleich wird er da sein, ich kam zu mir, und die Ereignisse der vergangenen Nacht erwachten jäh zu neuem Leben, sie explodierten wie Splitterbomben, und alles stand deutlich vor mir, ich konnte die Intensität dieses Augenblicks kaum ertragen und wäre am liebsten wieder eingedämmert, aber das Eis auf meiner Stirn verhinderte meine Flucht, ich versuchte, es wegzufegen, kam gegen Nomi jedoch nicht an, noch einen kleinen Moment, sagte sie, ich soll dich vorläufig kühlen, das hat der Arzt mir geraten, du hattest mehr als vierzig Grad Fieber, und ich lag reglos und leer da und wartete, dass die Folter endete, und als sie das Zimmer verließ, versuchte ich, in jenen Nebel zurückzukehren, aber es gelang mir nicht mehr, und nun kam Nomi auch noch mit einem Glas Tee, hob meinen Kopf an und führte es an meine Lippen, trink einen Schluck, das wird dir gut tun, und ich fühlte mich wie ein kleines Kind, von dem man nur erwartete, dass es brav den Mund öffnet, der Tee benetzte meine trockene Zunge, und Nomi sagte, jetzt kannst du auch das Optalgin nehmen, vorhin hab ich dich nicht wachgekriegt, und nachdem ich die Tabletten geschluckt hatte, durfte mein Kopf ins Kissen zurücksinken, und ich schloss die Augen, aber genau in dem Moment, in dem ich wegsacken wollte, sagte sie, du hast im Schlaf komisches Zeug gebrabbelt, und da ich zu krank und hilflos war, um eine Maske überzustreifen, schoss ich in die Höhe, warf beinahe den Tee um und krächzte, was hab ich gesagt – du hast seltsame Dinge erzählt, aber ich bin nicht schlau draus geworden, erklärte Nomi, im Nu waren meine Sinne wieder klar, und ich ermahnte mich zu äußerster Vorsicht und wiederholte meine Frage in neutralem Ton, was habe ich gesagt, Nomi, aber sie entgegnete, ich weiß es nicht mehr, warum ist das so wichtig – es ist wichtig, sagte ich sanft und schaute sie an – du hast von deinem Vater geredet, du hast gesagt, dass … sie verstummte, was, Nomi, was habe ich gesagt, bohrte ich und beruhigte mich ein wenig, denn wenn ich nur meinen Vater verkauft hatte, dann war ich billig davongekommen, denk nicht mehr dran, Ilan, riet sie mir, es hat keine Bedeutung, du bist krank, du warst gestern im Regen unterwegs und hast eine Grippe eingefangen, vielleicht sogar eine Lungenentzündung, was du im Fieber gesprochen hast, spielt keine Rolle mehr, die Tatsache, dass sie mir auswich, erschreckte mich von neuem, und mit der Ungeduld, die ich von meiner Mutter geerbt hatte, bedrängte ich sie, nun komm schon, Nomi, erzähl's mir, ich werd's überstehen, und sie neigte den Kopf zur Seite und hob an, du hast gesagt, du hättest deinen Vater ermordet und könntest ihn nicht beerdigen – und das ist alles, fragte ich, und sie erwiderte, reicht das nicht, und ich schloss die Augen und fürchtete die Worte, die in den kommenden Nächten aus meinem Mund blubbern würden, nirgends werde ich mehr Ruhe finden, wenn nicht mal der Schlaf mir Sicherheit bietet, tagsüber wird mir mein Gewissen zusetzen und nachts mein Unterbewusstsein – was hast du, Ilan, fragte Nomi, und ich fühlte ihren Blick, der forschend meine geschlossenen Lider betrachtete, ich schlug die Augen auf, lächelte schwach, sagte, ich habe Grippe, das ist alles, und bat sie, den Arzt abzubestellen, es gehe mir schon besser, aber mit der Autorität, die sie immer an den Tag legte, wenn sie die verantwortungsbewusste Ehefrau spielte, wies sie mein Ansinnen zurück, und im selben Moment klingelte es an der Tür, und Nomi ließ den Arzt in die Wohnung ein, einen kleinen dicklichen Greis, der froh und fidel wirkte und mich an jemand anderen erinnerte, ja, was machen Sie denn für Dummheiten, fragte er scherzhaft, während er sorgfältig seinen Mantel und den Hut aufhängte, als beabsichtigte er, länger zu bleiben, mir geht es gut, es ist nur eine Grippe, erwiderte ich, und er sagte, aha, wir haben es mit einem Fachmann zu tun, und ohne dass ich mich auf den Hieb vorbereiten konnte, fuhr er fort, wenn Ihre Tochter uns ein paar Minuten allein lassen würde, könnten wir die Diagnose rasch überprüfen, Nomi, die wusste, wie sehr mich solche Bemerkungen schmerzten, senkte betroffen den Blick, aber wie sollten wir uns verhalten, keiner von uns beiden korrigierte den Doktor, und als hätte er nichts gesagt, verließ Nomi das Zimmer – erleichtert, das versteht sich von selbst – und der kleine alte Mann setzte sich mit pfeifendem Atem neben mich, um mit der Untersuchung zu beginnen, und soweit ich mich erinnerte, hatte ich sonst immer nervös auf die vorsichtigen Formulierungen gelauert, mit denen die Ärzte ihre Diagnosen spickten, diesmal jedoch empfand ich nichts, ich saß vor ihm, und was er feststellen würde, war mir egal, nach dem gestrigen Tag konnte mich nichts mehr erschüttern, unablässig schnaufend tastete und klopfte er mich in aller Ruhe ab, und als er fertig war, sagte er freundlich, wir haben uns eine kleine Lungenentzündung zugezogen, Sie müssen Antibiotika nehmen, das Bett hüten und viel trinken, Ihre Tochter wird sich um Sie kümmern, glauben Sie mir, es ist besser, eine Familie zu haben als auf ärztlichen Beistand angewiesen zu sein, ich möchte Ihnen etwas erzählen, was Sie überraschen wird, Professor Ben-Natan, wir Ärzte wissen so gut wie nichts, die Leute kommen zu uns und wollen von uns gerettet werden, und wir tun so, als wüssten wir Bescheid, aber wir haben keine Ahnung, weder vom Körper noch von der Seele, von der ganz besonders nicht, die Seele ist wie eine geheimnisvolle Truhe, glauben Sie mir – das alles entfuhr ihm wie ein langer, resignierter

Seufzer, alle Fröhlichkeit war von ihm abgefallen, und er schaute mich traurig an – aber Sie haben eine leichte Lungenentzündung, das steht fest, und auf einmal glaubte ich, dass hinter meinem Rücken ein heimtückisches Spiel im Gange war, als wäre er absichtlich zu mir geschickt worden, und ich betrachtete sein Gesicht, konnte aber nichts Verdächtiges an ihm feststellen, unterdessen kam Nomi ins Zimmer zurück, und er packte seine Instrumente ein und sagte, was für eine hübsche Tochter Sie haben, bei Tolstoi steht, Liebe ist ein Gefühl, das sich immer dann einstellt, wenn ein Mann eine schöne Frau erblickt, und ich verkroch mich, unter meiner Daunendecke und dachte, dass mit diesem Tag eine neue Zeitrechnung einsetze, künftig wäre nichts mehr wie früher, in allem würde ich Hinweise sehen, selbst die Aufrichtigkeit dieses harmlosen Arztes hatte ich angezweifelt, der jetzt seinen Mantel und seinen Hut nahm und sich mit kindlichem Lächeln verabschiedete, und während Nomi ihn hinausbegleitete, schloss ich die Augen und fragte mich, wie weit ich meine Deutungsversuche treiben durfte, zwar glaubte ich nicht an verschlüsselte Botschaften eines persönlichen Gottes, doch würde sich gewiss die Natur zu Wort melden, denn es schien mir unmöglich, dass die Störung der Ordnung, die ich verursacht hatte, stillschweigend übergangen würde, ich hatte den Fluss der Dinge unterbrochen, und die Natur würde zurückschlagen – ich war nicht wirklich fähig, mich als autonomes Wesen zu betrachten, das in einer Welt des Zufalls agierte, und daher schien es mir lebenswichtig, Wachsamkeit walten zu lassen, doch durfte ich nicht in Panik verfallen, da nur eine feine, fast unmerkliche Grenze das Erkennen äußerer

Zeichen (das einen die Psyche arg strapazierenden Prozess der Selbstkonfrontation darstellt) von einer Paranoia unterscheidet, zum Beispiel erschien mir das Gerede des Arztes im Nachhinein als hohler Theaterzauber, und als ich mich in meinem Bett auf die andere Seite drehte, verblasste meine Furcht vor den Zeichen und löste sich schließlich ganz auf, doch in diesem Moment trat Nomi mit einem Glas Tee ins Zimmer, und ich schloss die Augen und stellte mich schlafend, so dass sie das Glas absetzte und hinausging, und wieder wollte ich nur noch versinken, aber aus irgendeinem Grund flackerte eine Erinnerung in meinem Gehirn auf, als ich neun oder zehn Jahre alt war, wurde ich wegen einer Operation am Steißbein ins Krankenhaus eingeliefert, im Zimmer neben mir lag eine junge Araberin, der nach einem gescheiterten chirurgischen Eingriff Morphium verabreicht wurde, alle paar Stunden, wenn sie aufwachte und ihre Schmerzen spürte, begann sie zu stöhnen, Spritze, Spritze, Spritze, und diese Worte fügten sich zu einer Melodie, die auf der ganzen Station widerhallte, aber meistens sagte die Schwester zu ihr, es sei noch zu früh, sie müsse noch warten, und erst wenn der Zeitpunkt für eine weitere Injektion gekommen war, erhielt die Frau eine neue Dosis der Droge, die für sie wie für die ganze Station eine Erlösung darstellte, und ich stand in der Tür und betrachtete ihr gemartertes Gesicht, das sich glättete, sobald ihr Körper das Morphium absorbierte, dieser Übergang zwischen hässlichem, nagendem Schmerz und sanfter Ruhe hypnotisierte und erregte mich, so dass ich eines Nachts die Schwester rief und behauptete, dass ich schwere Schmerzen litt und unbedingt eine Spritze brauchte, doch die Schwester klopfte mir auf den Bauch, eine Geste, die mich sehr kränkte, und sagte, werd erst mal erwachsen, Kleiner, und als die junge Frau am nächsten Tag aus dem Morphiumschlaf in den Tod hinüberglitt, bemerkte ich es zuerst, weil seit ihrer letzten Spritze schon einige Stunden verstrichen waren und ich ihr Betteln nicht mehr gehört hatte, aus Furcht und Langeweile hatte ich immerzu auf die Geräusche aus ihrem Zimmer gehorcht, und als ich nachsehen ging, lag sie mit offenem Mund und aufgerissenen Augen in ihrem Bett, und ich verstand, dass mich das Antlitz des Todes ansah, das zwar nicht fremd wirkte, bei dessen Anblick ich jedoch begriff, dass etwas Außergewöhnliches geschehen war, und deshalb rief ich die Schwester und informierte sie über das Ableben der Frau, und auf einmal brach große Unruhe auf der Station aus, die Schwestern rannten in das Zimmer und eilten wieder heraus, und ich wurde beiseite geschoben, bis nach wenigen Minuten alles vorüber war, die Araberin war verschwunden, und an ihrer Stelle lag eine neue Patientin, und später, Anfang der siebziger Jahre in Amsterdam, beschloss ich, die Option der Traumwelt selbst auszuprobieren, und rauchte Opium aus einer Wasserpfeife, noch heute erinnere ich mich an das genüssliche Gefühl allmählichen Verlöschens, doch schien die Depression, die mich tags darauf heimsuchte, ein untragbarer Preis, und so war das Drogenkapitel für mich rasch beendet, abgesehen von den Joints, die Nomi ab und an von Noam mitbrachte, jetzt öffnete ich die Augen und sah, dass sie neben mir stand und die Kissen aufschüttelte, damit ich es bequem hatte, und dachte, dass ich vielleicht doch mit dem richtigen Präparat auf Dauer in Trance leben könnte, denn das einzige Privileg, das ich in meinem Dasein erworben hatte, bestand darin, nichts zu verlieren zu haben (über meine Gesundheit zerbrach ich mir ohnehin nicht länger den Kopf nach dem, was geschehen war, oder besser gesagt nach dem, was ich getan hatte), ich stand auf, um pinkeln zu gehen, nahm zwei gelbe Valium – ein entfernter Verwandter des Opiums, der allerdings keine Depressionen verursacht – und legte mich wieder ins Bett, und meine Hoffnung, zu verlöschen, verflüchtigte sich.

## 20

Sieben Tage war ich krank, und das war kein Zufall. Am fünften Tag begann ich mich besser zu fühlen, aber um die Trauerwoche komplett zu machen, brauchte ich danach noch zwei Tage, um vollständig gesund zu werden, allerdings fand meine Trauer im Stillen statt und äußerte sich nicht in Gejammer, obwohl wahrscheinlich auch dies eine Art von Trauer darstellte, die aber in den meisten Fällen kein Zeichen für wahren Kummer, sondern für ein schlechtes Gewissen war, und so vergingen die Tage, und wir beide brüteten jeder für sich über demselben Thema, von meinem Krankenlager aus beobachtete ich, wie Nomi vor ihrem Zeichenpapier saß und die meiste Zeit antriebslos und deprimiert in die Luft starrte, vielleicht sucht sie Trost in der Erinnerung an ihre Ausschweifungen, überlegte ich und sah ohnmächtig zu, wie meine Frau, meine große Liebe und mein einziger Lebenszweck, sich nach ihrem Liebhaber verzehrte, der mir nichts, dir nichts verschwunden war, und unverhofft verflüchtigte sich mein Egoismus, und vielleicht zum ersten Mal versetzte ich mich in Nomi hinein, so dass sie mir als eigenständige Person erschien, die auch außerhalb meines Bewusstseins existierte, ich nahm sie nicht länger als Reflexion meiner selbst wahr, sondern interessierte mich für die Bestandteile ihrer Seele und versuchte herauszufinden, inwieweit sie sich ihrer Wünsche bewusst war, eigentlich hatte ich keine wirkliche Vorstellung, wer sie war, denn in den zurückliegenden beiden Jahre hatte mich vornehmlich mein Staunen über die Entdeckung der Liebe in Atem gehalten – jedoch je stürmischer die Liebe daherkommt, desto oberflächlicher ist sie – und nun klingelte das Telefon und kappte die Verbindung zwischen ihr und mir, nervös griffen wir nach dem Hörer, sie in der Arbeitsecke und ich im Schlafzimmer, und jemand fragte, Familie Ben-Natan, und wünschte uns einen guten Tag, hier ist die Polizei, fuhr die Stimme fort, und mir gefror das Blut in den Adern, Inspektor Ben-Karam möchte Sie sprechen, und Sekunden später erfüllte Antouns kräftiger Bariton mein Ohr, doch legte Nomi noch immer nicht auf, sondern drückte den Hörer weiter an ihre Schläfe, ich wollte nur wissen, ob alles in Ordnung ist, sagte Antoun, und in gehetztem, ein wenig zu harschem Ton erwiderte ich, ja, weshalb, doch noch im selben Moment fiel mir ein, dass ich vergessen hatte, die gemeinsame Schachpartie abzusagen, Antoun hatte auf mich gewartet, und ich war nicht gekommen, es ging also nur um unsere Verabredung, und so war ich erleichtert und entschuldigte mich langatmig, und da dieses Thema Nomi nicht interessierte, legte sie auf und konzentrierte sich wieder auf sich, übrigens, wie geht's deiner Mutter, ich hörte, sie sei beim Lebensmittelhändler in Ohnmacht gefallen, sagte Antoun, und seine Worte schallten wie eine ferne Alarmglocke, das wusste ich gar nicht, entgegnete ich und erkundigte mich, wann das geschehen sei, keine Ahnung, meine Mutter hat mir davon erzählt, besser, du hörst mal nach, niemand klappt ohne Grund zusammen, seine Stimme verurteilte mich nicht, machte mich aber trotzdem aggressiv, zwar hatte ich ihm, was Familiensinn angeht, nie das Wasser reichen können, doch war dies der falsche Moment, um seine Fürsorglichkeit rauszukehren, noch vor ein paar Tagen war ich bei ihr, da ging es ihr blendend, sagte ich und erinnerte mich, noch während ich sprach, an ihre erstaunliche Magerkeit, die ich wegen dringlicherer Angelegenheiten vergessen hatte, er fühlte meine Feindseligkeit und beendete das Gespräch, und mit einem Gefühl der Leere und Furcht legte ich auf, das erwartete mich also, Aggressivität, Verzweiflung, ein Schuldkomplex, Angst und Ekel, dachte ich und wählte die Nummer meiner Mutter, deren »Hallo« wie immer verärgert klang, guten Tag, Mama, sagte ich ausdruckslos, seit jener Nacht hatten wir nicht miteinander gesprochen, ja, Ilan, entgegnete sie distanziert, und ich erklärte, Antoun sagte mir, du bist im Supermarkt zusammengebrochen, weshalb hast du nicht angerufen, aber sie schnitt mir das Wort ab, seine Mutter ist wirklich eine schlimmere Tratschtante als jede Polin, läuft herum und erzählt allen, ich wäre zusammengebrochen – das beruhigte mich ein wenig, doch obwohl ich keine Hiobsbotschaften ertragen hätte, hakte ich noch mal nach, ganz bestimmt, fragte ich sie, und sie versicherte mir, ja, ganz bestimmt, aber ich habe im Augenblick keine Zeit, die Putzfrau ist da, danach hängte sie ein, und ich fegte meine Besorgnis fort. Am Ende der Trauerwoche erhielt ich einen Anruf von Giv'on, der mir seinen Krankenbesuch ankündigte, er habe mein Vorwort zu dem Kongressband durchgesehen und wolle mir einige Anmerkungen dazu machen, sagte er, aber schon seine Ausdrucksweise reizte mich, allerdings fielen mir nicht die passenden Worte ein, um ihm sein Vorhaben auszureden, und so erschien er mit seinem Speckbauch, seiner ungesunden Gesichtsfarbe und seinen Glotzaugen, die ihm einen Ausdruck permanenten Staunens verliehen, und als Nomi auf ihn zutrat und ihm ihren langen, schlanken Arm entgegenstreckte, befiel ihn Verlegenheit, hilflos starrte er auf ihre Schönheit, sein Selbstwertgefühl war mittlerweile so tief gesunken, dass jegliches Glänzen sich auf sein Seelenleben verheerend auswirkte, und als Nomi ihn fragte, wie er den Kaffee wolle, standen seine Wangen in Flammen, seine Augen irrten im Zimmer umher, und seine intellektuelle Brillanz löste sich in Luft auf, unterdessen beobachtete ich, wie Nomi an der Macht, die sie über ihn ausübte, Gefallen fand (vielleicht täuschte ich mich aber auch), und als er überhaupt nicht mehr wusste, wohin er schauen sollte, sah er wieder zu ihr und begann vor dem festen Blick, mit dem sie ihn absichtlich traktierte, zu flattern, erst als sie in die Küche ging, legte sich seine Nervosität, und einen Moment lang erkannte ich mich in ihm wieder, obwohl uns auf den erste Blick nichts verband – weder was die Originalität seines Denkens betraf noch in der Art, wie er sein immenses Wissen zu nutzen verstand, glich ich ihm, denn als Intellektueller war er zwar unkonventionell, wirkte jedoch nicht im Mindesten amüsant, die Ähnlichkeit zwischen uns war also nicht äußerlich, sondern in unserem Innern angelegt, und endlich begann er zu sprechen und sagte, dass er das Vorwort gelesen habe und dass er mir, wenn ihm der Hinweis gestattet sei, empfehlen wolle, es in einem philosophischen Kontext zu verankern, es sei wissenschaftlich genug, um etwas metaphysische Würze zu vertragen, denn wir würden unsere Ansprüche nicht verraten, indem wir die Perspektive erweiterten – haben wir uns die Astrophysik nicht ausgesucht, weil wir heimliche Philosophen sind? – als ich ihm zulächelte, taute er auf und lobte meinen Artikel mit schmeichelnder, doch wohl begründeter Begeisterung, und ich fühlte, dass wir von mir genug geredet hatten und es die Höflichkeit verlangte, das Gespräch auf seine Person zu lenken, daher fragte ich, wie es seiner Frau gehe – seine symbiotische Beziehung zu ihr war ein ständiges Gesprächsthema in der Fakultät, auch Davis und ich ließen uns gelegentlich über die beiden aus – da sie ebenfalls im Technikum arbeitete, kam sie nach fast jeder seiner Lehrveranstaltungen ins Geschäftszimmer, sie war eine große Frau mit breiten Schultern und fleischigen Schenkeln, hatte aber ein erstaunlich kleines Gesicht, das nicht zu ihrem Körper passte, sie war ein paar Jahre älter als Giv'on, der um die vierzig, vielleicht etwas jünger war, Kinder hatten sie nicht, und so bemutterten sie sich gegenseitig mit einer öffentlich zur Schau getragenen Zuneigung, die ihre Umgebung in Verlegenheit brachte, ihnen beiden aber Sicherheit gab (symbiotische Paare können so stark wie eine ganze Armee sein), Aviva ist glücklich, sie nimmt jetzt Klavierunterricht, sagte er, und als er anfing, mir von ihrer Interpretation einer Czerny-Etüde zu erzählen, war ich sicher, dass er nur frotzelte, denn was gab es an einer Czerny-Etüde zu interpretieren, doch da er Feuer und Flamme schien, verstand ich, dass es nicht um das Musikstück, sondern um Aviva ging, die aus den

Tiefen ihrer Seele die tragische Bedeutung einer scheinbar einfachen Komposition zu Tage befördert hatte, und es folgte ein Schwall von Lobpreisungen auf seine meteorengleiche Gattin, nach dessen Abebben er mir mit gespielter Erschütterung anvertraute, übrigens will sie sich liften lassen, sie mag ihre Falten nicht, aber ich habe zu ihr gesagt, Aviva, deine Falten sind das tiefe Geheimnis in deinem Gesicht, und ich werde es nicht erlauben, dass du sie straffen lässt, und plötzlich sah ich die aufgerissenen Augen des Toten vor mir, und Entsetzen packte meine Kehle, ich fing zu schlottern an, und Giv'on unterbrach seine Wortkaskade und fragte, ob ich Schüttelfrost hätte, scheint so, antwortete ich und wollte nur noch, dass er verschwand, aber Nomi brachte Kaffee und lächelte ihn aufmunternd an, und nachdem er sich mit den Geschichten über seine Frau Mut gemacht hatte, traute er sich, Nomi plump anzuflirten, worauf sie zu meiner Verwunderung in schallendes Gelächter ausbrach, dem etwas Nuttiges anhaftete und das mir bestätigte, dass ganze Regionen ihres Daseins vor mir verborgen geblieben waren, Giv'on aber, den ihre Reaktion ermutigte, warf seine Fesseln ab und sah sie mit Augen an, die an glühende Kohlen erinnerten, und wegen meiner dummen Angewohnheit, eher auf den Klang statt auf den Inhalt von Worten zu achten, begriff ich erst jetzt, dass das Reden die Ursache meiner Krankheit war, und zu allem Überfluss sagte Nomi jetzt, das Technikum ist schuld an seiner Lungenentzündung, Ilan musste sich um Gäste kümmern und ist im Regen mit dem Auto liegen geblieben, und dabei hat es ihn erwischt, und Giv'on, dessen Gesicht rot anlief, fragte, was für Gäste, und Nomi entgegnete, Besucher aus Finnland, und fügte an mich gewandt hinzu, nicht wahr, Ilan, sie waren aus Finnland, doch ehe ich antworten konnte, vergrub Giv'on sich bereits in seiner Schmach, Leute aus dem Ausland waren da gewesen, und niemand hatte ihm Bescheid gegeben, man schämte sich für ihn, er war nicht repräsentativ genug, und mit dünner Stimme fragte er mich, wir hatten wirklich Besuch aus Finnland, und als Nomi dazwischenrief, wussten Sie das denn nicht, stand für mich fest, dass ich einschreiten musste, und ich warf Giv'on einen verschwörerischen Blick zu, der seine Augen für die Dauer einer Sekunde aufleuchten ließ, und da die Finnen nur eine Ausrede darstellten, beruhigte er sich und sagte, ja natürlich, die Gäste aus Finnland, ich hab sie nur nicht zu Gesicht bekommen, Davis hat sie mir vorenthalten, Ilan ist der Professor, der Besuchern vorgeführt wird, nicht ich, worauf Nomi, ohne etwas zu sagen, von mir zu ihm schaute und, weil sie merkte, dass irgendetwas in der Luft lag, die Tassen einsammelte und sich in die Küche verzog, unterdessen schaute Giv'on mich gierig an, und vor Bewunderung und Erstaunen quollen ihm fast die Augen aus dem Kopf, die Tatsache, dass man ihn in ein Geheimnis einweihte, das nach Schweinerei roch, versetzte ihn in einen fiebrigen Zustand kindlicher Ungeduld, ich wollte, dass er ging, aber in konspirativem Ton fragte er mich, jemand von der Fakultät – die Fakultät, der Mittelpunkt der Welt! – und ich entgegnete mit einer Betonung, die keine Widerrede zuließ, du kennst sie nicht, und sofort sprang er auf und sagte, ich muss gehen, als wäre er selbst auf die Idee gekommen, und als ich ihn zur Tür begleitete, zog sich wegen der Lächerlichkeit, der ich mich preisgegeben hatte, alles in mir zusammen, werd schnell gesund, Ilan, das ist das Wichtigste jetzt, sagte er mit der Vorsicht, mit der man Gemütskranke behandelt, und wandte sich zur Küche, um sich von Nomi zu verabschieden, aber inzwischen war auch der letzte Zipfel meiner Maske von meinem Gesicht gerutscht, und ich schob Giv'on rüde zur Wohnungstür hinaus, und erst als er draußen war, sagte ich ein wenig liebenswürdiger, entschuldige mein Benehmen, aber ich fühl mich nicht wohl, und sein Gesichtsausdruck wurde weich, und er entgegnete, natürlich, natürlich, ich ging in die Küche, wo Nomi den Kühlschrank auswischte, und wusste nicht, was ich sagen sollte, und während ich den entblößten Nacken unterhalb ihres kurz geschnittenen Haars betrachtete, drehte sie sich zu mir um und fragte, was ist los, Ilan, und ich kratzte die letzten Überbleibsel meiner Unschuldsmiene zusammen, lächelte Nomi an und antwortete, nichts, was soll los sein, daraufhin schwieg sie, schaute mir jedoch forschend in die Augen, und ich begann mit einem breiten, aber undurchdringlichen Lächeln die Gemüseschubladen zu säubern und hoffte, dass Nomis gedrückte Stimmung einer Eifersucht entstammte, die von der merkwürdigen Finnenstory genährt wurde, doch fiel es mir schwer, daran zu glauben, und immer noch lächelnd hielt ich eine verschrumpelte Gurke hoch und sagte, die ist wirklich schon ein Greis, Nomi schlug die Augen nieder, und weil ich mich stark fühlte, trat ich auf sie zu und legte meine Arme um sie, zwar waren ihre Lider geschlossen und blieb die Richtung ihrer Gedanken unsichtbar, doch sie selbst war bei mir und verlieh mir Kraft, einander nahe und doch so fern verweilten wir in unserer Umarmung, und nur Scham stand noch zwischen uns, jäh stürzte ein Tränenbach aus ihren Augen, und sie verfiel in ein Heulen, das ich noch nie bei ihr erlebt hatte, doch meine Sinne schienen blockiert, und ich reagierte nicht, erst als mich ihre blauen Augen, die zwei Seen bei Hochwasser ähnelten, mutlos ansahen, hatte ich den Mut zu glauben, dass sie aus Eifersucht weinte, und ich drückte sie an mich, so dass mein Hals ihr Schluchzen erstickte und die Frage, ob ihr Kummer tatsächlich mir galt, ihren Schrecken verlor, ich genoss Nomis verzweifeltes Bedürfnis nach Nähe, und allmählich beruhigte sie sich und gab nur noch ein kindliches Wimmern von sich, das mich wünschen ließ, sie in die Höhe zu heben und zum Sofa im Wohnzimmer zu tragen, um dort ihre Wangen zu trocknen und mit der Großzügigkeit des Siegers zu ihr zu sagen, du brauchst nicht traurig zu sein, es ist alles in Ordnung, aber ich fürchtete, sie nicht gleich beim ersten Versuch hoch zu bekommen, schließlich wollte ich nicht, dass wir beide auf dem Fußboden landeten, doch bohrte sich ein böser Gedanke in mein Gehirn, auch ihren Geliebten, der doppelt so schwer war wie sie, hatte ich mühelos transportiert, und mit einer kalkulierten Bewegung nahm ich sie in die Arme, und sie legte ihre Hände um meinen Nacken und lehnte ihren Kopf an meine Stirn, und die Seen, die ihre Augen bedeckten, trockneten aus, so dass ihr Blick klar wurde, als hätte ihn jemand geputzt, wie ein großes Kind hing sie an mich geklammert und ließ sich ins Wohnzimmer tragen, und als ich sie auf das Sofa legte, bat sie mich, ihr ein Taschentuch zu holen, worauf ich mich mit federndem Schritt (diesen Hinweis auf meine gute körperliche Konstitution bemerkte sie wahrscheinlich gar nicht) ins Schlafzimmer begab und einen Moment lang aufs Bett setzte, immerhin hatte ich fast fünfzig Kilo geschleppt und eine kleine Ruhepause verdient, und erst nach einigen Minuten ging ich zu ihr zurück und tupfte ihre Wangen trocken, sie sei plötzlich so traurig gewesen, erklärte sie, ein Anfall von Selbstmitleid, sie habe an ihren Bruder gedacht, der in der Armee bei einem Manöver ums Leben kam – als ihre Eltern und sie am Tag der Beisetzung zum Friedhof aufbrechen wollten, hatte ihre Mutter nirgends den Schlüssel gefunden, so dass sie ihn schließlich zu dritt suchten, aber Nomi, die damals neun Jahre alt war, verstand nicht, weshalb es so wichtig war, das Haus abzuschließen, wo sie doch ihren Bruder verloren hatte und sie zur Beerdigung mussten, dennoch weigerte ihre Mutter sich, das Haus zu verlassen, sie warf sich auf den Fußboden, streckte die Arme von sich und sagte, ohne den Schlüssel gehe ich nicht, und am Ende wurde sie fortgetragen – ihre Lebensgeschichte hatte Nomi mir in einer Nacht in Paris erzählt, wenige Tage vor unserer Hochzeit, damals erfuhr ich auch, wie die Persönlichkeit ihrer Mutter sich am Todestag des Sohnes verändert hatte und sie sich fortan hinter Kleinigkeiten verschanzte, die sich zu Obsessionen auswuchsen, zum Beispiel wechselte sie alle paar Tage die Kühlschrankdichtung aus, mit der Begründung, sonst würde warme Luft eindringen und alles zerstören, und die Dinge, denen sie ihre ganze Aufmerksamkeit schenkte, wurden immer lächerlicher, anfangs war es schwierig gewesen zu erkennen, dass sie allmählich verrückt wurde, und zwar nicht nur wegen des Alltagsbezugs ihrer Beschäftigungen, sondern auch wegen ihres großen

Kummers, für den ihre gesunde Umgebung Verständnis aufbrachte, den toten Sohn durfte niemand mehr erwähnen, sie zogen von Haifa nach Tel Aviv und führten dort ein surreales Dasein, bis sich Nomis Vater eines Tages mit einer Schweizer Touristin absetzte, in einem Brief, den er Nomi hinterließ, erklärte er, dass die Situation daheim ihn sehr deprimiert habe und dass er sich einen Neuanfang schuldig sei, weil der Mensch nur einmal lebe, er bat sie um Verzeihung (als wäre er mir auf den Fuß getreten, hat Nomi mal zu mir gesagt), und sie blieb bei ihrer Mutter, die nach dem Fortgehen ihres Mannes schnell verfiel und sich in ihren seltenen klaren Momenten nur über unwichtige Dinge aufregte, und Nomi, die wie alle Kinder die Realität als selbstverständlich hinnahm, begriff nicht, dass ihre Mutter verwirrt war, und beklagte sich nie über sie, bis eine alte Tante ihres Vaters Nomi zu sich nahm und die Mutter in einem Heim untergebracht wurde, wo sie letztlich nicht ihrem seelischen, sondern einem körperlichen Leiden erlag, und als ein Jahr später auch Nomis Tante starb, versuchten die Nachbarn, die in der Wohnung gegenüber lebten und Nomi versorgt hatten, als ihre Tante schon krank war, ihren Vater in der Schweiz zu finden, doch stellte sich heraus, dass er sich auch von der Touristin getrennt hatte und, ohne eine Adresse zu hinterlassen, verschwunden war, bis heute wusste Nomi nicht, was aus ihm geworden war, und jetzt lag sie mit geschlossenen Augen vor mir auf dem Sofa, und mein Herz flog ihr zu, doch während ich sanft die milchweiße Haut ihres Gesichts streichelte, bildete sich in meinem Kopf der schwarze Schatten eines Gedankens, der mich verstehen ließ, dass sie nicht um ihre Familie weinte und nichts im Leben nur aus einer einzigen Ursache resultiert, allerdings gibt es immer einen Hauptgrund, der alle anderen Gründe ins Dunkel abdrängt, und meine liebe Nomi hatte ihre tragische Familiengeschichte hervorgezerrt, um die wahre Quelle ihrer Trauer zu verstecken, eine mächtige Woge der Sehnsucht hatte sie heimgesucht, doch quälte sie *sein* Verschwinden und nicht das ihres Vaters, an das sie der Verlust des Geliebten nur erinnerte – als ich mal als kleiner Junge in eine Pfütze gefallen war und heulend nach Hause kam, behauptete ich vor meiner Mutter, ich würde um meine Oma weinen, der ich nie begegnet war und an die ich nie dachte, indem ich mich jedoch in die Geschichte von der im Holocaust ermordeten Großmutter hineinsteigerte, trat mein anderer Kummer in den Hintergrund, und ich fand Trost – ein neues Aufwallen von Sehnsucht und Kränkung trieb Tränen in ihre Augen, und weil ich glaube, dass die Erkenntnis seelischer Prozesse dem Menschen Erleichterung verschaffen kann, entschloss ich mich, Nomi in die Wirklichkeit zurückzuholen, nur ein wenig stille, passive Zuwendung war dafür nötig, und ich umarmte sie, damit sie sich allmählich von ihrem Leid befreien konnte, ich rührte mich nicht, um die Sache nicht zu verderben, und das Schweigen zwischen uns war sanft und nicht mehr bedrückend, bloß mein Nacken störte, der sich verkrampfte und mich ermahnte, mich gerade zu halten, doch ich schluckte den stechenden Schmerz herunter und sah Nomi liebevoll an, und sie antwortete mir mit einem schwachen Lächeln und fragte, ob ich Lust hätte, später ein bisschen an die frische Luft zu gehen, schließlich sei ich seit einer Woche nicht draußen gewesen, und ein blasses Gefühl von Frieden breitete sich in mir aus, das mein praktisches Denken reaktivierte, so dass ich mir sagte, wenn das Leben entschieden hat, in seine alten Bahnen zurückzukehren, statt mich weiter mit Gedanken zu konfrontieren, die zu nichts führen, sollte ich mich hinsetzen und mir das Vorwort vorknöpfen, und so erklärte ich Nomi, dass ich zwei oder drei Stunden arbeiten wolle und wir danach essen gehen könnten, aber selbstverständlich nur, wenn es ihr recht sei, sie gab mir einen Kuss auf den Nacken, der mich unvorbereitet wie ein Stromschlag traf, und ich schaltete den Computer ein, rief die Datei mit dem Titel »Doppelstern« auf und konzentrierte mich auf die Buchstaben auf dem Bildschirm, doch bald fielen sie auseinander und das Gesicht des Toten trat an ihre Stelle, der mich schief angrinste, so dass ich wohl, ohne es zu bemerken, aufschrie, denn plötzlich fragte Nomi mich, was ist los, worauf ich ihr entgegnete, nichts, mir ist nur was eingefallen. Was hatte ich mir eingebildet? Dass er mich in Ruhe lassen würde? Es stand zu befürchten, dass dies nur die erste von zahlreichen Heimsuchungen gewesen war, und ich musste mich zwingen, mich wieder in den Artikel zu versenken, doch die Zigaretten, die ich ohne Schuldgefühl rauchte, erleichterten mir die Situation, einigermaßen konzentriert arbeitete ich das Vorwort zweimal vom Anfang bis zum Ende durch, wobei ich auf die metaphysische Würze, zu der Giv'on mir geraten hatte, verzichtete, denn ich wollte den Text fertig kriegen und abschicken, und aus dem Augenwinkel beobachtete ich Nomi, die vor dem Fenster saß und in ihrem Schmerz nicht daran dachte, das Buch, das auf ihren Knien lag, aufzuschlagen (es war ein

Geschenk von ihrem Geliebten), schließlich schaltete ich den Computer aus und ging unter die Dusche, wo es zu einer kurzen, unerfreulichen Begegnung mit meinem Spiegelbild kam, und als ich das Bad verließ, saß Nomi mit Mantel und Tasche vornübergebeugt auf der Holzbank im Flur und starrte gleichgültig auf ihre Füße, plötzlich erinnerte ich mich, dass ich schon seit mehreren Tagen nicht mehr in meinen Kalender geschaut hatte und irgendwann ein Referat vor den »Freunden des Technikums« halten sollte, ich blätterte die Seiten der letzten Tage durch und sah, dass der Termin am Sechzehnten war, also heute, die Veranstaltung hatte schon vor mehreren Minuten begonnen, und für eine telefonische Absage war es zu spät, zu viele Leute warteten bereits auf mich, außerdem hatte ich in letzter Zeit genug Schaden angerichtet, und deshalb sagte ich zu Nomi, ich muss auf dem schnellsten Weg in die Deniastraße, der Vortrag, den ich da halten soll, hat eigentlich längst angefangen – okay, dann begleit ich dich, erwiderte sie, wir können auch danach essen gehen, ich hab sowieso momentan keinen Hunger, wir liefen die Treppen hinunter, und ich versprach ihr dankbar, über ein Thema zu referieren, das neu für sie sei, und als wir in der luxuriösen Villa in der Deniastraße eintrafen, waren dort rund dreißig Personen versammelt, die sich angeregt unterhielten und denen meine Verspätung nichts auszumachen schien, höflich lehnten wir den Kaffee und den Kuchen ab, den man uns anbot, und die Gastgeberin, eine freundliche, enthusiastische Dame, der ein Finger fehlte, bat die Anwesenden, sich zu setzen, aber das Grundmuster der Beziehung zwischen Lehrer und Schüler wirkte offenbar auch noch im

Alter nach, denn von den »Freunden des Technikums« verspürte kaum einer Lust, die Unterrichtsstunde beginnen zu lassen, so dass die Hausherrin, die wegen ihrer Behinderung vielleicht besonders sensibel war, sich entschuldigte und mir versicherte, dass alle gespannt meines Vortrags harrten, es jedoch schwierig sei, sie zur Raison zu bringen, weil sie sich lange nicht gesehen hatten – das sei völlig in Ordnung, ich hätte es nicht eilig, versicherte ich ihr, während Nomi sich auf einem Stuhl abseits der versammelten Gruppe niederließ, und als schließlich Ruhe einkehrte, verkündete die Hausherrin feierlich, dass sie sich sehr freue, Professor Ilan Ben-Natan zu Gast zu haben, der, wie dem Publikum sicher bekannt sei, zu den bedeutendsten Dozenten für Astrophysik am Technikum zähle, doch wolle sie nicht viele Worte machen, sondern nur ankündigen, dass mein Vortrag vom »Großen Knall« handele, ich dankte ihr und sagte zu meinen Zuhörern, ich hätte keinen Zweifel, dass Leuten ihres Bildungsniveaus die Theorie vom *big bang* mehr oder weniger geläufig sei, und daher als Gegenstand meines Vortrags einen Einzelaspekt dieses weiten Themas gewählt, die Anwesenden schöpften aus meinem Kompliment Kraft, um mir ihre ungeteilte Aufmerksamkeit zu schenken, und ich hob an und erklärte, dass eine Strömung in der modernen Astronomie die Analyse aktueller Beobachtungen darstelle, die Hinweise darauf gäben, ob das All grenzenlos oder endlich sei, das heißt, ob es sich immer weiter ausdehne, erkalte und am Ende sterbe oder ob es in einem bestimmten Stadium anfange, sich erneut zu verdichten, um schließlich in einem zweiten *big bang* wieder auseinander zu fliegen, alles hänge davon ab, wie viel von der Materie im Weltall Dunkelheit sei und woraus diese bestehe, das sei eine der ungelösten Fragen der Astrophysik, nun lägen die Dinge aber so, dass wir nichts über die Eigenschaften der schwarzen Materie wüssten, und deshalb könnten wir hinsichtlich einer Ausdehnung oder Verdichtung des Alls keine eindeutigen Antworten geben, es sei nur möglich, beide Optionen theoretisch zu betrachten – ich hielt inne, und mein Blick streifte Nomi, die in anderen Gefilden zu weilen schien, und eine wie ein Christbaum behängte Dame, die unmittelbar vor mir saß, fragte, was man unter dunkler Materie genau verstehe – das weiß niemand, antwortete ich, und deshalb könne ich ihr keine Definition geben, möglicherweise bestehe sie aus unbekannten Partikeln, von deren Eigenschaften wir keine Vorstellung hätten, und ich setzte meinen Vortrag fort, aber angesichts Nomis Zerstreutheit verdörrte mein Elan, so dass ich eine Stunde lang mit der Routine des Profis dozierte, ehe ich meine Ausführungen wie immer mit einem Zitat aus Kants »Kritik der reinen Vernunft« beschloss, wonach der menschliche Verstand nie in der Lage sein würde, die Zusammensetzung und den Aufbau der Himmelskörper zu begreifen, und ich fügte hinzu, dass dies wahrscheinlich auch für die Zusammensetzung und den Aufbau der Seele gelte, und nach Danksagungen, vielfachem Lächeln und der Überreichung des Schecks, die wie gewöhnlich fast entschuldigend erfolgte, gingen wir in einen hellen, klaren Abend hinaus, der Vollmond stand über dem Karmel, und ich fragte, bist du hungrig, und Nomi antwortete, ja, sicher, und versuchte ihrer erloschenen Stimme einen munteren Klang zu geben, wo fahren wir hin, fragte ich, wohin du willst, beschied sie und streichelte meine Wange, weil es ihr nicht gelang, ihre gedrückte Stimmung abzustreifen, willst du zu Jacko, schlug ich vor, und sie sagte, ja, also lenkte ich den Wagen in Richtung Unterstadt, und als wir in die Chassan-Schuqri-Straße einbogen, wagte ich nicht, Nomi anzuschauen, konnte jedoch fühlen, wie sie auf ihrem Sitz erstarrte, wir fuhren an Wadi Salib vorüber, und weil die Stille, die zwischen uns lag, mein Trommelfell zu zersprengen drohte, schaltete ich das Radio ein, dort liefen »Sechzig Sekunden der Prophezeiungen, die sich von selbst erfüllen«, und als wir das Viertel hinter uns ließen, ließ unsere Anspannung ein wenig nach, doch in der Nähe vom Parisplatz spürte ich die Verlockung, Nomi ins Restaurant »Zur Mole« zu entführen, und noch ehe ich mir selbst Rechenschaft ablegen konnte, passierte ich die Kreuzung, an der es zu Jacko abging, und folgte der Natansonstraße bis zur Jaffaer Landstraße, Jackos Restaurant lag weit hinter uns, aber Nomi bemerkte es nicht, sie wirkte in sich gekehrt und verlassen, und es schien ihr egal, wo wir aßen, erst in Bat Galim kam sie zu sich und sagte, wo sind wir, wir wollten doch zu Jacko, und ich rief, *Shit*, ich hab nicht aufgepasst, in Gedanken war ich die ganze Zeit beim »Mole«, aber gleich kommt eine Abzweigung, da kann ich drehen, und weil ich nicht mehr wusste, was ich wirklich wollte, setzte ich zum Wendemanöver an, doch Nomi meinte, das ist Unsinn, lass uns zum »Mole« fahren, und ich fragte mich, ob sie diesen Vorschlag aus Bequemlichkeit machte oder weil das Restaurant eine besondere Anziehungskraft auf sie ausübte (so vieles blieb undurchschaubar für mich, das wenigstens hatte ich gelernt), unser Ritual begann von neuem, bist du sicher – wie du willst – nein, wie *du* willst, unsere Sinne waren erwacht, und als wir das Restaurant betraten, stand das Bild des Mannes mit dem vollen blonden Haar deutlich vor uns, als befände er sich wirklich an dem Tisch weiter hinten, Nomi und ich nahmen automatisch unsere Plätze vom letzten Mal ein, bestellten Grillfisch, frittierte Calamares, ein Glas Wein und eine Cola und beschränkten unser Gespräch auf das Notwendigste, und drüben, auf dem leeren Stuhl, blähte sich die Gegenwart des anderen auf und verdarb mir den Appetit, ich spülte den Fisch mit zwei weiteren Gläsern Wein hinunter, zündete eine Zigarette an – das Nikotin war momentan meine einzige Rettung – und als Nomi zur Toilette ging, bestellte ich schnell einen Cognac, um meine Furcht zu betäuben, der Kellner brachte ein Glas, ich trank es in einem Zug aus und gab es ihm zurück, damit Nomi nichts merkte, doch dann betrat ein großer Mann das Lokal und ging zum Tisch des Toten, auf dessen Platz er sich niederließ, wie hypnotisiert starrte ich auf den Mann und seine komplizierte Frisur – er hatte sein Haar quer über den Kopf gelegt, und es thronte dort wie eine Festung – und als er sich meines Blicks bewusst wurde, zuckte er zusammen, und ich sah woandershin, fühlte jedoch, dass seine Augen auf meinem Gesicht ruhten, das glühend heiß wurde, als ich erneut zu ihm hinlugte, schien er angestrengt nachzudenken (fast konnte ich sehen, wie sich die Rädchen in seinem Kopf drehten), ein lähmender Schrecken erfasste mich, ich bestellte noch einen Cognac, und plötzlich erhob er sich und kam auf mich zu, mein müdes Herz raste, ich war sicher, dass er ein Zeuge war, von dessen Existenz ich nichts ahnte, schließlich stand er vor mir, blickte mir in die Augen und sagte, Ilan, nicht wahr, Ilan Ben-Navi, und mit schwacher Stimme korrigierte ich ihn, Ben-Natan, aber er widersprach, nicht Ben-Natan, Ben-… so was Ähnliches wie Ben-Natan, und ich dachte, was für eine Frechheit, meinen Namen in Zweifel zu ziehen, und wiederholte aggressiv, Ben-Natan, worauf er nachgab und sagte, gut, also Ben-Natan, du musst es wissen, Ilan Ben-Natan persönlich, unglaublich – seine Hand schien auf meiner Schulter festgewachsen – na, Ben-Natan, streng die paar grauen Zellen an, die dir in unserem Alter noch bleiben, und erinner dich, wer ich bin, wir haben uns vor dreißig Jahren zum letzten Mal gesehen, aber ich vergesse Gesichter nicht, und du bist zwar älter geworden, aber sonst unverändert, doch während ich anfing zu überlegen, wer dieser bizarre Typ sein könnte, beruhigte ich mich, er hatte nichts mit der Sache zu tun, und ich erklärte, ich kenne Sie nicht, denn wer immer er war, ich konnte ihn hier nicht gebrauchen, er aber verkündete, Tsetse, und brach in lautes Gelächter aus, Tsetse Goldwin aus dem Sommerlager der Pisser, und in diesem Augenblick kehrte Nomi zurück, und er sagte, deine Tochter, was, alle Achtung, sie sieht dir ähnlich, und machte sich unverzüglich an sie heran, dein Vater hat dir sicher von unserem Sommerlager erzählt, kann ich mich zu euch setzen, und ohne eine Antwort abzuwarten, zog er vom Nachbartisch einen Stuhl heran und berichtete mit aufdringlicher, ordinärer Stimme von dem Haus in der Rakkevetstraße, das im Sommer als improvisiertes Jugendlager für Bettnässer diente, aber wir waren keine fünfjährigen Steppkes mehr, sondern schon … – er hatte sich wieder zu mir umgedreht, doch weil ich in Gedanken woanders weilte, beendete er den Satz selbst – schon vierzehn oder fünfzehn, und dein Vater und ich wohnten im selben Zimmer, hat er dir nie davon erzählt – du hast dich geschämt, was, rief er in meine Richtung, meine Kinder sind verrückt nach der Geschichte von ihrem großen Papa, der noch mit fünfzehn ins Bett gepinkelt hat und heute trotzdem munter und fidel ist – ich saß wie abgestumpft da und dachte, siehe, die Tage des Strafgerichts haben begonnen, doch er fuhr unbeirrt fort, die Besitzer waren vierzig oder fünfzig, so alt, wie wir heute, aber damals kamen sie uns wie alte Knacker vor, verstehst du, es waren fromme Leute, und der Mann, ich glaube, er hieß Morduk oder Mordan, jedenfalls irgendwas mit Mor … – Pinchas Rotenstein hieß er, korrigierte ich ihn, und er schaute mich einen Moment lang mit Kalbsaugen an, richtig, einen Morduk gab's in der Pension in Jerusalem, aber egal, auf alle Fälle hatte dieser Rotenstein eine Methode entwickelt, die primitiv, aber nützlich war, wie man so schön sagt, ein Patentrezept zur Heilung von chronischen Bettnässern, und diese Kreatur, die in mein Leben geflattert war, nahm eine Serviette, zog einen Stift aus der Tasche und zeichnete Nomi unser Bett auf – verstehst du, du hattest eine Matratze, auf der ein Wachstuch lag, darauf kam ein Laken und darauf eine Art Gitter, das an eine Batterie angeschlossen war, auf dem Gitter lag wieder ein Laken und darauf noch ein Gitter und dann das Bettzeug, diese Konstruktion war mit einer Klingel verbunden, und sobald wir ins Bett machten, entstand ein elektrischer Kontakt, es klingelte, und wir wurden wach und gingen aufs Klo, er legte seine Finger auf Nomis

Hand und schüttelte sich vor Lachen, aber bei deinem Vater, hörst du, bimmelte es andauernd, und nichts passierte, er wachte einfach nicht auf, sondern pennte weiter in seiner Pisse wie in einer Badewanne, Abend für Abend verabreichten sie uns literweise Himbeerkompott, damit unsere Blasen nachts ordentlich drückten, trink, mein Kind, trink, sagte die Frau, auf ihrem Arm war eine Nummer eintätowiert, aus dem KZ, du erinnerst dich bestimmt an ihren Namen, Ilan, aber egal, die Namen vergisst man zuerst, und auf unserem Zimmer wohnte auch dieses Mädchen, Talli, Talli Irgendwas aus Pardess Chana, ungefähr dreizehn Jahre alt war sie, und wenn sie sich auszog, drehte sie uns den Rücken zu, damit wir ihre kleinen Erdbeeren nicht sahen, nur hing gegenüber ein Spiegel, verstehst du, Ben-Natan, vielleicht drehte sich die kleine Schlampe mit Absicht zum Spiegel um – ich betrachtete dieses groteske Tier, das sich auf meine Kosten in Erinnerungen suhlte, doch hörte es nicht zu plappern auf – und weißt du noch, der Salat, den seine Alte immer machte, er selber war Arbeiter bei der Post, glaube ich, sie schnitt das Gemüse klein und goss saure Milch drüber, erinnerst du dich noch an die Gläser für saure Milch, wie Figuren sahen sie aus, wieder tätschelte er Nomis Hand, aber ich fühlte mich zu schwach, um ihm Einhalt zu gebieten, dein Vater war verbohrt, was das Pissen anging, er war schon da, als ich ankam, und blieb länger als ich, weißt du noch, Ilan, wie deine Mutter mit dir nach Neharija fuhr und ich mitkommen durfte, wir nahmen ein Taxi, und sie hat uns weiße Käppis gekauft, die alte Hexe, lebt sie noch, einmal ist alles vorbei, nicht wahr – als ich den Kellner rief, redete der Mann trotzdem weiter, und ich musste ihn rüde unterbrechen, um bezahlen und das Restaurant verlassen zu können, auf der Rückfahrt streichelte Nomi meine Hand und fragte mich, warum ich ihr von alledem nichts erzählt hatte, es gibt viele Dinge, die ich dir noch nicht erzählen konnte, entgegnete ich, und sie sagte, mein süßer Ilan, doch mochte ich diesen mütterlichen Ton nicht, zur Selbstironie fehlte mir die Energie, und ich wollte auch nicht zum Lachen gebracht werden, ich fühlte mich müde und schwer und wusste nichts mit mir anzufangen, Nomi schlug vor, bei meiner Mutter vorbeizuschauen, ich würde sie viel zu selten besuchen, behauptete sie, genau zur Nachrichtenzeit trafen wir bei ihr ein, sie schleppte ihren mageren Körper zur Tür, öffnete sie und fragte ärgerlich, müsst ihr kommen, wenn die Nachrichten laufen, danach setzte sie sich vor den Fernseher, Nomi ging in die Küche, um Kaffee zu kochen, und ich flüsterte in flehendem Ton, Mama, aber sie zischte, nicht jetzt, denk nur einmal an die Welt da draußen und nicht an deine Probleme, er wird nicht lange durchhalten, wenn sie weiter so mit ihm umspringen, es geht nicht immer nur um dich, das weißt du doch, und dann drehte sie sich wieder zum Fernseher, und als Nomi mit dem Kaffee hereinkam, sagte sie nur, Kaffee am Abend, und wies das Tablett, das Nomi ihr hinhielt, zurück, daraufhin fragte Nomi geduldig, ob sie Tee wolle, meine Mutter taute ein wenig auf und erklärte, nein danke, am Ende der Nachrichten gab ich Nomi ein Zeichen, und wir standen auf, sie ging zu meiner Mutter, küsste ihre Wange – als Nomi meiner Mutter zum ersten Mal einen Kuss gab, war sie verblüfft wegen der ledrigen Haut, und auch heute noch berührte sie sie nur ungern – nach einem kurzen, forschenden Blick von meiner Mutter stieg ich erleichtert ins Auto und fuhr nach Hause, wo sich Nomi sofort ins Bett legte und so tat, als würde sie schlafen.

## 21

Ich war alt genug, um die heilende Wirkung der Zeit zu kennen – die Zeit war meine Hoffnung, und von ihrem Rhythmus ließ ich mich tragen, die Tage blieben von Verunreinigungen verschont, dafür floss aller Schmutz in die Nächte, die einer Müllkippe glichen, Antouns Mutter hatte immer gesagt, dass die Tränen den Körper reinigen, wohingegen die Träume die Seele entseuchen, und wenn ich mich morgens im Bett benommen auf die andere Seite drehte, sah ich neben mir Nomi, die immer lethargischer wurde und deren Trauer zwar maßvoll, aber konstant war, ihre anfängliche Sehnsucht hatte sich in einen Gemütszustand verwandelt, dessen Beschaffenheit ich bislang nicht ergründen konnte, nur langsam und zunächst unsichtbar, wie transparente Weben, die an manchen Tagen als Lichtreflex in der Luft hängen, stieg eine Erinnerung in mir auf, doch erkannte ich noch nicht, worauf sie zielte, ich wusste nur, dass sie auf den Toten Bezug nahm, der mich ständig begleitete, der tagsüber in meinem Bewusstsein gegenwärtig war und nachts in meinen Träumen schlummerte, ich bemühte mich, den Faden aufzunehmen, verlor ihn aber immer wieder, und als ich meinen Kaffee ausgetrunken hatte und von der Zeitung aufsah, wurde mir bewusst, dass jene schemenhafte Reminiszenz mit dem Gespräch zusammenhing, das ich mit dem Toten über Doppelsterne geführt hatte, der Nebel war im Begriff sich zu lichten, doch dann sprengte das Klingeln des Telefons das wenige, das ich in Händen hielt, in tausend Stücke, ich hob ab, und niemand antwortete, nur ein unregelmäßiges Atmen drang aus der Hörmuschel, ich sagte noch mal, hallo, und das Atmen verstärkte sich, mein drittes »Hallo« klang bereits nervös und unsicher, ich warf den Hörer auf die Gabel, und Nomi, die seit dem Verschwinden ihres Geliebten bei jedem Klingeln zum Telefon stürzte, fragte mich aufgewühlt, wer am Apparat gewesen war – ich weiß es nicht, der Anrufer hat nichts gesagt, antwortete ich, und die Tasse in ihrer Hand zitterte und verspritzte Kaffee, doch riss sich Nomi zusammen, und in ruhigem Ton sagte ich, es hat sich sicher jemand verwählt, danach küsste ich sie und fuhr zum Technikum, zwar unterrichtete ich an diesem Tag nicht, doch hatten sich eine Reihe von Erledigungen angehäuft, und schon bei meiner Ankunft geriet ich in einen Tumult, den Giv'on ausgelöst hatte, ihm war zu Ohren gekommen, dass Davis ihn nicht für die Nachfolge des Dekans vorgeschlagen hatte, und nun saßen Aviva und er mit Grabesmiene im Sekretariat und warteten auf Davis, ich versuchte, mich zu verdrücken, denn mir ging es auf die Nerven, dass immer ich die Flammen von Giv'ons Zorn und Enttäuschung löschen musste, doch hielt mich Aviva zurück und sagte, Ilan, ich bitte dich um dein Eingreifen in diesem Skandal, die Ernennung ist meinem Mann immer wieder versprochen worden, und nur weil er zu anständig ist, um das, was ihm zusteht, einzufordern, muss man ihn nicht ausnutzen – bescheiden und von der Last seines Schicksals niedergedrückt senkte Giv'on den Blick, doch diese schöne Pose ärgerte mich, ich hatte größte Lust, ihm zu sagen, dass Davis seine Empfehlung nicht im Zuge einer dunklen Intrige verweigert hatte, sondern weil er, Giv'on, keine administrative Fähigkeiten besaß, nicht mal einen Lebensmittelladen hätte er leiten können, doch stattdessen lächelte ich Aviva zu und fragte, bereitet euch das wirklich Magenschmerzen, als Dekan muss man denen da oben in den Arsch kriechen und sich ununterbrochen mit der Basis rumschlagen, willst du Giv'ons Fähigkeiten wirklich an so etwas verschwenden, sie setzte zur Antwort an, doch in diesem Moment leuchtete die Erinnerung, nach der ich am Morgen gesucht hatte, hell vor mir auf, Ness Sahav, das Altenheim Ness Sahav auf dem Französischen Karmel, er hatte mir erzählt, dass sein Vater dort auf der Pflegestation untergebracht sei, und binnen Sekunden verwandelte sich der Gedanke, zu seinem Vater zu fahren, in ein dringendes Bedürfnis, das Unruhe und vor allem Furcht in mir auslöste, es stand unverrücklich fest, dass ich diesen vereinsamten Mann aufsuchen musste, schließlich hatte er seinen einzigen Sohn verloren, und vielleicht kümmerte sich sonst niemand um ihn, und während Giv'ons Frau mir wütend antwortete, bedauerte ich, ihn die letzten Tage allein gelassen zu haben, und ich wartete ab, bis sie den Satz beendete, und als sie erneut Atem schöpfte, legte ich meine Hand auf ihren Arm und sagte, entschuldige mich, ich muss mich beeilen, mir ist gerade etwas eingefallen, und fügte den abgeschmackten Spruch hinzu, es kommt alles ins Lot, danach lief ich zum Auto, doch erwartete mich dort die Studentin mit dem hässlichen Gesicht, sie trat auf mich zu und sagte nervös, entschuldigen Sie, Professor Ben-Natan, ich brauche Ihren Rat, und Ihre Sprechstunde ist letzte Woche ausgefallen, man hat mir gesagt, Sie wären krank, deshalb wollte ich fragen, wann ich mit Ihnen sprechen kann, mit deprimierendem Blick sah sie mich an, und ich wunderte mich, woher all die getriebenen Seelen kamen, die mich schon seit geraumer Zeit verfolgten, doch blitzartig verstand ich, dass es eine Verstrickung zwischen mir und dem Mädchen gab, obwohl ich sie nie wirklich zur Kenntnis genommen hatte, in meiner Sprechstunde hatten wir einmal über ihrer Hausarbeit gesessen, und mir war aufgefallen, dass sie sich komisch benahm, dennoch hatte ich den Vorfall nicht in meinem Gedächtnis abgespeichert, weil ich die meisten Dinge, die nicht zu meinem unmittelbaren Lebensumfeld gehörten, gleich vergaß, und erst jetzt, wo sie seltsam erregt vor mir stand, erwachte ihre Existenz zu neuem Leben, ich fragte sie, dreht es sich um etwas Dringendes, denn ich habe es eilig, und sie zuckte mit den Augenlidern und sagte, es ist nicht dringend, es geht nur darum, dass … und ich nutzte ihr Stocken aus, um höflich vorzuschlagen, lassen Sie uns einen Termin für meine nächste Sprechstunde vereinbaren, Sie bekommen so viel Zeit, wie Sie brauchen, danach stieg ich in den Volvo, aber sie rührte sich nicht von der Stelle und schaute mich mit diesem erbarmungswürdigen Blick an, der Unwohlsein und Wut in mir weckte, dennoch konnte ich sie so nicht stehen lassen, und daher drehte ich das Fenster herunter und fragte, ob etwas geschehen sei – kann ich bis Neve Scha'anan mitfahren, erkundigte sie sich, und da mir nichts anderes übrig blieb, öffnete ich ihr die Wagentür und ließ sie einsteigen, und nun traten Giv'on und seine Frau mit Unheil verkündendem Schritt aus dem Hochschulgebäude, und ich hoffte, ihnen zu entwischen, aber sobald sie mich sahen, schossen sie wie zwei Lavazungen auf mich zu, und so kam ich nicht umhin, sie zu fragen, was ist passiert – Schoschi sagt, Davis hat keine Zeit für mich, obwohl wir schon seit langem fest verabredet sind, ich glaube, dass ich mir nicht auch das noch gefallen lassen muss, keuchte er, das schnelle Laufen und seine Wut nahmen ihm den Atem, und als er fragte, weshalb hast du dich aus dem Staub gemacht, statt Stellung zu beziehen, hätte ich ihm am liebsten eine runtergehauen, doch ich antwortete nur, wirklich, jetzt übertreibst du aber, er jedoch versteifte sich und sagte, ich übertreibe nicht, Ilan, nicht im Geringsten, vielleicht reagiere ich emotional, aber ich bilde mir nichts ein, und nun sah er die Studentin, die es sich in meinem Auto bequem gemacht hatte, und in seinen Augen las ich, dass sich für ihn in diesem Moment alles zusammenfügte, ich betrog nicht nur Nomi, sondern auch ihn – besonders ihn – anstatt mich für seine Probleme zu interessieren, vergnügte ich mich mit meiner Magisterstudentin, ich sagte, es kommt alles wieder ins Lot, Giv'on, beruhige dich, leider habe ich jetzt keine Zeit, und aufs Höchste beleidigt erwiderte er, ich versteh schon, und seine Frau, die erst jetzt wieder zu Atem kam, rief, es ist ein Skandal, ein richtiger Skandal, sein Herzblut hat er der Fakultät geschenkt – aber Giv'on zog sie fort, und ich trat aufs Gaspedal und verdrängte Avivas und Giv'ons Auftritt aus meinem Gedächtnis, meine Magisterstudentin – sie heißt Nava Snir, fiel mir ein – hatte sich im Beifahrersitz zusammengekauert, und ihr Schweigen schuf eine peinliche Intimität, worüber wollten Sie mit mir reden, fragte ich in der Hoffnung, in der Sprechstunde von ihr verschont zu werden, ich möchte im nächsten Semester Ihr Oberseminar über kosmische Energien belegen, hob sie an, und im Sekretariat wurde mir gesagt, es gäbe keinen freien Platz mehr, aber mir ist das Thema sehr wichtig, ich brauche den Kurs, deshalb wollte ich Sie bitten, mich aufzunehmen, all das sagte sie mit gehetzter, bettelnder Stimme, als sollte ich ihr eine Niere spenden, die Trivialität ihres Anliegens stand in keinem Verhältnis zur Emotionalität, die dahinter lauerte, die Szene, die sie mir vorspielte, verstand ich nicht, und ich hatte keine Zeit, um darauf einzugehen, ich wollte sie nur noch loswerden, ohne unhöflich zu erscheinen, und deshalb sagte ich, ich denke, das ist kein Problem, wo soll ich Sie rauslassen – wo fahren Sie hin, antwortete sie mit einer Gegenfrage, und ich erklärte, zum Französischen Karmel, für einen kurzen Moment ließ mich ihr Blick mich selbst vergessen, und ich wusste nicht mehr, weshalb ich durch die Straßen der Stadt fuhr – wenn es Sie nicht stört, komm ich bis dorthin mit, sagte sie, und da mir keine Antwort einfiel, gelangten wir schließlich gemeinsam auf den Französischen Karmel, ihre Verschrobenheit ließ sie mir als unentschlüsselbares Zeichen erscheinen, dessen Gegenwart ich kaum ertrug, und als ich sie an der Kreuzung von Tschernichowski- und Jabotinskystraße zum Aussteigen aufforderte – ich bin fast da, sagte ich in einem Ton, der höflich klang, jedoch keine Widerrede duldete – sandte sie mir zum Abschied einen Blick zu, der mir genauso rätselhaft wie alles Übrige an ihr vorkam, da war etwas, und ich hatte noch keine Ahnung, worauf es hinauslaufen würde, doch leuchtete ein Gedanke in meinem Kopf auf, sie weiß etwas, sie will mit mir sprechen und hat nicht den Mut dazu, aber warum ist sie nicht zur Polizei gegangen, fragte ich mich, hat sie vor, mich zu erpressen, das war's, wie eine verunsicherte Erpresserin hatte sie sich aufgeführt, und sofort überlegte ich, ob sie mich an jenem Abend gesehen haben konnte, gelangte aber zu dem Schluss, dass das sehr unwahrscheinlich war, ich beruhigte mich, und Nava Snir verblasste und verschwand im Meer der Kleinigkeiten, die im großen Strom des Alltags untergehen, an einer Kreuzung sah ich eine Säule mit einem Stadtplan, und als ich ausstieg, um das Altenheim darauf zu suchen, stellte sich heraus, dass es sich nur eine Straße weiter befand, als ich jedoch den Wagen parkte, dachte ich auf einmal, dass es zu gefährlich war, den alten Mann zu besuchen, ich musste dieses scheinheilige Vorhaben aufgeben, aber ich wusste auch, dass meine Bedenken nichts änderten, weil das Bedürfnis, ihn zu sehen, kategorisch und absolut war, also streifte ich die rote Wollmütze meiner Mutter über, die sie im Auto vergessen hatte, setzte eine Sonnenbrille auf, holte einen schwarzen Filzstift aus der Tasche und zeichnete einen dicken Fleck auf meine Stirn, trotz der Sonne zog ich den langen Mantel über, und in dieser idiotischen Verkleidung trat ich durchs Tor des Heims, eine ältere Schwester eilte auf mich zu, und ich fragte, wo ich Herrn Sifra finden könne, und da sie zu beschäftigt war, um mich genauer unter die Lupe zu nehmen, zeigte sie nur auf einen alten Mann im Rollstuhl, der am äußersten Ende des Gartens in der Nähe eines Erdbeerbaums saß, erklärte, der ist es, er kriegt kaum mit, was um ihn herum passiert, und ließ mich stehen, ich näherte mich dem Alten und fühlte gleich, dass er völlig wehrlos war, er trug kein Gebiss, und die Lippen hatten sich ins Innere seines Mundes zurückgezogen, Schorf klebte an seinen Augen, und sein Blick verlor sich in der Ödnis seiner schwindenden Existenz, ich blieb vor ihm stehen und sagte, Herr Sifra, doch es fiel ihm schwer, sich aus dem Zustand dümmlichen Starrens herauszulösen, nur langsam hob er den Blick, und in seinem verfallenden Gesicht erkannte ich sofort die Züge seines Sohns wieder, dessen Hinterlassenschaft er war, wie geht es Ihnen, fragte ich, nur um etwas zu sagen, seine Augen hefteten sich an mich, und ich hatte Mühe, die Verwirrung und Furcht, die sich darin spiegelten, zu ertragen, einen Moment lang bildete ich mir ein, dass er Bescheid wusste, und als ich ihn fragte, was ist geschehen, umklammerte er meine Hand mit einer Kraft, die sich von Angst nährte, und sagte, ich hab Hunger, solchen Hunger, bitte geben Sie mir was zu essen – bekommen Sie hier nichts, fragte ich, und er antwortete, nein, ich bin so hungrig, unverzüglich winkte ich eine blutjunge Schwester heran, die zufällig vorbeikam, und sagte ärgerlich, entschuldigen Sie, Herr Sifra beklagt sich, weil er Hunger hat – sind Sie sein Sohn, forschte die Schwester nach – nein, ich bin ein Nachbar, erwiderte ich, und sie streichelte seinen Kopf und sagte langsam und zuckersüß, Schlomo, warum beunruhigst du deine Freunde, sie werden noch denken, wir ließen dich verhungern, und dann wandte sie sich zu mir und erklärte, das ist symptomatisch bei seiner Erkrankung, unterdessen schnappte der alte Mann nach ihrem Kittel und winselte, ich will, dass du dich ausziehst, ich setz dich als Erbin ein, bitte, warte nackt unten an meinem Haus auf mich, in seiner Stimme lag eine lächerliche, aus fernen Zeiten stammende Gewalttätigkeit, sanft und mit der Frische ihres jungen Fleischs lächelte sie ihn an, ich kann mich nicht ausziehen, Schlomo, ich hab einen Freund, und der erlaubt es nicht, erklärte sie ihm mit einer Natürlichkeit, die einen glauben machte, nur ihr Freund würde einer wilden Romanze mit dem Alten im Wege stehen, daraufhin griff er nach ihrer Hand, schrie mit letzter Lebenskraft, *meidele, meidele*, setz dich auf meinen Schoß, und versuchte, sie zu sich herunterzuziehen, doch sie gab ihm einen Klaps auf die Hand und schimpfte, genug, Schlomo, du benimmst dich gar nicht schön, du hast einen Gast, und dem gefällt es nicht, dass du dich so aufführst, und gescholten und unterlegen sank der kindische Greis in sich zusammen, ein Mensch, der seinen Verstand verloren hatte und entblößt am Ende seines Lebens stand, und die Schwester wandte sich ab und ließ uns allein, ist Ihnen kalt, fragte ich ihn, und er fasste kraftvoll meine Hand und hob seinen Blick zu mir, nun floss der Kummer in Form von Tränen aus seinen Augen, eine Frau, eine Frau, eine Frau, jammerte er – der Sohn existierte in seinem in Auflösung begriffenen Gehirn nicht mehr, wenigstens das konnte ich als positiv verbuchen, und ich stand vor ihm, und er lehnte seinen Kopf an mich und hörte nicht auf zu weinen – an die sichtbare Wirklichkeit grenzt eine verborgene, parallele, die nicht denselben Gesetzen gehorcht, sie ist sexuell und ohne Hemmung wie das Bedürfnis dieses alten Mannes, in dem schon der Tod nistete – ich hatte einen Einfall, gleich bin ich wieder da, sagte ich zu ihm, aber er hielt mich fest wie ein kleines Kind, das den Finger eines Erwachsenen nicht loslässt, ich komm sofort zurück, versprach ich und riss mich los, danach lief ich zum Wagen, fuhr zur Azma'utstraße hinunter und fand mich Minuten später vor der Bar am Eingang des Hafens wieder, und da ich keinerlei Zweifel an meiner Mission hegte, handelte ich zielstrebig und fast ohne Scham, ich trat durch den Perlenschnurvorhang und sah, dass die große Prostituierte an der Bar saß und mit einem Strohhalm Mineralwasser aus einer Flasche trank, sie schaute mich und meine rote Wollmütze an und fragte, was kann ich für dich tun, worauf ich ihr in einfachen, unmissverständlichen Worten mitteilte, ich brauche eine Frau fürs Altenheim auf dem Französischen Karmel, vielleicht reicht schon Streicheln, sie erhob sich, und mir fiel auf, dass sie größer war, als ich sie in Erinnerung behalten hatte, ihr knappes Kleidchen ließ ihren Busen und ihre dicken Schenkel vorgucken, gefallen sie dir, Süßer, fragte sie spöttisch, und ich erwiderte, sehr, schließlich erteilte sie dem Mann, der am Eingang saß, ein paar Anweisungen, und wir gingen zum Volvo, weil sie jedoch mit dem Sicherheitsgurt nicht zurechtkam, war ich gezwungen, mich über ihre voluminöse Brust zu beugen, und vor Ekel und Erregung drehte sich mir der Magen um, warum machst du das Radio nicht an, fragte sie wie ein verwöhntes Gör, ich schaltete es ein und schielte unwillkürlich auf die beiden riesigen Fleischberge, die aus ihrem Ausschnitt quollen, dreh auf Qol ha-Musiqa, sagte sie, ich hör gern klassische Musik, und so fuhren wir zu den Klängen der Fidelio-Ouvertüre zum Französischen Karmel hinauf, und als sie fragte, dein Vater, entgegnete ich, nein,

nein, es handelt sich um einen Menschen, dem ich etwas Gutes tun will, genauer gesagt, bei dem ich etwas wieder gutmachen muss – ist das nicht dasselbe, wollte sie wissen, gutmachen und Gutes tun, und verzog ihre Lippen zu einem Lächeln, das aus Kronen, Zahnfüllungen und Transplantaten bestand – eine netzartige Konstruktion aus Eisendraht war in ihren Mund eingebaut – du hast Recht, antwortete ich, und sie holte Zigaretten heraus und bot mir eine an, als ich allerdings zugreifen wollte, winkte sie ab, ich mach das schon, Süßer, es ist zu gefährlich, beim Fahren mit dem Feuerzeug zu hantieren, es heißt, auf diese Weise kämen reihenweise Unfälle zu Stande, und so rauchte sie zwei Zigaretten an und gab mir eine, obwohl ich sie mir nur widerwillig in den Mund steckte, aber das skurrile Wesen neben mir inhalierte genüsslich, spreizte die Oberschenkel und ließ den Kopf gegen die Rückenlehne sinken, fahren wir ins Altenheim, fragte sie, und ich entgegnete, ja, er sitzt alleine im Garten in einem Rollstuhl – kann er eindringen, setzte sie das Verhör fort, doch ich verstand nicht, was sie meinte, und fragte, ob er *was* kann – eindringen, ob er ihn hochkriegt, wiederholte sie ungeduldig, und ich sagte keine Ahnung, du als Profi weißt bestimmt, wie man das hinbekommt, und ohne Stolz fing sie an zu erzählen, dass sie seit dreißig Jahren im Geschäft sei – so ist das Leben, von vorne bis hinten ein großer Irrtum, sagte sie, der Mensch lebt falsch, stirbt am Ende, aber richtig (ich lächelte freundlich und entledigte mich der Zigarette), in Bukrest war ich Schülerin an der Oper, aber ich hatte ein Problem, ich schlotterte am ganzen Körper, wenn ich auf die Bühne musste, etwa so – sie versetzte ihre Fleischmassen in Schwingung – aber das mit dem Körper ging noch, schlimmer war's mit der Stimme, mein Alt war futsch, sobald ich den Mund aufmachte, um zu singen, so geht's einem, wenn man etwas mit aller Macht will, und als wir vor einer Ampel anhielten, sang sie mir die Tonleiter vor, und ich war überrascht, wie rein und treffsicher ihre Kehle die Töne hervorbrachte, ihr Klang war tief und warm, du hast eine wunderbare Stimme, übertrieb ich, ja, weil ich nicht aufgeregt bin, aber stell mich vor ein Publikum, und alles ist hin, erst als die Ampel auf Grün sprang, nahm ich das junge Paar in dem Transit neben uns wahr, das hämisch lachend zu uns hineinschaute, meine verbitterte Begleiterin verstummte beleidigt, und erst als wir vor dem Altenheim vorfuhren, richtete sie wieder das Wort an mich, los, Süßer, an die Arbeit, sagte sie, und wir gingen hinein und steuerten direkt auf den alten Mann zu, der sich noch an derselben Stelle wie vorher befand, der Garten lag fast verlassen, nur hier und dort saßen alte Männer und Frauen, die man in die Sonne hinausgeschoben hatte, die jetzt versank, er ist dahinten, erklärte ich, und mit ihren hohen Hacken und ihrem breiten Hintern, der unter dem Kleid hervorlugte, wackelte sie vor mir her, und ich verspürte eine widerwärtige Lust, in den unendlichen Weiten ihres Körpers zu vergehen, guten Tag, Herr Sifra, sagte ich zu ihm, ich möchte Ihnen jemanden vorstellen, er sah mich an, und es war, als würde in seine toten Augen Leben gepumpt, sie beugte sich zu ihm hinab und küsste seine trockenen Wangen, hallo, Süßer, begrüßte sie ihn, und er begann unruhig zu schnaufen, wir stellen uns unter den Erdbeerbaum, erklärte sie mir, bei uns im Dorf, wo ich geboren bin, stand auch so ein Baum, er bekleckert alles, wir gehen da rüber, und dann werden wir sehen, was sich machen lässt, pass inzwischen auf, dass keiner kommt, damit es nicht peinlich wird, auch er hat ein Recht auf Würde, sie schob den Rollstuhl unter die Äste, und ich blieb zurück, um die Aktion zu beobachten, als überraschend die junge Schwester mit einer Kollegin aus dem Gebäude trat, aber sie winkte nur freundlich zu mir herüber und blickte ungerührt zu dem alten Mann und dem blonden Fleischklops hinüber – solange man sie nicht behelligte, würde sie keine Fragen stellen, und schon kurze Zeit später verabschiedete sie sich von ihrer Kollegin und kehrte ins Haus zurück, sofort glitt mein Blick wieder unter den Erdbeerbaum, und meine mit Ekel gepaarte Erregung steigerte sich, ich näherte mich den beiden und sah, wie die männlich wirkende Hand der Prostituierten in seiner Hose wühlte, während ihr Mund ihn im Tonfall einer Kindergärtnerin lockte, na, wo ist der kleine Mann, wo hat er sich denn versteckt, der Alte, der nicht wusste, was ihm widerfuhr, guckte wie ein Säugling, der ein neues Spielzeug bekommen hat, eine seiner zerbrechlichen Hände reckte sich in die Höhe und schlug auf das wogende Gebirge im Ausschnitt der blonden Frau, und die andere erkundete wie ein junger Bock ihren Körper, während sich aus seinem Mund das Jammern eines verängstigten Tiers erhob, Mama, Mama, und die Prostituierte schüttelte ihren Busen und lockte ihn, komm zu Mama, komm zu Mama, bis sein Kopf zwischen ihre Brüste sackte, mit bösem Gesicht sah sie mich an, und ich starrte auf jenes geläuterte, abstoßende Konzentrat menschlicher Reduktion und war gefangen in einem Gefühl aus niederträchtigem Genuss, das mir wie eine Strafe vorkam, doch schien etwas geschehen zu sein, denn die Blonde löste sich von dem Alten und rief mich erschrocken zu sich, ich rannte zu ihnen, und sie sagte, ich glaube, er ist tot, es ist besser, wenn ich mich jetzt verziehe, ich will keine Scherereien, und als ich mich zu ihm hinunterbeugte, blieb mein Blick an seinen geöffneten Augen hängen, die mit einem Ausdruck der Strenge durch mich hindurchschauten, es waren die Augen eines Toten, das stand außer Zweifel, und ich begriff, dass ich nun auch noch seinen Vater getötet hatte, du solltest jetzt gehen, sagte ich zu ihr, ich werd das hier regeln, doch wie ein Steuereintreiber verkündete sie, du hast mich noch nicht bezahlt, worauf ich erklärte, mein Portemonnaie liegt im Auto, warte dort auf mich, ich komme gleich, sie eilte davon, und ich stand einen Augenblick da und wusste, dass es nicht in Frage käme, auch vor diesem Toten zu fliehen, und so ging ich ins Haus, um die junge Schwester zu holen, die gerade telefonierte, vom Eingang aus gab ich ein Zeichen, um ihr mitzuteilen, dass es dringend sei, sie beendete das Gespräch und kam auf mich zu, was ist passiert, fragte sie fröhlich, und ich erklärte, ich glaube, Herr Sifra ist gestorben, wir liefen zu dem alten Mann, der zusammengesackt im Rollstuhl saß, sie nahm seinen Arm, sagte, kein Puls, ich muss den Arzt rufen, und winkte eine Kollegin heran, deren Schicht beendet war, er ist tot, teilte sie ihr mit, und ein Nachhall von Fröhlichkeit verlieh ihren Worten eine optimistische Färbung, als ich zu ihr sagte, es tut mir Leid, ich muss gehen, fragte sie, wollen Sie nicht warten, bis der Arzt offiziell sein Ableben feststellt, als wäre das ein Erlebnis, das es nicht zu versäumen galt – ich stehe unter Zeitdruck, schwindelte ich, ich muss meine Tochter von einer Klassenfahrt abholen, und weil meine Ausflucht dem Toten gegenüber eine Beleidigung gleichkam, fügte ich schnell hinzu, Herr Sifra war kein Verwandter von mir, verstehen Sie, nur ein entfernter Nachbar, und obwohl der dramatische Vorfall sie nicht wirklich interessierte, sagte die Schwester, der Arme, auch sein Sohn besuchte ihn in letzter Zeit kaum noch, schade, wenigstens er hätte sich von ihm verabschieden können, aber was soll's, dann leben Sie wohl, schloss sie und entschwand, von einer neuen Welle des Optimismus getragen, dann auf Wiedersehen, sie entfernte sich, um die nötigen Schritte einzuleiten, denn der Todesfall fiel in ihre Schicht, ich harrte noch einen Moment bei dem alten Sifra aus und begann – fast war es schon Routine – das Totengebet zu sprechen, *jitgaddal we-jitqaddasch, erhoben und geheiligt werde sein großer Name in der Welt*, da ich mich an den größten Teil des Texts nicht erinnerte, war ich gezwungen zu improvisieren, und als ich das Gebet beendet hatte, drückte ich behutsam die Augen des Verstorbenen zu, wandte mich zum Tor und sandte beim Verlassen des Geländes einen letzten Blick zu meinem neuen Toten, der in dem großen Rollstuhl unter dem Erdbeerbaum kaum zu erkennen war, dann ging ich zu der Rumänin zurück, die rauchend am Volvo auf mich wartete, das ist wirklich eine unangenehme Geschichte, stellte sie fest, ich öffnete ihr die Wagentür, und sie nannte ihren Preis, hundert Schekel, weil du es bist – ich gab ihr den geforderten Betrag und legte noch einen Fünfziger drauf, sie schmatzte mir einen Luftkuss zu und säuselte, danke, Süßer, danach machten wir uns auf den Weg, als jedoch kurze Zeit später mein linkes Auge zuckte und ich es rieb, meinte sie, du musst nicht weinen, das Sterben gehört zum Leben dazu, es ist was völlig Normales, eigentlich hat er noch Glück gehabt, man könnte sagen, dass sein Tod Zucker war, schließlich muss jeder irgendwann abtreten, und ist es da nicht besser, wenn es auf diese Art geschieht, der Ärmste, seufzte sie, sein Herz hat das nicht mehr mitgemacht und – entschuldige, wenn ich das so unverblümt sage – sein Pimmel auch nicht, der war höchstens drei Zentimeter lang, sie schaltete das Radio ein und stieß einen weiteren Seufzer aus, man darf nie vergessen, dass jeder Mensch mal ein Kind war, das von jemand geliebt wurde – das stimmt, entgegnete ich knapp und wünschte, sie würde auf der Stelle aus meinem Leben verschwinden, trotzdem hörte sie nicht zu reden auf, was für eine verrückte Idee, ihm eine Frau zu verschaffen, aber wenn man zu viel des Guten bekommt, dann überlebt man es manchmal nicht, unterdessen gab ich mich der Hoffnung hin, dass die Familie von Nomis Liebhaber ausradiert war, nicht dass unversehens ein Onkel auftauchte, den ich vor lauter guten Absichten auch noch umbrachte, hier, hier links, rief sie und riss mich aus meinen Gedanken, in denen nichts unmöglich schien, ich hielt vor dem Eingang der Kneipe an, zog noch mal fünfzig Schekel aus meinem Portemonnaie und sagte, nimm, der Vorfall soll unser Geheimnis bleiben, und sie erwiderte, keine Sorge, Süßer, ich hab schon alles vergessen, dann wälzte sie ihren massigen Körper aus dem Wagen, und nur ihr schwerer Geruch blieb zurück, ich trat aufs Gaspedal und beschloss, zu meiner Mutter zu fahren und ihr mein Herz auszuschütten, als ich kurze Zeit später an ihrer Tür klingelte, glaubte ich, leise

Schritte zu hören, doch niemand öffnete, einen Augenblick war ich sicher, dass sie mich durch den Spion beobachtete und nicht hereinlassen wollte, deshalb rief ich vorwurfsvoll, Mama, und kurz darauf ging die Tür auf, und vor mir stand meine Mutter, die mir auch diesmal sehr dünn vorkam, bist du krank, fragte ich, und sie antwortete, ich bin nicht krank, hör auf, mir auf die Nerven zu fallen, willst du mitessen, ich wärme gerade etwas auf, ich folgte ihr ins Haus und setzte mich an den Tisch, du siehst nicht gut aus, startete ich einen neuen Versuch, aber sie konterte, in meinem Alter sieht niemand wie zwanzig aus, und dann richtete sie ihre grauen Augen auf mich und fragte, was ist geschehen – frag lieber nicht, entgegnete ich, aber sie ließ nicht locker, raus mit der Sprache, was ist geschehen – eine Katastrophe, stöhnte ich, und sofort fragte sie, wen hast du diesmal getötet – seinen Vater, sagte ich und beichtete ihr die Geschichte von der Verkleidung und der Prostituierten, und sie schaute mir ins Gesicht und stimmte ein Kichern an, das zu einem wiehernden Gelächter anschwoll, dann verschluckte sie sich und hustete, das ist fantastisch, krächzte sie, und auch ich begann die komische Seite der Geschichte zu sehen, jedoch nur einen kurzen Moment lang, danach wurde ich ärgerlich, denn ich hatte nicht vergessen, wer den Trottel in dieser Farce abgab, und während ich ihr auf den Rücken klopfte und ein Glas Wasser holte, fiel ich zurück in graue Hoffnungslosigkeit, und dann hörte auch meine Mutter zu lachen auf und schnappte nur noch nach Luft, ich führte sie zu ihrem Bett und setzte mich neben sie, ihr Husten ließ nach, und als sie meine gedrückte Stimmung bemerkte, sagte sie, ich fühl mich schon wieder ganz wohl, es ist besser, wenn du gehst (wir wussten beide, dass wir in den entscheidenden Momenten lieber allein waren und auf Sympathiebekundungen gerne verzichteten), geh, mit mir ist alles in Ordnung, wiederholte sie, und ich deckte sie zu und ging ins Wohnzimmer, und erst als ich ihr zorniges Schnaufen vernahm, fuhr ich nach Hause zu der Frau, für die ich lebte und deren Augen jetzt den Fernseher anstarrten – dass sie nicht wirklich hinsah, erkannte ich schon von der Wohnungstür aus – und die mich abwesend fragte, wo bist du gewesen, doch klingelte das Telefon, und weil ich unmittelbar neben dem Apparat stand, nahm ich den Hörer ab, abermals erfüllte jenes nervöse Atmen mein Ohr, und wie bei jedem Anruf, der uns erreichte, geriet Nomis Innere in Aufruhr, als ich jedoch kurz darauf einhängte, fragte sie nicht, wer am anderen Ende der Leitung gewesen war, sondern kauerte sich aufs Sofa, der Rest des Abends verging mit banalem Geplauder, soll ich dir was zu essen machen, nein danke, wie war es hier, und was ist dort geschehen, keiner von uns verfügte über die notwendige Energie, um ein richtiges Gespräch anzufangen, und am Ende des Abends legte ich mich mit einem alten Raymond Carver ins Bett, der mir ein wenig Ablenkung bescherte, als ich am nächsten Morgen aufstand und aus dem Schlafzimmer trat, saß Nomi schon an ihrem Schreibtisch und steckte einen Brief in einen Umschlag, und obwohl ich nicht wusste, ob er unser gemeinsames Problem berührte, sagte ich zu ihr, dass ich ihn zum Briefkasten bringen könnte, weil ich ohnehin zur Post müsse, aber sie entgegnete, nein, er ist nicht dringend, und ließ ihn in ihre Ledertasche mit dem Schulterriemen gleiten, so dass ich, als sie auf die Toilette ging, die Tasche öffnete, um nachzusehen, an wen sie geschrieben hatte, doch holte Nomi nur Toilettenpapier, und ich musste die Tasche schnell wieder schließen, und daher sah ich lediglich, dass auf dem Umschlag in Maschinenschrift »An« stand, das kam mir seltsam vor, doch hatte ich keine Möglichkeit, der Sache auf den Grund zu gehen, stattdessen verabschiedete ich mich und verließ die Wohnung, bereit, gegen einen weiteren Tag anzukämpfen, der am Ende von selbst verging, und erst als es Abend wurde und ich mich schon auf dem Heimweg befand, erinnerte ich mich, dass die Valiumtabletten aufgebraucht waren, und legte bei der Apotheke an der Ecke einen Zwischenstopp ein, allerdings war der Inhaber, ein älterer Herr, nicht erfreut, dass ich kein Rezept hatte, ich erklärte ihm, ich hätte keine Zeit, jedes Mal einen Arzt aufzusuchen, wenn ich ein paar harmlose Pillen brauchte – ob ich in letzter Zeit nicht ein wenig übertreibe, fragte er mich, und ich entgegnete, ich habe Stress auf der Arbeit, Sie wissen ja, wie das ist – passen Sie auf, dass Sie nicht zu viel nehmen, empfahl er mir, und gab mir nur eine Packung, und als ich die Apotheke verließ, sah ich einen Bettler, der gegen die Tür meines Volvos gelehnt stand und beobachtete, wie ich näher kam, entschuldigen Sie, sagte ich höflich, aber er rührte sich nicht, sondern blickte mich ungerührt an, so dass ich etwas unfreundlicher mein Anliegen erneut vortrug, lassen Sie mich vorbei, ich will wegfahren, aber er fragte, hast du eine Zigarette, und auf einmal schien mir seine Stimme vertraut, ich schaute ihm in die Augen, und mit durchdringendem Blick sagte er, gib mir eine Zigarette, ich lenkte ein und holte eine Zigarette heraus, als an der Straßenecke ein

Mann auftauchte, der ein kreischendes Kind hinter sich her zog, sei still, schnauzte der Mann, sei endlich still, hörst du, und das Kind entgegnete etwas, doch überschlug sich seine Stimme, und als es sich mit einem Ruck nach hinten fallen ließ, glaubte ich, die Hand würde von seinem Arm abreißen, der Mann blieb stehen, und ein Ausdruck wilder Gewalt erfüllte seinen Blick, die ihn das Kind und seine Selbstbeherrschung vergessen ließ, mit voller Wucht schlug seine Hand auf den Hintern des Jungen, der vornüberflog und auf dem Bürgersteig aufprallte, und der Mann, der noch immer nicht zufrieden war, stellte ihn wieder auf die Beine und zerrte ihn fort, doch in seinem Zorn und seiner Ohnmacht schrie das Kind weiter, bis auf einem Balkon eine ältere Frau erschien, die zu dem Mann herunterrief, lassen Sie doch den Jungen in Ruhe, schämen Sie sich nicht, worauf er barsch entgegnete, halt die Klappe, und in der Zwischenzeit hatte der Bettler eine Zigarette genommen und sie sich in den Mund gesteckt, doch gab er noch immer nicht die Wagentür frei, was wollen Sie, fragte ich, und ein widerliches Grinsen breitete sich über seine Züge, plötzlich kam mir der Gedanke, dass dies der Mann war, der auf der Treppe in Wadi Salib auf allen vieren zu mir gekrochen war, als ich Nomi dort zum ersten Mal suchte, und nun stand er vor mir mit der Zigarette im Maul, und ich fragte unsicher, was wollen Sie von mir – Feuer, antwortete er, ich tastete in meiner Tasche, als ich das Feuerzeug jedoch nicht fand, forderte ich mit brüchiger Stimme, lassen Sie mich an mein Auto, er aber wiederholte, gib mir Feuer, wie kannst du rauchen, wenn du kein Feuer hast – verpiss dich, raunzte ich und schob ihn rüde beiseite, aber er griff nach meinem Mantel und klammerte sich daran fest, ich versuchte, ihn mit dem Fuß wegzustoßen, doch eilte der Apotheker herbei und rief, lass ihn los, Leon, und der Griff des Bettlers lockerte sich, und er sagte, auch du brauchst Erbarmen, und lief davon, seit einiger Zeit treiben sich in dieser Gegend allerhand komische Gestalten herum, erklärte der Apotheker, und ich behauptete, der Zwischenfall sei nicht so schlimm gewesen, stieg ins Auto, nahm eine von den gelben Tabletten und wartete, bis meine Furcht sich in Nebel einhüllte und mir der Bettler wie irgendein Nachbar erschien, der seit kurzem in unserem Viertel lebte.

## 22

Und ohne dass ich es bemerkt hatte, war es draußen Frühling geworden, kühl und klar und mit einem blank geputzten Himmel zogen die Tage an uns vorbei wie ein gleichgültiger Strom, der alles verschluckte – meine Furcht ebenso wie Nomis Sehnsucht – und den kein Unrat aufhalten konnte, und einmal, bei der Rückkehr aus dem Technikum, kam ich Nomi, die seit dem Verschwinden ihres Geliebten die Post heraufholte, zuvor und leerte unseren Briefkasten, und als ich mit einem Umschlag, auf dem ausländische Marken klebten, die Wohnung betrat, verlor sie die Beherrschung und stürzte sich auf den Brief, freundlich erklärte ich ihr, dass es sich um meinen Buchvertrag aus Bristol handele, und sie lächelte peinlich berührt und behauptete, sie habe angenommen, es wäre die Vogelzeitschrift aus Neuseeland, die sie für ihre Arbeit bestellt hatte, und das Wort »Neuseeland« sprach sie mit einer Zärtlichkeit aus, als zählte es zu ihrem intimsten Vokabular, natürlich würde ich ihr ihre Post aushändigen, auch ohne dass sie mich anfiel, versicherte ich ihr – ihre Verzweiflung, vor allem aber ihre Hoffnung machten mich verlegen, weder für Nomi noch für mich hatte die Zeit bisher Heilung gebracht, sein Gesicht erwachte morgens im selben Moment wie ich, in schweren Momenten schien es mir besonders kantig und lang, und als betrachtete ich es durch ein Kaleidoskop, schob sich manchmal die verschrumpelte Maske seines Vaters davor, aber nun öffnete ich das große Fenster und trat auf den Balkon, den noch der Schmutz des Winters bedeckte, die frische Luft besänftigte meine Nerven, und Nomi folgte meinem Beispiel, und wir standen still über das Geländer gebeugt und fühlten uns befreit, sieh dir den Dreck an, sagte sie und holte Putzzeug, und zusammen begannen wir sauber zu machen, sie fegte, während ich das Eisengeländer wienerte, und zum ersten Mal seit jener Nacht stellte sich ein Gefühl der Gemeinsamkeit ein, zwar ging es nur um die Reinigung eines Balkons, doch in der Ödnis unserer Entfremdung glich er einer kleinen Oase, und als wir mit der Arbeit fertig waren, brachte ich Nomi ihren Nescafé mit drei Stück Zucker, und wir setzten uns draußen hin, tranken und sahen auf die Stadt, die in samstäglicher Trägheit unter uns lag, in dem reinen Licht nahmen die nächtlichen Alpträume einen zurückhaltenden, matten Farbton an, nur leise Besorgnis war noch spürbar, wie eine Verbrennung ersten Grades, die nicht mehr schmerzt, aber beharrlich juckt, und wieder hoffte ich, dass sich vielleicht alles glücklicher gefügt hatte, als es schien, und in ein optimistisches Schweigen versunken saßen wir auf dem Balkon, als Nomi in einem Anfall von Begeisterung hochfuhr, sich zu mir umdrehte und vorschlug, lass uns nach Galiläa fahren, auf ein verlängertes Wochenende, komm, lass uns sehen, was der Frühling mit der Natur anstellt, ich hab genug von der Stadt, und ich schaute in ihr strahlendes Gesicht, und sie kam mir wie die Essenz dieses

Frühlings vor, ich zog ihren Stuhl zu mir heran, sie erhob sich und setzte sich auf meinen Schoß, warf ihre dünnen Arme um meinen Hals und fragte, bist du einverstanden, fahren wir nach Galiläa, und ich antwortete, wohin du willst, und ihre geschminkten Lippen, die auf perfekte Weise ein Herz nachbildeten, näherten sich mir, und mit verhaltener Leidenschaft küssten wir uns, das Aufkeimen neuer Hoffnung war unverkennbar, und in den nächsten zwei Tagen überlegten wir, welcher Ort in Galiläa sich am besten für uns eignete, Nomi suchte Entschädigung für ihre Entbehrungen, und ich wollte den Toten entfliehen – nicht dass ich mich Illusionen hingab, ich wusste, dass sie mir nach Galiläa folgen würden, doch konnte ich mich während der Reisevorbereitungen wenigstens in dem Gefühl wiegen, ein normales Leben zu führen – Nomi zählte die Möglichkeiten auf, Privatzimmer, Pension oder Hotel, in Safed oder an diesem oder jenem Aussichtspunkt, und ich sagte zu ihr, führ mich, wohin du willst, ich lass mich überraschen, und als ich am Mittwochabend Klausuren korrigierte, lief Nomi – von Kräften getrieben, die sie in den Wochen der Apathie gesammelt haben musste – in der Wohnung umher, von einem Zimmer zum nächsten, zum Auto hinunter und wieder die Treppe herauf, und ich wunderte mich, dass so viel eingepackt werden musste, als unerwartet das Telefon klingelte, ich nahm ab und hörte wieder jenes nervöse Atmen, und mit einem Mal verstand ich, wer am anderen Ende der Leitung war – Nava Snir – wieso war ich nicht vorher drauf gekommen, Nomi unterbrach ihre Aktivitäten und horchte auf, und die ganze Vorfreude drohte zu verpuffen, doch ich musste ihre Hoffnung zerstören, dass ihr Geliebter sie aus Neuseeland anrief, und daher flüsterte ich in den Hörer, Nava, sagen Sie etwas, ich weiß, dass Sie es sind, worauf ein stilles Jammern an die Stelle des Atmens trat, besuchen Sie mich in meiner Sprechstunde am Dienstag, dann können wir uns unterhalten – werden Sie kommen, fragte ich zum Abschluss mit aller Sanftheit, die ich aufbringen konnte, und sie antwortete mit einem dünnen, erbarmungswürdigen »Ja« und hängte ein, danach drehte ich mich zu Nomi um, die enttäuscht und misstrauisch neben mir stand, und erzählte ihr von der sonderbaren Studentin, sie ist verliebt in mich, stell dir vor, sagte ich, und Nomis Gesicht verdüsterte sich, hast du was mit ihr, fragte sie, und dieser Anflug von Eifersucht gepaart mit der seltsamen Liebe der traurigen Nava Snir belebte mich, neue Kraft und sogar ein Gefühl von Stolz sprossen in mir, und ich erhob mich, legte gebieterisch meine Arme um Nomi und sagte, ich hab nichts mit ihr, sie schleicht nur auf den Fluren hinter mir her – schwörst du's, fragte Nomi, und ich erwiderte, ja, ich schwör's, und mein leiser Spott legte einen dünnen Faden des Zweifels aus, doch wandte Nomi sich wieder ihren Vorbereitungen zu, während ich Freude über meine zweifache Befreiung empfand, der Telefonterror war beendet und Nomis Hoffnung erschöpft, und obendrein wurde mir in Form der verzweifelten Liebe meiner Magisterstudentin eine Art Bonus zuteil, ich stand auf und nahm meinen Kalender, und als ich darin mit einem Rotstift den mit Nava Snir vereinbarten Termin eintrug, fühlte ich Nomis Blick auf mir, vielleicht schien ihr meine Gegenwart jetzt nicht mehr selbstverständlich, jedenfalls näherte sie sich mir von hinten, umarmte mich und fragte flüsternd, liebst du mich, und ich entgegnete, nein, überhaupt nicht, daraufhin küsste sie in aller Ruhe wieder und wieder meinen Hals, und ich schloss die Augen und ergab mich dieser schweren Süße – wenn doch die Welt in diesem Augenblick stehen bliebe und alles vorüber wäre.

## 23

Gegen Mittag schraubten wir uns eine weite kahle Gebirgslandschaft hinauf, eine seit ihren Anfängen unveränderte Formation, in der nur vereinzelt Häuser standen und die nicht von Stromkabeln zerschnitten war, hier versorgten Windturbinen die Bewohner mit Energie, und Nomi, die sich für den Erfolg unseres Projekts verantwortlich fühlte, schaute nicht hinaus, sondern konzentrierte sich auf den Zettel mit der Wegbeschreibung, bis wir zu einem kleinen einsamen Steinhaus gelangten, bei dessen Anblick ich ihr versicherte, du hättest nichts Besseres aussuchen können, wie ein zufriedener Säugling lächelte sie, und erst als ich den Motor abstellte und ausstieg, nahm ich die urzeitliche Stille wahr, und mich packte das Verlangen, mich so schnell wie möglich mit einem Bier und einer Zigarette auf der Veranda niederzulassen, zuerst aber half ich Nomi, den Wagen zu entladen, sie schien einen Supermarkt aufgekauft zu haben, und auf meine Frage, für wen all die Vorräte bestimmt seien, sagte sie, am liebsten würde ich nie wieder fortgehen von hier, setz du dich schon raus, ich kann die Lebensmittel alleine wegräumen, und nachdem ich es mir im Liegestuhl bequem gemacht hatte, betrachtete ich erneut die Natur und empfand mich als winziges Teilchen darin, nur Nomis Geschäftigkeit in der Küche wirkte konkret und relativierte die majestätische Stille ein wenig, und als Nomi schließlich Bier, Oliven und mit Olivenöl und getrockneten Tomaten angerichteten Quark herbeitrug, sagte ich, auch das Essen ist Spitze, allmählich wurde das Licht sanfter, und das Schweigen sog uns auf, und als die Sonne unterging, goss ich uns eisgekühlten Wodka ein, der Wind verstummte, und die Welt stand still, genau so sollte es sein, dachte ich und war gerührt und traurig zugleich, weil das Vollkommene möglich schien, die Sonne versank hinter den Bergen und hinterließ hellorange Flecken am Himmel, und in der Melancholie, die diese Schönheit heraufbeschwor, verlor Nomi etwas von ihrer Wichtigkeit, sie war neben mir eingeschlafen, und ich zündete mir noch eine Zigarette an und ließ mich von der sich rasch verdichtenden Dämmerung einhüllen, kein Licht war zu sehen, soweit das Auge reichte, alles färbte sich schwarz, und die Stille war bedrückend und durchdringend, träge erhob ich mich und holte eine Decke für Nomi, meine Glieder waren steif vom Liegen und dem vielen Alkohol, ich deckte Nomi zu und stellte fest, dass sie ruhig war, kein Zeichen von Sehnsucht ließ sich in ihren Zügen erkennen, und dann trat ich in die Dunkelheit hinaus und sah, wie sie die wunderbare Landschaft, die noch vor kurzem die Szenerie beherrscht hatte, verschluckte, eine neue, unbenennbare Furcht beschlich mich, die ich mit weiterem Wodka betäubte, ich fügte mich jener unbesiegbaren Macht, die mich und mein erbärmliches Dasein, dem keine Wiederholung vergönnt war, umzingelte und entblößte, und irgendwann löste auch ich mich in Dunkelheit auf.

## 24

Mein Kopf wog schwer, und mein Mund war ausgetrocknet und schmeckte bitter, ich hatte zu lange geschlafen und vor allem zu viel getrunken, es war schon elf Uhr, und der Geruch von gebratenem Knoblauch drang aus der Küche und verursachte mir Übelkeit, wie ein Betonquader lag ich im Bett, und der größte Teil des vergangenen Abends war ausgelöscht und vergessen, nur an das dumpfe Gefühl von Furcht erinnerte ich mich noch, das eine Schattierung besaß, die sich von der mir geläufigen Form von Furcht unterschied, und indem ich versuchte aufzustehen, kämpfte ich gegen Splitter von Bildern an, die auf mich niederprasselten, doch dann kam Nomi ins Zimmer, und mit einem fettigen Kochlöffel in der Hand fragte sie mich, ob ich Kaffee oder etwas anderes wolle, noch nicht, danke, sagte ich und ging duschen, und während ich mit gebeugtem Nacken unter dem kräftigen Strahl stand, lockerten sich meine Muskeln und zerfielen die Erinnerungen, und nach zwei Akamol und anderthalb Valium sah die Welt sanfter und weniger grell aus, Nomi bereitete Spaghetti und Salat aus Spinat, gelbem Paprika und Pinienkernen zu, und als ich zu ihr zum Herd ging, küsste sie mich, ohne das Zerrühren der Tomaten in der Pfanne zu unterbrechen, und riet mir, ich weiß nicht, wie viel du gestern Abend in dich hineingekippt hast, aber heute solltest du abstinent bleiben, und ich entgegnete, klar, und machte mir eine Tasse starken, bitteren Kaffee, danach setzte ich mich auf die Veranda und versuchte, mich an einen weiteren Tag zu gewöhnen, eine reine, klare Kühle herrschte draußen, und allmählich wurde mein Kopf frei, der Schmerz ließ nach, und einfache Gedanken gingen mir durch den Sinn, die nur ein mäßiges Zwicken verursachten, ich werde heute keinen Tropfen Alkohol trinken, und auch morgen nicht, und ich werde nicht rauchen, denn selbst wenn man ein Mörder ist, sollte man verhindern, dass man einrostet wie ein Stück Schrott, schließlich habe ich eine junge Frau, und wie meine Mutter immer sagt, kommen nur zwei Dinge in Frage, entweder man ist gesund oder man stirbt, Nomi hat es nicht verdient, dass ich ihr ein Zwischenstadium zumute, das Mindeste, was ich für sie tun kann, ist, mir die Fitness zu bewahren, die in meinem Alter möglich ist, der Alterungsprozess ist ja schon Krankheit genug, ich muss Sport treiben, genau, ich werde mich in einem Fitnessstudio anmelden – dieser Gedanke belebte und ernüchterte mich, und ich ließ meinen Blick schweifen, bis er sich irgendwo festsetzte, doch nahm ich in der Stille, die mich umgab, eine Störung wahr, die sich zu einem Geräusch ausformte, nur mit Mühe löste ich mich aus meiner Lethargie, und als ich den Blick hob, sah ich ein Polizeiauto über den Kurkarweg auf mich zufahren, im Nu war ich hellwach, alles abstreiten, überlegte ich, ich musste alles abstreiten, es kam nur darauf an, die richtige Maske aufzusetzen, die der unerschütterlichen Freundlichkeit, damit hätte ich genügend Zeit zum

Nachdenken, und ich würde auch erst aufstehen, wenn der Wagen im Hof ankam, bleib ruhig und sachlich, ruhig und sachlich, schärfte ich mir ein, und inzwischen fuhr das Polizeiauto vor unserem Haus vor, und weil ich nur auf meine äußere Wirkung konzentriert war, entging mir zunächst, dass Antoun uns besuchte und freundlich grinsend seinem Escort entstieg, Nomi lief aus der Küche herbei, und auch sie lachte, herzlichen Glückwunsch, riefen sie im Chor – das hatte mir noch gefehlt, ich hatte Geburtstag – ich verbarg meine Niedergeschlagenheit hinter einem bescheidenen Lächeln, und Antoun überreichte mir ein in schwarzes Papier eingepacktes Geschenk, wohingegen Nomi meine Lippen streichelte und mich mit gespieltem Spott fragte, hast du's vergessen, du wirst heute achtundvierzig, murmelnd antwortete ich, muss man sich an so etwas erinnern – ich hab Antoun zum Mittagessen eingeladen, damit er sich von seinem Stress ein bisschen erholt, erklärte Nomi und fuhr an unseren Gast gewandt fort, sieh mal, wie schön es hier ist, Antoun lächelte sie an und strich beiläufig mit der Hand über ihr Haar, während ich sein Geschenk auspackte – er hatte mir eine Pfeife gekauft, eine wunderschöne Stanwell mit mustergültiger, senkrecht verlaufender Maserung – ich bestaunte das Geschenk und dankte Antoun, doch als ich aufschaute, wurde ich mir des Bezugs bewusst und stürzte in meine Paranoia zurück, das geschnitzte Stück Holz schien meine Hände zu verbrennen, er stellt mich auf die Probe, sagte ich zu mir, nicht ohne Hintergedanken hat er mir diese Pfeife angeschleppt, einen Augenblick glaubte ich mich verloren, und Nomi fragte, was ist los – nichts, antwortete ich in vagem Ton und fasste mich, Antoun lächelte mir zu und sagte, ich hab zwischen der Stanwell und einer schwarzen Savinelli geschwankt, aber ich versicherte ihm, dass er eine ausgezeichnete Wahl getroffen hatte, alles andere war Einbildung, er brauchte keine Pfeife, um mich hinter Gitter zu bringen, und so verebbte auch diese Aufregung, und Antoun, der wie immer unerschütterlich schien, fragte, Ilan, wo treibst du dich rum, dass du deine Pfeifen verlierst – ein tolles Geschenk, ich hab nämlich mal wieder beschlossen, das Rauchen aufzugeben, entgegnete ich, und wir setzten uns auf die Veranda, Nomi gab ihm ein Bier und sagte, Ilan ist heute abstinent, er hat gestern für seinen Geburtstag mitgetrunken, aber jetzt geh ich den Tisch decken, worauf Antoun ihr seine Hilfe anbot, doch sie lehnte ab und sagte auf ihre bestrickend ironische Art, das ist Frauensache, so blieb ich mit Antoun auf der Veranda zurück, und wir unterhielten uns einsilbig, was Antoun jedoch nicht störte, der sich seinem Bier und seiner Zigarette widmete und, ohne sich darüber Rechenschaft abzulegen, mit der Natur kommunizierte, und indem ich den Feigenbaum vor mir betrachtete, der Knospen trieb, und versuchte, mit meinen abgestumpften Sinnen seine Schönheit zu begreifen, sagte ich im Stillen zu mir, dass sich alles immer noch verschlimmern konnte, denn hinter dem seelischen Leid wartete die physische Qual, die fassbar wäre und alle Freiräume mit einem Schlag ausfüllen würde, wie geht es deiner Mutter, fragte Antoun – sie behauptet, gut, antwortete ich, und Nomi rief uns zu Tisch, ich half ihr, das Essen aufzutragen, während unser Gast eine Weinflasche entkorkte, du hältst dich zurück, nicht wahr, Ilan, sagte Nomi, und ich machte eine

Bewegung, die so viel wie »ja, sicher« bedeutete, und sah zu, wie Antoun sich und ihr eingoss und wie sie ihre Gläser hoben, während ich wie ein Schwerstkranker an meinem Mineralwasser nippte, ausgebrannt und gelangweilt fühlte ich mich, sogar die Gesichter der Toten waren verloschen, doch dann schenkte Antoun nach, und Nomi meinte, ein ausgezeichneter Wein (als ob sie was davon verstünde), und im selben Moment fuhr sie hoch, rief, ach du liebe Zeit, die Tomaten mit Mozzarella, und rannte in die Küche, um kurz darauf mit der Vorspeisenplatte zurückzukehren, wir begannen zu essen, Antoun machte ihr Komplimente, und sie kicherte und trank, doch tropfte dabei Wein auf ihr weißes T-Shirt, und erschrocken fragte sie Antoun, geht Wein wieder raus, er nahm den Salzstreuer, und während er mit gleichmäßigen Bewegungen Salz auf den roten Fleck streute, sprang mich ein neuer Gedanke an, hinter meinem Rücken trugen sich abscheuliche Dinge zu – wann hatte Nomi mit Antoun gesprochen, und weshalb hatte sie ihn eingeladen – als fühlte ich mich ihnen moralisch überlegen, fragte ich mich überheblich, was ich mit diesen beiden rotwangigen Gestalten gemein hatte und warum ich es mir gefallen ließ, dass Antoun sich vor meinen Augen wie ein balzender Hahn aufplusterte – mit jedem Glas, das sie tranken, schien mir meine Nüchternheit unerträglicher, ein säuerliches Gefühl, das mich an meine Kindheit erinnerte, kam in mir hoch, geht es dir gut, fragte Nomi, denn offenbar war die Maske von meinem Gesicht gerutscht, Antouns dunkler Blick streifte mich, und ich entgegnete in vagem, doch leicht ironischem Ton, sehr gut, heute ist mein Geburtstag, warum sollte es mir schlecht gehen, danach wandte ich mich zu Antoun und sagte, übrigens, was macht Souheil, und er antwortete, bei dem läuft es gut, er ist jetzt in der Stadtverwaltung, und Nomi wollte wissen, wer Souheil war – ein Cousin von Antoun, der bei der Stadt arbeitet, erläuterte ich und begann ohne erkennbaren Grund eine Geschichte zu erzählen, die nichts mit dem Thema zu tun hatte und einzig dazu diente, Antoun eins auszuwischen, es war vor ein paar Monaten, begann ich und lehnte mich zurück, um meine Bosheit auszukosten, eines Tages, als ich bei meiner Mutter war, schaute ich durchs Fenster und sah, wie Souheil am Haus vorbeikam, und als er mein Auto bemerkte, blieb er stehen und beschloss, bei uns reinzuschauen, aber ich hatte keine Lust auf ihn, bei allem Respekt vor Antouns Familie, Souheil ist eine ziemliche Nervensäge, deshalb bat ich meine Mutter, ihm zu sagen, dass ich nicht da sei, aber trotzdem gab es ein Problem, denn ich konnte mich nicht ins Schlafzimmer verdrücken, falls er mich durchs Fenster gesehen hätte, und deshalb versteckte ich mich schließlich auf dem Klo, meiner Mutter gefiel die ganze Idee nicht, aber sie spielte mit und sagte, ich wäre nicht zu Hause, da fragte Souheil, ob er mal telefonieren dürfe, und als meine Mutter ihm was zu trinken anbot, ahnte ich, dass er gleich pinkeln müsste, und versuchte, geräuschlos von innen die Klotür abzuschließen, nur war der bescheuerte Schlüssel verrostet und ließ sich nicht drehen, er beendete das Telefonat und stand auf, um sich auf die Socken zu machen, aber dann hörte ich ihn tatsächlich sagen, entschuldigen Sie, ich muss mal, und meine Mutter nutzte die Gelegenheit, um mir eine Lektion zu erteilen, und redete mit ihrem schweren deutschen Akzent

Arabisch, *tfaddal*, sagte sie, bitte schön, hier geht's lang, und als er vor der Tür stand, lehnte ich mich dagegen, und er wollte sie aufstoßen, aber ich hielt sie von drinnen zu, und so standen wir da und drückten von beiden Seiten gegen die Klotür, und erst als meine Mutter meinte, ich hätte meine Lektion gelernt, sagte sie, ach ja, die Tür ist kaputt, und lotste ihn in ihr Bad im Schlafzimmer, er musste ein Idiot sein, um nicht zu kapieren, dass ich da drinnen war, aber er hat die Geschichte nie mehr erwähnt – das war's, ich hatte meine armselige Story zu Ende erzählt und nur erreicht, dass Nomi sich unwohl fühlte, nicht mal ein Lacherfolg war es geworden, und in das betretene Schweigen hinein stammelte ich, ich weiß nicht, warum ich mich gerade jetzt daran erinnere, Antoun goss den Rest des Weins in Nomis und sein Glas, und einen Augenblick sahen sie sich in die Augen – in deiner Gegenwart! – ich helf dir beim Abräumen, schlug er vor, doch Nomi sprang auf und durchbrach die gedrückte Stimmung, indem sie sagte, ach was, das ist nicht nötig, er aber beharrte auf seinem Angebot und fing an, das Geschirr zur Spüle zu tragen, lieb von dir, kommentierte Nomi und räumte ebenfalls ab, sie arbeiteten harmonisch zusammen, sie spülte und er trocknete ab, und während ich weiter am Tisch saß, nüchtern und nutzlos, kam Nomi mit einem Lappen und wischte die Tischplatte ab, ohne mich eines Blicks zu würdigen, und danach fragte sie Antoun, willst du einen Grappa, und er antwortete, gerne, sie schenkte für sich und ihn ein und kam gemeinsam mit ihm zu mir zurück, mit den Grappagläsern in der Hand sahen sie aus wie zwei Tel Aviver Yuppies, in meinem Bauch spürte ich das Brennen der

Kränkung, und als Wind aufkam und die Zeitungen durcheinander blies, sprang Nomi auf, um sie einzufangen, ich muss mich zusammennehmen, sagte ich zu mir, denn was war passiert – aber natürlich war etwas passiert, und ich wäre ein Idiot, wenn ich es nicht bemerkt hätte – Nomi war quicklebendig, dieser einschläfernde Typ hatte sie aufgescheucht, sie trank noch einen Grappa und sagte wie zu einem ungezogenen Kind, was ziehst du für ein Gesicht, Ilan, doch als mir Antoun einen unschuldigen Blick zuwarf, schöpfte ich Mut, es war nichts geschehen, Nomi hatte nur meinen einzigen wirklichen Freund eingeladen, schließlich konnte sie nichts dafür, dass ich außer ihm niemanden hatte, und ich gelangte zu der Überzeugung, dass keine Verschwörung gegen mich vorlag und kein Grund zur Sorge bestand, ich ziehe kein Gesicht, antwortete ich, so guck ich halt, wenn ich nüchtern bin, doch der schneidende Ton, in dem ich dies aussprach, ließ die Stimmung abermals kippen, und wir saßen um den Tisch und schwiegen, allerdings schmiedete der Alkohol Nomi und Antoun zu einem Paar zusammen, während ich einsam schmollte, was haltet ihr von einem Spaziergang, fragte Nomi, seit wir hier sind, haben wir noch nichts unternommen, und Antoun entgegnete, prima Idee, und erhob sich, auch Nomi stand auf, stolperte jedoch und fiel gegen ihn, so dass es zu einem kurzen Stromstoß kam und sich ein Bild in mein Gehirn rammte, weiß leuchtet Nomis Haut, sie sitzt auf Antoun, der eine dunkelhäutige Ausgabe des blonden Mannes darstellt und genauso groß und kräftig und mit der gleichen väterlichen Reife ausgestattet ist – los, Ilan, lass uns ein Stück gehen, drängelte sie, während Antoun nicht daran dachte, mich zum Mitkommen zu ermuntern, ich blickte auf seinen Stiernacken, der nach vorne gebeugt war, weil er eine Zigarette anzündete, nun mach schon, sagte Nomi und folgte ihm, ohne sich nach mir umzudrehen, und ihr beleidigendes Verhalten zerrte eine alte Erinnerung hervor, ich war ungefähr vier, und während eines Spaziergangs mit meiner Mutter im Zentrum des Karmelviertels, betrachtete ich fasziniert das Schaufenster eines Spielwarenladens, nun komm schon, Ilan, sagte meine Mutter, und als ich nicht reagierte, ging sie weiter, aber ich war überzeugt, dass sie wie sonst stehen bleiben würde, bis ich fertig war, doch entfernte sie sich, bis sie aus meinem Blickfeld verschwunden war, und ich stand hilflos und verlassen im Karmelviertel und brach in Tränen aus, meine Mutter hielt sich in einem Hauseingang versteckt und beobachtete meine Panik mit Genugtuung, denn das Ganze sollte eine erzieherische Maßnahme sein, sie entfernten sich mit den Gläsern in der Hand, und ich blieb stehen und wartete, dass sie sich zu mir umdrehten, und tatsächlich hielten sie nach mir Ausschau, als wäre ich ein kleiner Bruder, und warteten, bis ich sie eingeholt hatte, in der Zwischenzeit sagte er etwas zu ihr, und sie lachte, wobei sie den Kopf nach hinten warf und ihren hellen Hals streckte, doch als ich wieder bei ihnen war, nahmen sie mich nicht zur Kenntnis, zu sehr waren sie mit sich beschäftigt, eben hatten sie herausgefunden, dass sie einen gemeinsamen Freund besaßen, dessen Name mir völlig unbekannt war, und wie ein Idiot platzte ich in ihre Hochstimmung hinein und fühlte nur noch das bittere Rumoren der Missachtung, Antoun strahlte und sprühte Funken, schon seit Jahren hatte ich ihn nicht derart ausgelassen erlebt (wenn er mit mir zusammen war, ähnelte er einem frustrierten Ehemann), sie gingen weiter, und ich trottete hinter ihnen her, doch der Abstand zu ihnen vergrößerte sich, und obwohl sie zunächst noch hin und wieder innehielten, um auf mich zu warten, verschwanden sie allmählich in der Dunkelheit, und auch ihre Stimmen waren bald nicht mehr zu hören, ich stellte mir vor, wie sie in diesem entlegenen Winkel der Nacht stehen blieben, sich ansahen und einander neu vorkamen, die Dunkelheit ließ ein anderes Gesicht vorscheinen, und weil sie nicht mehr diejenigen waren, die sie kannten, konnte das Glimmen in ihrem Herzen wie von selbst aufflammen, ich wusste, wie sich die Finsternis kurz vor dem Sündenfall auflud, zwischen ihm und ihr lag gespanntes Schweigen, an mich hingegen dachte niemand mehr – bei Antoun überraschte mich dieses Verhalten, Nomi war es längst zur Gewohnheit geworden – Totenstille herrschte in meiner Umgebung, kein Rascheln, nichts, doch als Nomi »Ilan, wo bist du?« rief, zerbrach der Zauber, Antoun und sie kamen näher, und als wir in der schwarzen Wüste wieder zusammenfanden, sagte Nomi zärtlich, noch nie hab ich solch eine Stille erlebt, diese Nacht ist ein Wunder, Antoun steckte sich eine Zigarette in den Mund, doch konnte ich im Schein des Feuerzeugs seinen Gesichtsausdruck nicht deuten, es ist erstaunlich, bemerkte Nomi, einfach erstaunlich, nicht wahr, Antoun, und er sagte, zweifellos, und seine Stimme klang nicht berechnend, sondern nur tief und rau, schließlich kehrten wir zum Haus zurück und setzten uns auf die Veranda, ein spontaner Impuls ließ mich den Wodka holen, denn wieso sollte ich eigentlich nicht trinken – ich dachte, du willst dich zurückhalten, sagte Nomi verwundert, und Antoun unterdrückte ein Lächeln, und plötzlich war ich sicher, dass schon seit längerem zwischen ihnen etwas lief, immerhin war in Nomis Bett ein Platz frei geworden, und bestimmt gaben sie nur vor, nicht zu wissen, dass ich sie durchschaute, und handelten voll gemeiner Absicht, wie ein Flittchen in einem schmutzigen Film erschien Nomi mir, und ich trank einen großen Schluck Wodka, der das Gefühl der Kränkung anfachte, als hätte ich eine offene Wunde im Bauch – was nun, willst du in Zukunft all ihre Geliebten töten? – vielleicht war sogar meine Mutter über die Geschichte zwischen Nomi und Antoun informiert und hatte mir deshalb diese widerliche Frage gestellt, seit jener Nacht war ich Nomi gegenüber hochmütig aufgetreten, denn anstatt über jeden ihrer Schritte nachzudenken, hatte ich auf der faulen Haut gelegen und ihr die Gelegenheit gegeben, bei Antoun Trost zu suchen, den ich jetzt anschaute und der mir wie ein Fremder vorkam, die Vergangenheit schien ein fernes Land, und gemeinsame Erinnerungen spielten keine Rolle mehr, Nomi kochte Kaffee, und als sie die Tasse vor ihn hinstellte, beugte sie sich so über ihn, dass ihr T-Shirt seine Wange berührte, als meine Hand auf ihn zuschoss und er mir geschickt auswich, eine Zigarette, sagte ich, ich wollte nur eine Zigarette aus deiner Brusttasche stibitzen, dann ließ sich Nomi im Liegestuhl zwischen uns nieder, und ich dachte, Nomi und ihre Väter, der Alkohol stumpfte meinen Schmerz ab, schärfte jedoch meine Wahrnehmung, Antoun war ich vollkommen schnuppe, die Zeit, die einem bleibt, wird immer weniger, und da gelüstet es einen halt nach der Frau des besten Freundes, die ja sowieso jeden Haifaer im reifen Alter an sich ranlässt (er wusste noch nicht, dass es ein Fehler war, sich mit mir anzulegen), mit unverstelltem, grausamem Blick betrachtete ich mich selbst, und alles schien mir verdorben und schändlich, am liebsten hätte ich mich selbst ausgelöscht, dann hätte ich auch nicht über mich ergehen lassen müssen, wie Nomi ihn in anhimmelndem Ton über seine Arbeit ausfragte und ihn aufforderte, ihr von ungeklärten Kriminalfällen zu erzählen, und wie er den Bescheidenen spielte und sagte, ach, lassen wir das, ab und zu ein Mord, das ist alles, es gibt nicht viel zu berichten, doch wollte sie unbedingt eine prickelnde Story hören und bedrängte ihn, nun komm schon, das klingt total spannend, und mit einer Zigarette in der Hand und gebauchpinselt von ihren Schmeicheleien, mit denen Nomi ihn berieselte, saß er da und hatte sich längst in ihrem Netz verfangen – es gibt keine effizientere Methode, einen Menschen zu gewinnen, als ihn zu loben und ihm Anlass zu geben, über sich selbst zu reden – und so begann er lebhaft von seinem letzten Mörder zu plaudern, wie kompliziert die Ermittlungen und wie viel Schläue und Menschenkenntnis vonnöten gewesen waren, um sein undurchsichtiges Tatmotiv zu ergründen, Intuition ist die wichtigste Waffe des Ermittlers, dozierte Antoun wie ein Schulmeister, und nur weil sie ihm gesagt habe, dass in diesem Fall der am wenigsten Verdächtige der Täter sei, habe er sich gegen den Rest der Ermittlercrew durchgesetzt, die allesamt ausschlossen, dass ein harmlos und durchschnittlich wirkender Typ einen Mord begangen haben konnte, nach und nach wuchs Antoun in die Kleider hinein, die Nomi ihm übergestreift hatte, und in meine Eifersucht mengten sich Beklommenheit und Furcht, die mich veranlassten, mich so klein wie möglich zu machen, obwohl ich für Antoun und Nomi ohnehin kaum existierte – gibt es auch Grenzfälle, die aus Mangel an Anhaltspunkten nie aufgeklärt werden, fragte Nomi, doch blinkte noch kein Alarmsignal vor mir auf, ich war noch mit meinem vorigen Gedanken zugange, Antoun aber hakte nach und wollte wissen, ob sie auf einen speziellen Fall anspiele – nein, ich meine es ganz allgemein, entgegnete Nomi, es verhält sich doch genau wie mit dem Erdöl, oft bohrt man und findet keins, aber trotzdem ist es da, bestimmt geschehen alle möglichen Verbrechen, und niemand weiß davon, außer den Tätern natürlich, sie streckte sich aus und verlieh dadurch ihrer Frage eine Beiläufigkeit, die ihn anspornte, sich für sie ins Zeug zu legen, ich hingegen wusste nur, dass sie auf etwas abzielte, doch worauf, fragte ich mich, und Antoun, der beeindruckt war von der Begeisterung, die sie ihm entgegenbrachte, fragte, ob sie auf jene Morde hinauswolle, die nie entdeckt würden – ja, zum Beispiel, entgegnete sie, und er erklärte, wo keine Leiche ist, ist auch kein Verbrechen – immer, erkundigte sie sich, und er sagte, meistens, doch nun wollte sie wissen, ob es Ausnahmen gab, und ich zuckte zusammen, während Antoun keinerlei Verdacht hegte und selbstzufrieden antwortete, dass er vor ein paar Tagen einen anonymen Brief erhalten habe, von einer Frau, die behaupte, ihr Liebhaber, der in Wadi Salib wohne, sei verschwunden, sie vermute, dass er einem Verbrechen zum Opfer gefallen sei – wie versteinert saß ich auf meinem Stuhl, mein Herz stand still, doch Nomi, deren Ausdruck unverändert blieb, fragte neugierig und unpersönlich zugleich, wirklich – *das* hatte also in dem Brief gestanden, den sie hastig in ihre Tasche gestopft und auf dem ich in Maschinenschrift das Wort »An« gelesen hatte – und was hat die Frau sonst noch geschrieben, fragte ich mit brüchiger Stimme, und Antoun erinnerte sich meiner Existenz und wandte sich schuldbewusst mir zu, sie schreibt, dass ihr das Verschwinden des Mannes verdächtig vorkommt, weil er sein Geld bei ihr gelassen hat, und deshalb scheint es ihr unlogisch, dass er nach Neuseeland gefahren sein soll, wie in einem Brief behauptet werde, der an sie gerichtet sei, aber keine Unterschrift trage, darüber hinaus merkt sie an, sie habe das englische Konsulat angerufen, das für die Neuseelandvisa zuständig ist, und dort habe man ihr gesagt, dass kein Visum auf seinen Namen ausgestellt worden sei – interessant, sagte Nomi, doch als Antoun »so« rief und aufstand, verlor sie fast die Beherrschung, mitten im Verhör drohte er, sie sitzen zu lassen, du gehst schon, fragte sie erschrocken, aber er beruhigte sie und sagte, ich muss bloß aufs Klo, ihre Entrüstung verbuchte er als seinen persönlichen Erfolg, und meine dumme Eifersucht sackte in sich zusammen, dafür würde mir in Zukunft Nomis Brief nicht mehr aus dem Sinn gehen, *deswegen* hatte sie ihn eingeladen, er selbst interessierte sie überhaupt nicht, sie wollte die Untersuchung vorantreiben, kaltblütig und listig hatte meine schlaue Spinne ihre Fäden um ihn gespannt, und er war wie ein wiehernder Hengst hineingaloppiert, und jetzt pinkelte er und bildete sich ein, sie würde ihn bewundern, einen Augenblick lang verdeckte sinnlose Freude die Angst, die mich beschlich, während Nomi und ich alleine auf der Veranda saßen und auf Antouns Rückkehr warteten, eine solche Entwicklung hatte ich nicht vorhergesehen, die Geschichte fing an, mir über den Kopf zu wachsen, die Konsequenzen meiner Tat schienen mir unkalkulierbar, in allen möglichen Zusammenhängen würden immer wieder größere oder kleinere Dinge ans Tageslicht kommen, und mein Alptraum nähme von Mal zu Mal erschreckendere Dimensionen an, was hatte ich mir dabei gedacht, als ich Nomis Geliebten in Wadi Salib besuchte – nichts – und das war nun mein Problem, fast das einzige Mal in meinem Leben hatte ich mein Gehirn abgeschaltet, und weil ich ohne Plan handelte, war mir gleich zu Beginn alle Kontrolle aus den Händen geglitten – interessant, nicht wahr, fragte Nomi, und ich sammelte mich, gähnte demonstrativ und entgegnete, ja, sehr interessant, und sie erwartete schweigend Antoun, denn offenbar schien es ihr überflüssig, das Thema mit mir zu erörtern, und als er zurückkam, erkundigte sie sich, noch ehe er Platz nehmen konnte, was er in der Sache zu unternehmen gedenke – in welcher Sache, fragte er, und Nomi half ihm auf die Sprünge, in Bezug auf den Brief – ich weiß nicht, antwortete er, ich hab den Fall noch nicht richtig in Angriff genommen, und ehrlich gesagt, hab ich auch keine Lust, die ganze Zeit über die Arbeit zu reden – lieber wollte er sie, mutmaßte ich, wie vorhin, als sie sich über ihn beugte, trotzdem gelang es Nomi, das Gespräch auf den Brief zurückzulenken, sie finde die Geschichte von der Frau mit dem verschwundenen Liebhaber schrecklich aufregend, rief sie, und sie würde wirklich gerne wissen, wie es nun weitergehe, für sie stehe außer Zweifel, dass eine Untersuchung eingeleitet werden müsse, keine Frau würde grundlos einen solchen

Brief schreiben, denn welches Motiv hätte sie, so etwas zu erfinden – und um Motive geht es doch, oder, setzte sie hinzu und schenkte Antoun den bezauberndsten Blick, zu dem sie fähig war, Antoun schöpfte keinen Verdacht, und so plauderte sie weiter und verschlang ihn mit ihren Blicken, und Antoun, der wusste, dass hübsche Mädchen nicht nur als Spielzeug dienen, sondern auch ernst genommen werden wollen, sagte zu ihr, für sein Verschwinden kann es viele Gründe geben, ich hab jetzt wirklich keine Nerven, sie aufzuzählen, aber Nomi hatte sich festgebissen, welchen zum Beispiel, fragte sie, und er gähnte mit geschlossenen Lippen und erwiderte, vielleicht hat der Ehemann ihn verschwinden lassen – sofort bezog ich Habachtstellung und erwartete ihren Blick, der tatsächlich zu mir herüberflog und an dessen überraschtem Ausdruck ich erkannte, dass sie eine mögliche Verwicklung des Ehemanns nicht in Betracht gezogen hatte, ich lächelte ihr zu und räkelte mich träge, und gleich wurde ihr Blick ruhiger, ihr Verdacht lief ins Leere, für eine solche Tat war ihr Ehemann viel zu sensibel – oder er hat die Nase voll von ihr, fuhr Antoun fort, und weil er nicht genügend Mumm besitzt, um ihr reinen Wein einzuschenken, macht er sich heimlich aus dem Staub – Nomis Gesicht umwölkte sich, offenbar prüfte sie diese Möglichkeit, und Antoun nutzte ihr Schweigen, um aufzustehen, denn er war nicht nach Galiläa gefahren, um über seine Arbeit zu sprechen, wir begleiteten ihn zum Auto, und Nomi sagte, ruf an, dann stellte sie sich auf die Zehenspitzen und küsste ihn flüchtig auf den Mund, du musst mir erzählen, was aus der Geschichte geworden ist – ihre Zärtlichkeit brachte ihn durcheinander, so dass er einen Augenblick mit kindischem Ausdruck vor ihr stand (seit ich regelmäßig in jener Parallelwelt verkehrte, offenbarten mir die Menschen eine verwirrende Vielzahl von Gesichtern), fahr vorsichtig, sagte sie, als er in den Escort stieg, und er antwortete, danke für alles, und fuhr los, dabei schaute er sie ein letztes Mal an, ehe sie sich in eine wilde Fantasie verwandelte, sie würde die Nacht mit ihm gemeinsam verbringen, dessen war ich mir sicher, und als der Escort mein Blickfeld verließ, überlegte ich, dass Antoun es bestimmt nicht abwarten konnte, bis er zu Hause ankam, sondern ihr in Gedanken noch in diesem Moment das T-Shirt vom Leib riss, und ich erwog, auch die Typen umzubringen, die Nomi nur in ihrer schmutzigen Vorstellung vögelten, was mir sofort neue Qualen bereitete, später im Bett fragte Nomi mich mit derselben süßlichen Stimme, mir der sie schon Antoun verhört hatte, was denkst du, wer hat den Liebhaber aus dem Weg geräumt – mehrere Erklärungen scheinen mir plausibel, sagte ich, und sie rollte sich zu mir herüber, setzte sich auf mich und fragte, welche zum Beispiel, und ich zählte auf, Junkies, die Unterwelt oder der Gatte – Letzteres rutschte mir heraus, obwohl ich es eigentlich nicht sagen wollte, und sie schaute mir tief in die Augen und kaschierte ihre inquisitorische Absicht hinter einem verführerischen Lächeln, doch konnte sie in meinem reinen, unschuldigen Gesicht nichts entdecken, und so beugte sie sich zu mir herunter und küsste mich mit ihren Samtlippen, ich spürte, dass ich diesen Blick brauchte und mit ihr zusammen sein wollte ohne sonst jemanden um uns, und als sie ihre Lider schloss, dachte ich, dass sie nun womöglich Antoun empfing und die beiden auf meine

Kosten eine kleine Orgie feierten, in langen, ausladenden Bewegungen begann sie über mir zu kreisen, und ihre Sinnlichkeit ließ die Gedanken nach und nach verstummen, bis nur noch die Lust unserer Körper übrig blieb.

## 25

Die Tage vergingen in einer gespannten, verdachtgeladenen Atmosphäre. Ich hatte keine Ahnung, was sich hinter meinem Rücken abspielte. Nahm Antoun den Brief ernst? Hatte Nomi noch mal mit ihm gesprochen? Das Wissen zerfiel und verteilte sich neu, ich übte über die Situation keine Kontrolle mehr aus, und nun saß ich in meinem Büro und erwartete Nava Snir, die mit dem Blick einer Besiegten hereinkam – allerdings sah ich keine Möglichkeit, wie ich in dieser Phase meines Lebens Freiräume für die Lösung ihrer Probleme hätte schaffen können, und daher sagte ich, guten Tag, Nava, nimm Platz, und holte ihre Klausur hervor, vielleicht würde die Beschäftigung mit etwas Handfestem die überflüssige Spannung zwischen uns lockern, ich lobte ihre Ergebnisse und erläuterte ausführlich, weshalb ich ihr bei der ersten Frage fünf Punkte abgezogen hatte, derweil saß sie gekrümmt vor mir und hörte mit Tränen in den Augen zu, ihre Unterwürfigkeit machte mich rasend, gleich würde eine Welle des Hasses aus mir hervorbrechen, und wenn Nava nicht rechtzeitig aus meinen Augen verschwände, würden wir beide gemeinsam fortgerissen, ich wich ihren hündischen Augen aus und versuchte, den Ekel, der wie ein Pfropfen in meiner Kehle feststeckte, herunterzuschlucken, ihrem Blick stellte ich mich erst, als ich ihr die Klausur überreichte, zwei dicke Tränen rollten über ihr Gesicht, und ihre fleischigen Lippen begannen zu zittern, was hab ich getan, flüsterte sie verzweifelt, sagen Sie mir nur, ob ich was falsch gemacht habe, und als ich fragte, wovon sprechen Sie, erklärte sie, von allem, was am Anfang des Semesters zwischen uns war, Sie haben mich immerzu angesehen, und im November haben Sie zu mir gesagt, ich soll nach der Vorlesung noch bleiben, Sie baten mich, Ihnen die Exzerpte zu bringen, und luden mich in die Cafeteria ein, aber in letzter Zeit benehmen Sie sich wie ein Fremder, und ich will nur wissen, ob ich Sie mit irgendwas verärgert hab, ich will unsere guten Beziehungen nicht zerstören, und vielleicht sollte ich das alles nicht sagen, aber Sie ignorieren mich neuerdings, als wär zwischen uns nie was gelaufen, ich hab niemand, mit dem ich darüber reden kann – der Wortschwall brach ab, und in ihrem bekümmerten Blick spiegelte sich die erfundene Wirklichkeit, die sie aus den Krümeln, die ich ihr gedankenlos hingeworfen hatte, zu konstruieren im Stande war, unglaublich, wie die Verzweiflung sich mit Hilfe der Fantasie kurieren lässt – als Nava Snirs Existenz mein Bewusstsein noch nicht mal streifte, war ihr Herz schon in Aufruhr gewesen, und jetzt, da ich für Sekunden durch ihre Augen in den Mittelpunkt des Orkans blickte, ließen Mitleid und Staunen meine Abscheu zusammenfallen, und ich fragte mich, wie viel wir über das theoretische Begreifen hinaus vom Schmerz des anderen mitbekommen, und zwar nicht vom Schmerz eines geliebten Menschen, mit dem wir uns wirklich beschäftigen können, weil wir uns im Umgang mit ihm nicht unablässig selbst in den Vordergrund drängen, sondern irgendeines Fremden wie Nava Snir, die mir in diesem Moment zum ersten Mal als vollwertige Person erschien, so reichhaltig und wichtig, wie man sich selbst gerne sieht, unabsichtlich und ohne es zu bemerken, hatte ich ihr ganzes Sein ins Wanken gebracht, und ein süßes Erbarmen erhob sich in mir, und bei der Wahl meiner Entgegnung war Vorsicht geboten, denn die Illusion durfte nicht zerschmettert, sondern musste behutsam aufgelöst werden, aber da klopfte es an der Tür, und Giv'on trat ein, dessen Instinkt angesichts der geladenen Atmosphäre sofort reagierte, so dass er »Verzeihung, Verzeihung« stammelte, als stände ich mit heruntergelassenen Hosen da, ich komm zu dir, wenn ich hier fertig bin, versprach ich ihm, aber wie eine Feder sprang Nava Snir auf, sagte, entschuldigen Sie, mir ist was Wichtiges eingefallen, ich muss gehen, und rannte hinaus, Giv'on schaute ihr hinterher, und als wäre nichts gewesen, fragte ich, was liegt an, aber weil er sich besonders in diesen schicksalshaften Tagen der Dekanwahl nur für sich selbst interessierte, überging er das Thema Nava Snir und erzählte mir von seinem komplizierten Verhältnis zum Fakultätsrat, er klang ernst und unnachgiebig, und kein Funken Ironie schimmerte bei seinen Ausführungen durch, die zentrale Bedeutung seines Anliegens stand für ihn fest, und der Lauf der Welt hatte keinen Sinn, wenn nicht er Dekan würde, nach Beendigung seiner Ansprache sagte ich, mach dir keine Sorge, Giv'on, es wird schon klappen, und glich die Klischeehaftigkeit der Redewendung mit der Autorität meiner Stimme aus, er jedoch sackte zusammen und tröstete sich damit, dass es sein Schicksal war, das Kreuz des Leidens zu tragen, und erst als ich ihn fragte, wie es Aviva gehe, richtete er sich auf, und ich konnte sehen, wie sein gequältes Ego sich spannte und plötzlich auch seine Frau umschloss, die Intrige hat Aviva tief verletzt, sagte er, ihr geht es sehr, sehr schlecht, für Aviva ist das wirklich ein harter Schlag, und jedes Mal wenn er »Aviva« sagte, betonte er den Namen, der aus seinem Mund weich klang, und plötzlich hatte ich genug von ihm und wünschte, er würde auf der Stelle mein Büro verlassen, schließlich hatte ich mein eigenes schweres Päckchen zu tragen und wollte mich endlich in diesen Abgrund aus Verzweiflung, Ekel und Schuld fallen lassen, denn dort allein fühlte ich mich heimisch.

## 26

Zu Hause kündigte dumpfe Stille ein Unwetter an, doch bereitete es mir Schwierigkeiten, das Auge des Hurrikans zu orten, ein kontinuierliches Brüten war an die Stelle von Nomis Melancholie getreten, ihre Nerven waren gespannt, und sie verhielt sich mir gegenüber reserviert, ich hingegen behandelte sie freundlich, war allerdings ständig auf unberechenbare Stürme gefasst, in den Nächten halfen mir die Tabletten, drei oder vier Stunden zu schlafen, die übrige Zeit lag ich wach und saugte wie ein Schwamm die Wirklichkeit auf, die sich in der Stille dieser Stunden in ihrer ganzen Vielschichtigkeit zeigte, unter jeder Schicht verbarg sich noch eine Schicht, und auch diese erwies sich als in unfassbar viele Untereinheiten gegliedert, und wenn es stimmte, dass jedes physikalische Gesetz eine Entsprechung auf der Ebene des Geistes besitzt, dann lag die Vermutung nahe, dass auch hier das im Dunkeln Liegende, nach innen Gekehrte unendlich facettenreich war, das Wissen um diese Vielfalt steigerte meine Furcht und Ohnmacht in einem Maße, dass ich morgens wie ein Schlafwandler durch die Wohnung irrte, und das war auch heute der Fall, nach einer Nacht, in der ich geträumt hatte, ich würde aus einem Alptraum erwachen, in dem ich einen Unbekannten ohne

Absicht getötet hatte, ich verspürte große Erleichterung, doch dann erwachte ich noch einmal und kehrte in den Alptraum der Realität zurück, und jetzt saß ich apathisch in meine Decke gewickelt und wusste nicht, wohin ich mich wenden sollte, und die Zeit kroch dahin, und allmählich verdichtete sich die mörderische Unruhe in mir und wandelte sich zu einem Entschluss, alldem muss ein Ende bereitet werden, in meinem Schrank im Badezimmer wartet das Hypnodorm auf mich, das ist meine einzige Rettung, die Verzweiflung wird mir den nötigen Mut einhauchen, dreißig Tabletten und alles liegt hinter mir, doch dann lebte meine Angst auf und schluckte meine Verzweiflung, noch nicht, erst wenn es wirklich sein muss, man soll die Dinge, die man nur einmal tun kann, nicht überstürzen, und trotzdem gab mir die Option, die sich mir gezeigt hatte, Auftrieb, und gegen Mittag schaffte ich es, mich zu erheben, im warmen und kalten Wasser der Dusche löste ich mich von dem Blick in die Tiefe, und die Schichten und Zwischenschichten zerfielen, ich wurde ruhiger und gelangte noch pünktlich zum Technikum, um wie gewohnt meine Vorlesung zu halten, doch als ich gegen drei Uhr nach Hause zurückkehrte, sah ich plötzlich Nomis gelben Käfer, der mir aus der Chana-Senesch-Straße entgegenschoss, sie bemerkte mich nicht, so sehr war sie von einem Plan in Anspruch genommen, den ich noch nicht kannte, ich wartete ein paar Sekunden, und erst danach folgte ich ihr, wobei ich darauf achtete, dass immer mindestens ein Auto zwischen uns war, sie bog in die Zijonutallee ein, und ich begriff, dass ihr Ziel der Französische Karmel war und dass sie seinen Vater besuchen wollte, an der Säule mit dem Stadtplan hielt sie an und orientierte sich, dann fuhr sie weiter, und ich sah, dass sie den Kopf die ganze Zeit dicht an die Windschutzscheibe hielt, sie musste sich konzentrieren, und so schöpfte sie keinen Verdacht, schließlich gelangte sie an das Altenheim, stieg sie aus und verschwand durch das Tor, ich hingegen parkte meinen Wagen ein Stück weiter entfernt, danach stieg ich ebenfalls aus und versteckte mich hinter einer Bougainvillea, nach einer Weile traten Nomi und die Krankenschwester aus dem Gebäude, lebhafte Bewegungen ihres Körpers und ihrer Hände untermalten die Erzählung der jungen Frau, und als sie mit dem Zeigefinger auf ihre Stirn tippte, verstand ich, dass sie von dem Mann mit der roten Mütze und dem schwarzen Fleck im Gesicht sprach, der mit einer voluminösen Blondine zu Besuch gekommen war, ich kehrte zum Wagen zurück, ließ mich tief in den Fahrersitz sinken und wartete auf Nomi, die ein paar Minuten später zerstreut und unentschlossen zu ihrem Käfer ging, einen Augenblick fürchtete ich, sie könnte mich im Rückspiegel sehen, aber das war unmöglich, mein alter Volvo war zu durchschnittlich, um aufzufallen, und aus der Entfernung konnte sie das Nummernschild nicht entziffern, und nachdem sie ein oder zwei Minuten untätig in ihrem Wagen gesessen hatte, ließ sie den Motor an und fuhr los, in sicherem Abstand folgte ich ihr durch die Chassan-Schuqri-Straße nach Wadi Salib, offensichtlich stellte sie parallel zur offiziellen Untersuchung, die von ihr angeregt worden war, ihre eigenen Nachforschungen an, und mit einem Mal wurde mir klar, dass nicht Antoun, sondern meine Frau den Fall aufklären würde, Nomi, mein Lebensquell, würde mich vernichten, doch wenn es das Schicksal so wollte, dann war ich bereit, und der Fatalismus lockerte meine Verbissenheit, so dass ich verzichtete, ihr die Treppe hinauf zu folgen, sondern machte es mir in meinem Sitz bequem und wartete abermals, dass Nomi zurückkam, ich zündete eine Gitanes an – neuerdings suchte ich in mörderischen Nikotinmengen Trost – und als ich den bitteren Rauch inhalierte, fiel mir ein, dass jeden Moment Antoun auftauchen könnte, um den Hinweisen aus dem anonymen Brief nachzugehen, wer weiß, was Nomi angestellt hatte, um ihn anzutreiben, mein Fatalismus zerbarst, und eine bedrückende Spannung ersetzte ihn, den Blick auf den Rückspiegel geheftet hielt ich Ausschau nach Antouns Escort, dabei stellte ich mir vor, wie er die Treppe hinaufging und da oben auf Nomi stieß, sie würde eine Beichte ablegen, und schon wäre der Fall geklärt, er würde mich vorladen lassen und ein Geständnis erzwingen, meine Nerven flatterten, wie viel Widerstandskraft würde ich noch aufbieten können, doch dann sah ich Nomi die Treppe herunterkommen, und erst jetzt war mein Kopf frei, um zu überlegen, was sie oben in Wadi Salib gesucht und was gefunden hatte, sie stieg in den Käfer und ließ den Motor an, und nach einem U-Turn kehrte sie zur Chassan-Schuqri-Straße zurück und steuerte auf das Bezirksgericht zu, nach dem Überqueren der Kreuzung fuhr sie langsam am Café vorbei und schaute hinein, da Antoun aber nicht da war, setzte sie die Fahrt in Richtung Nevi'imstraße fort, der Gedanken, dass ich den Überblick verlor, ließ mich zusammenzucken, und als ich Minuten nach ihr die Wohnung betrat, fragte ich freundlich, aber unverbindlich, wie geht's, öffnete die Post und gab ihr einen flüchtigen Kuss, als wäre alles wie immer, und mit der gleichen Zerstreutheit, die mir schon vorher aufgefallen war, entgegnete sie, gut, ich machte Salat, und um die gedämpfte Stimmung aufzuhellen, berichtete ich ihr von Giv'on der in seinem Kampf gegen die Fakultät den dritten Weltkrieg ausgerufen hatte, aber nach wenigen Sätzen unterbrach ich meine Erzählung, denn es war unübersehbar, dass sie mir etwas sagen wollte, was ist, Nomi, fragte ich sie wie ein netter Onkel, was bedrückt dich, erzähl es mir, aber sie entgegnete, nichts, nichts Wichtiges, und aus der Färbung ihrer Stimme schloss ich, dass sie mir nichts Dramatisches mitzuteilen hatte, und daher sagte ich, komm her, und streckte ihr meine Hände entgegen, und sofort schmiegte sie sich an mich, erzähl, was hast du auf dem Herzen, flüsterte ich in ihr Haar, und langsam befreite sie sich aus meiner Umarmung und setzte sich auf die Lehne des Sessels, aber dann nieste sie und holte ein Taschentuch, und als sie wieder Platz nahm, ging das Niesen von neuem los, sie rieb sich die Augen, stand auf und kam zu mir, ich rührte mich nicht, denn es würde geschehen, was geschehen sollte, ich versuchte lediglich, einen kühlen Kopf zu bewahren, Ilan, hauchte sie hilflos, wo bist du in der Nacht gewesen, und einen Augenblick schwieg ich, um mein weiteres Vorgehen zu planen, danach schaute ich sie mit liebevollem, unschuldigem Blick an und fragte, in welcher Nacht – in der Nacht, nach der du mit einer Lungenentzündung aufwachtest, antwortete sie, und ich blickte auf den Teppich und sagte nach einer langen Pause mit dünner, ausgetrockneter Stimme, es tut mir Leid, und sie fragte, was tut dir Leid, ich weiß nicht, wie es dazu gekommen ist, wie ich in so eine Situation reinrutschen konnte – und ihre Augen öffneten sich weit, was für eine Situation meinst du, fragte sie, und ich schaute sie mit einem Blick ehrlicher Trauer an und sagte leise, ich hab dich betrogen, danach schwieg ich und dachte, wie teuflisch das alles war, wusste aber, dass ich nicht anders handeln konnte, und nun fragte Nomi, ist es deine Studentin, und ich entgegnete, ja, aber es hat nichts zu bedeuten, es tut mir Leid, sie straffte sich, drehte sich von mir weg und ging ins Schlafzimmer, dann ins Bad und schließlich in die Küche, und die ganze Zeit über stand ich wie angewurzelt und wartete, und als sie zu mir zurückkam, sah ich, dass der finstere Ausdruck aus ihrem Gesicht verschwunden war, die Hypothese, dass ich ihren Liebhaber umgebracht haben könnte, hatte sie verworfen, und gemessen an ihrem ursprünglichen Verdacht war ein Seitensprung eine Lappalie, und obwohl ich nicht glaubte, dass jemand, der selbst betrügt, weniger zur Eifersucht neigt, war ich sicher, dass sie es nicht wagen würde, mir eine Szene zu machen, und so stand ich vor ihr inmitten dieses beschämenden Desasters und sagte, ich liebe dich so sehr, Nomi, und fühlte, dass dies die einzige Realität war, in der ich wirklich existierte, und etwas davon drang zu ihr vor, denn sie schaute mich traurig und zärtlich an, und ein langes Schweigen vereinte uns, in dem mein Herz zu ihr und ihrem Kummer flog und mir klar wurde, dass man ein Mörder sein und trotzdem aufrichtig lieben kann, ich hob mit dem Zeigefinger ihr Kinn an und versicherte ihr flüsternd, in der Nacht mit der Studentin hab ich bloß Zuflucht gesucht vor unserer zu großen Liebe, dergleichen wird nie wieder vorkommen, versprach ich, und sie sah mich an, und durchsichtige Perlen blitzten in ihren schuldbewussten Augen, sie sei müde und wolle schlafen, murmelte sie und erlöste uns aus der bedrückenden Situation, und als sie sich ins Schlafzimmer verzogen hatte, setzte ich mich mit einem Glas Cognac und einer Zigarette auf den Balkon, schaute aufs Meer, das sich wie ein Teppich vor mir erstreckte, und die ganze Welt wirkte friedlich und stabil, doch die dünne Schale, die mich vom Gewicht der Wirklichkeit isolierte, war aufgebrochen, und minutenlang sah ich wie eine Projektion das gesamte Szenario, die Enttarnung, die Verhöre, den Prozess, das Urteil, die Strafe, mein Ende, und immer wieder flackerten giftige Blitze, und ich verstand, dass ich verloren war und Nomi mit ins Verderben riss und dass ich auf diesem Balkon saß und die frische Abendluft atmete, obwohl sich mein Dasein durch nichts mehr rechtfertigen ließ.

## 27

Das Läuten riss mich aus meinem Gedanken, ich ging zur Tür, schaute durch den Spion und sah die Nachbarin von gegenüber, die mit müdem Blick draußen wartete, ich überlegte, ihr nicht aufzumachen, aber genau in dem Moment kam ihr Gesicht näher, und ich zuckte zusammen und entfernte mich von der Tür, weil ich jedoch fürchtete, dass sie mich gesehen hatte, öffnete ich widerwillig, guten Tag, sagte sie und lächelte, und ich lächelte mechanisch zurück und wartete, dass sie mir erzählte, was sie brauchte, meistens bat sie um irgendein Grundlebensmittel, doch sie stand immer noch lächelnd vor mir, und weil es mir peinlich war, sie zu fragen, was sie wollte, trat ich einen Schritt zurück und ließ sie herein, leicht humpelnd, doch ohne zu zögern, ging sie ins Wohnzimmer, und ich ließ die Tür offen, um anzuzeigen, dass die Besuchszeit begrenzt war, aber schon stand sie am großen Fenster, sah hinaus und sagte, schön haben Sie's hier, meine Wohnung geht zur Straße raus – ja, erwiderte ich, und sie fügte hinzu, man könnte sagen, ich wohne mit dem Rücken zum Meer, sie schaute mich noch immer nicht an, und ich dachte, vielleicht wollte sie bloß das Meer angucken, aber dann drehte sie sich um und richtete ihren Blick auf mich, und ich fühlte, dass sie mir etwas mitteilen wollte, aber nicht wusste, wie sie beginnen sollte, Unwohlsein befiel mich, und ich fragte, wollen Sie mir eine Nachricht übermitteln, sie lächelte verkrampft und entgegnete, ich hab Ihnen so viel zu erzählen, dass ich nicht weiß, womit ich anfangen soll, und da ich Sie nicht verstand, fragte ich, wie bitte, und sie erklärte, Sie können sich denken, dass ich Ihnen manches zu sagen hätte, nicht wahr, und um ihrem Blick auszuweichen, zündete ich eine Zigarette an und beschloss, mich nicht von meiner Paranoia fortreißen zu lassen, sondern die Fakten zu betrachten, die von Natur aus rational und verlässlich sind, mit dem Zigarettenrauch stieß ich die überschüssige Luft aus, die sich in meinen Lungen gesammelt hatte, und fragte, worauf sie hinauswolle, und sie ließ mich nicht aus den Augen und antwortete, was glauben Sie, worauf ich hinauswill – keine Ahnung, entgegnete ich fast ein wenig grob – Sie fragen, weshalb ich gekommen bin, sagte sie, und ich erwiderte, das ist verständlich, nicht wahr, daraufhin wandte sie ihren Blick von mir ab, sagte, ja, das ist verständlich, und ging zur Tür, ich war überzeugt, dass sie sie schließen wollte, um frei reden zu können, aber sie sagte nur, ich will Sie wirklich nicht stören, und verließ die Wohnung, ich stand da und überlegte, womit ich es hier zu tun hatte, und sofort jagte mich mein Verfolgungswahn vor ihre Tür und ließ mich ungeduldig auf den Klingelknopf drücken, aber sie machte nicht auf, Tova, rief ich, nie zuvor hatte ich sie mit ihrem Namen angesprochen, den ich jeden Morgen auf ihrem Klingelschild las, und einen Moment später öffnete sie mir, und ich fragte hastig, was wollten Sie mir mitteilen, wobei meine Stimme offenbar unverstellt klang, denn unsere Nachbarin sagte, es interessiert Sie also wirklich (ich glaubte einen spöttischen Unterton wahrzunehmen) – wär ich sonst hier, entgegnete ich, und sie drehte sich zur Seite und fragte, was wollen Sie trinken – nichts, antwortete ich, ich will hören, was Sie mir zu sagen haben, und als führe ein Blitz in mich, erinnerte ich mich, dass sie Spielleiterin am Haifaer Theater war, das auch in Wadi Salib eine Bühne unterhielt, sie hatte mich gesehen und war mir gefolgt, das wollte sie mir sagen, und um meine Nervosität zu verbergen, setzte ich mich und verkündete, ich verstehe nicht, was Sie wollen, und sie stand vor mir und antwortete, nur ein bisschen reden – aber worüber, fragte ich, und sie gestand, ich wollte keinen Vorwand benutzen und habe deshalb nicht nach Zucker gefragt, ich hatte einfach das Bedürfnis, ein Weilchen mit Ihnen zu plaudern, aber das spielt jetzt keine Rolle mehr, gleich fängt »Rastlose Jugend« an, dann bin ich versorgt, ich war derart erleichtert, dass ich sie mit billigen Freundlichkeiten überhäufte, ich hörte mir ihre Lebensgeschichte an, die vor allem von ihrer Behinderung geprägt war, gab ihr ein paar väterliche Ratschläge und verabschiedete mich mit der Entschuldigung, dass ich zum Technikum müsse, auf dem Weg zur Hochschule fragte ich mich, was die sich häufenden Begegnungen mit Menschen, die auf so grausame Art einsam waren, zu bedeuten hatten – weshalb traten sie plötzlich so zahlreich in mein Leben? – und sie defilierten an meinem geistigen Auge vorbei, das große Mädchen, der Soldat, die Russin von der Müllkippe und schließlich die Nachbarin, und obwohl ich mir sagte, dass keiner von ihnen etwas mit jener anderen Geschichte zu tun hatte, bedrückte mich ihre massive und rätselhafte Präsenz nicht weniger als meine Tat, kurz darauf betrat ich das Sekretariat und erfuhr von Schoschi, dass Giv'on Davis kleingekriegt und er ihn endlich dem Fakultätsrat empfohlen hatte, nach einer stürmischen Sitzung war er zum neuen Dekan ernannt worden, und als Giv'on, der stolze, glückliche Sieger, mich zu fassen bekam, verkündete er großzügig, dass Davis auf seine Art etwas Besonderes sei, Aviva und er hätten sich in ihm getäuscht und ihn zu Unrecht kritisiert, und deshalb beabsichtigten sie, an einem der nächsten Abende für uns alle zu kochen, sie wüssten nur noch nicht, ob sie Fisch oder ein rein vegetarisches Mahl vorbereiten sollten, er und Aviva seien zwar Vegetarier, würden aber auch Fisch nicht verabscheuen, daher wolle er zunächst klären, ob Nomi und ich Fisch mochten, und wenn nicht, dann gäbe es eben nur Gemüsegerichte, ich spürte, wie mich seine Hysterie aggressiv machte, aber ich sagte nur, wir kommen gerne, und verschwand im Hörsaal, wo ich bereits erwartet wurde, Nava Snir stand am Overheadprojektor, und das erste Schaubild war bereits an die Wand projiziert, seit der Sprechstunde war ich ihr aus dem Weg gegangen, obwohl sie mir zweimal im Sekretariat aufgelauert hatte, bei diesen Begegnungen hatte ich sie freundlich angelächelt und zu ihr gesagt, dass ich beschäftigt sei, und nun stand sie mit ihren Unterlagen vor mir und wartete auf mein Zeichen, damit sie ihren Vortrag beginnen konnte, ich sagte, bitte, Nava, und sie holte Luft, versuchte, ihre Hände und ihre Stimme ruhig zu halten, und hob an: Die Astrophysik geht heute davon aus, dass es mehr Doppelsterne gibt, als wir sehen können. Es ist bekannt, dass die auffälligste Eigenschaft von Doppelsternsystemen in der dynamischen Interaktion beider Komponenten liegt und das Verhalten jeder Komponente von der Gegenwart ihrer Begleiterin beeinflusst wird. Wenn sich der Hauptstern und sein kleinerer Begleiter in Bezug auf die Masse erheblich unterscheiden, ist es schwer, sie als Mehrfachsystem zu erkennen, obwohl auch die kleinere Komponente das System maßgeblich prägt. Im ersten Teil meines Vortrags möchte ich über Doppelsysteme im Allgemeinen, im zweiten Teil über enge Doppelsterne referieren, das heißt, im zweiten Teil werde ich von Systemen sprechen, deren Komponenten einander zu nahe kommen – sie warf mir einen Blick zu, der nach Bestätigung heischte, und als ich nickte, fuhr sie fort: Das Verhältnis zwischen Komponenten von Mehrfachsystemen basiert auf ihrer schwerkraftbedingten Interaktion. Zwei Körper, die sich gegenseitig anziehen und umeinander kreisen, werden die Bahnen, in denen sie sich bewegen, nur so lange beibehalten, wie die Zentrifugalkraft, die bei der gegenseitigen Umkreisung entsteht, von der Schwerkraft ausgeglichen wird. Beide Komponenten eines Doppelsternsystems kreisen gleich oft um den Mittelpunkt ihrer Gesamtmasse, dabei steht ihr Abstand zu diesem Mittelpunkt im umgekehrten Verhältnis zu ihrer Masse. Wenn wir das Koordinatensystem zu Hilfe nehmen und sein Ursprung den Mittelpunkt der Masse bezeichnet, gelangen wir zu folgender Formel – sie wandte sich zum ersten Schaubild, das die erwähnte Gleichung enthielt, doch anstatt auf die Worte zu achten, betrachtete ich Nava Snir und verfiel plötzlich auf den Gedanken, dass sie meine Rettung war, sowohl vor

Nomi als auch vor der Polizei konnte sie mir als Alibi dienen, und während sie die Formel erklärte, plante ich, wie ich ihr die Angelegenheit schmackhaft machen würde – ich würde sie in mein Büro bestellen und sie geschickt zu dem Punkt lenken, an dem ich sie haben wollte, sie war wie Wachs in meinen Händen, und ich würde ihr verständlich machen können, dass ich heimlich in sie verliebt sei und ihre Hilfe bräuchte – als sie fertig war, lobte ich sie überschwänglich und bezeichnete sie als beispielhafte Magisterstudentin, ihre Wangen wurden feuerrot, und sie sah mich gerührt an, als sie am Ende der Stunde den Overheadprojektor zusammenklappte, forderte ich sie auf, nachher in mein Büro zu kommen, ich müsse mit ihr sprechen, und schon Minuten später – ich ließ mich gerade an meinem Schreibtisch nieder – klopfte es, und sie trat ein und setzte sich mir gegenüber, Nava, sagte ich, und sie entgegnete, ja, dabei beugte sie sich hingebungsvoll vor, und ich betrachtete ihre Stupsnase und empfand Entsetzen über mich und den gemeinen Missbrauch, den ich mit ihr treiben wollte, wie war ich darauf gekommen, und wie tief würde ich noch sinken, aber dann fasste ich mich und sagte mit äußerster Behutsamkeit, dass sie eine hoch begabte junge Frau sei, die es auf dem Gebiet der Astrophysik weit bringen könne, es tue mir Leid, wenn ich sie hätte glauben lassen, zwischen uns sei etwas, ich würde dergleichen nicht mal zu hoffen wagen, obwohl sie natürlich sehr attraktiv sei – meine Sympathie für sie wuchs, je trauriger ihre Augen blickten, und ich fuhr fort und sagte, dass sich Studentinnen manchmal in ein Bild ihres Dozenten verliebten, das seinen wahren Charakter außer Acht lasse, und dass dergleichen vor allem deshalb geschehe, weil der Dozent im wahren Leben nur eine blasse Figur sei, ihr Gesicht hellte sich ein wenig auf, und ich lächelte sie warmherzig an, dürfte ich hin und wieder zu Ihnen kommen, um mich mit Ihnen unterhalten, fragte sie, und ich antwortete, wann immer Sie wollen, und in diesem Moment bedauerte ich sie wirklich, wie hatte ich einen so niederträchtigen Plan aushecken können, fragte ich mich, und war verwundert, wie schnell der Mensch der Unmoral anheimfällt und bereit ist, seinem Mitmenschen zu schaden, nur um sich selbst zu retten, sie verließ mein Büro, und ich versuchte, das Zeichen zu deuten, scheinbar diente sie als Spiegel und zeigte mir, was übertriebene Liebe bewirkt, doch weil das alles ebenso gut ein Zufall sein konnte, ließ ich die Sache auf sich beruhen und surfte im Internet, das mich zwei Stunden von meinen Problemen ablenkte, ehe mir gegen Mittag Davis über den Weg lief, der sich über Giv'ons Fall ausließ, Giv'ons Problem, sagte Davis mit angelsächsischer Ironie, liegt darin, dass er nicht die geringste Ahnung hat, wer er ist, jemand, der so viele *identities* hat, verliert leicht den Überblick, jedenfalls haben ihn seine *identities* zwei Wochen lang gequält, *day in and day out, so I gave in*, und nun werden Giv'on und Aviva im nächsten Jahr gemeinsam Dekan sein, hoffen wir das Beste, fügte er hinzu, und ich sagte, wird schon gut gehen, lass uns nicht vergessen, dass er der Einzige in der Fakultät ist, der über einen herausragenden Intellekt verfügt, aber Davis entgegnete, Ilan, du kannst dich nicht ewig davor drücken, Dekan zu werden, *you know that*, es gibt Leute, die können das nicht, aber du kannst es, und deshalb wirst du es werden – klar, Davis, sagte ich, dann verabschiedeten wir uns mit einem albernen Schulterklopfen, und ich ging zum Auto, um nach Hause zu fahren, nach kurzer Überlegung beschloss ich jedoch, ein Bier in einem Pub am Ha-Em-Park auf dem Karmel zu trinken, wo ich früher oft eingekehrt war, Nomi sagte, dass sie die Mentalität dieses Pubs nicht begreife und deshalb nicht gerne dort einkehre, offenbar ging das hohle Yuppietum seiner Klientel nicht nur Nomi auf die Nerven, denn als ich ankam, war der Laden leer, trotzdem nahm ich an der Bar Platz und bestellte ein Bier, und nachdem ich einen Schluck getrunken hatte, zündete ich eine Zigarette an, die mir wahre Wonnen bereitete, unterdessen betrat ein schlankes Mädchen mit einem Kind das Lokal, das Mädchen trug einen modischen Lumpenlook, der sich durch kräftige Farben auszeichnete, als es sich aber dem Tresen näherte, erkannte ich, dass es keine Sie war, sondern ein dick geschminkter junger Mann, er setzte sich neben mich und sagte zu dem Kind, geh Pipi machen, Sarale, sonst musst du später auf der Straße, trotz der femininen Intonation hatte seine Stimme einen tiefen Klang, 777 und einen Orangensaft, rief er dem Barmann zu, der die Zeitung weglegte und fragte, und, was ist aus dem Mädchen aus Tira geworden – reine Zeitverschwendung, ich hab sie vor kurzem auf den Stufen der Rothschildallee liegen sehen, erklärte der junge Mann, dessen Redeweise eine Autorität ausstrahlte, die in deutlichem Kontrast zu seinem Äußeren stand, er drehte sich zu mir um, und da ich seinen Blick spürte, schaute ich in sein von der Schminke verunstaltetes Gesicht, er musterte mich mit Augen, die an schwarze Kamine erinnerten, ich bestellte die Rechnung, zückte das Portemonnaie und wollte das Lokal so schnell wie möglich verlassen, ehe ich anfinge der Situation irgendeine Bedeutung anzudichten, ohne aufs Wechselgeld zu warten, brach ich auf, doch sagte der junge Mann, entschuldigen Sie, und ich blieb stehen und fragte, ja, bitte – ich kann in Gesichtern lesen, wenn Sie Interesse haben, kostet es Sie zwanzig Schekel – wie bitte, fragte ich, und er erklärte, Physiognomie nennt man das, und der Barmann schaltete sich ein und bestätigte, er versteht was davon, Sie können sich nicht vorstellen, was er alles sieht, seine Mutter war Magierin in Tira, sogar aus Tel Aviv sind die Leute zu ihr gekommen – ich heiße Avnnon Turdschman, sagte der junge Mann, vielleicht haben Sie von mir gehört, in »La-Ischa« war ein Bericht über mich, ich verneinte und dankte ihm, aber er legte seine beringte Hand auf meine Schulter und sagte, für zehn Schekel erfährst du alles – nein, wirklich nicht, ich muss gehen, entgegnete ich, aber inzwischen war das Kind von der Toilette zurück, und der Barmann sagte, das ist seine kleine Schwester, sie besitzt auch schon übersinnliche Kräfte, die haben das in den Genen, es lohnt sich, glauben Sie mir, ich würde nicht zusehen, wie er meine Kunden belästigt, wenn er nicht was Besonderes wär, alles, was er über mich sagte, war wahr – ich muss gehen, wiederholte ich und wandte mich ab, doch noch bevor ich bei meinem Wagen ankam, machte ich kehrt und ging in den Pub zurück, wo der junge Mann mit dem Rücken am Tresen lehnte, als hätte er mich erwartet, ich näherte mich ihm und fragte, ist es hier hell genug, worauf er entgegnete, ich bin doch kein Hautarzt, also nahm ich neben ihm Platz und verdrängte alle anderen Gedanken, während er aufmerksam in mein Gesicht blickte, seine kleine Schwester saß auf dem Fußboden und schlürfte mit einem Strohhalm ihren Orangensaft, sei still, Sarale, sagte er, ohne den Blick von mir abzuwenden, die Augen mit den künstlichen Wimpern betrachteten mich, und wie ein Jucken breitete sich in mir der Wunsch aus, dass endlich etwas passieren möge, in meinem Kopf erstand der tote Geliebte wieder auf, und ich sandte sein Bild zu dem bizarren Jüngling hinüber, eine widerwärtige Erregung ließ mein Herz schneller schlagen, und als das Mädchen sagte, nun erzähl's ihm schon, schaute ich zu ihr und fragte, was soll er mir erzählen, der junge Mann sprang auf, rief, schade um die Zeit, schade um die Zeit, und rannte zum Ausgang, das Mädchen folgte ihm, und ich rief, warten Sie, und lief ebenfalls hinter ihm her, er blieb kurz stehen und sagte, Sie sollten sich von Schwierigkeiten fernhalten, danach nahm er das Mädchen, das mir einen erwachsenen, unangenehmen Blick zuwarf, an die Hand und verschwand, ich ging zum Wagen und wusste, dass solche Botschafter überall lauerten und keine Aussicht bestand, ihnen je zu entkommen, gedankenverloren fuhr ich ins Hadarviertel zurück, in meinem Innern schien etwas heranzureifen, und als ich durch die Bialikstraße glitt und in die Chassan-Schuqri-Straße einbog, bemerkte ich, dass ich mich auf dem Weg zu Antoun befand, noch wusste ich nicht, was ich bei ihm wollte, doch während ich einparkte, begann ich mich zu fragen, ob ich eine Information zu erhaschen oder selbst Auskunft zu geben hoffte, denn weshalb drängte es mich sonst, ihn zu sehen – weil ich den Grund für mein Herkommen nicht klar zu bestimmen vermochte, begnügte ich mich mit der Annahme, dass mein

Motiv einer jener tiefen Schichten entsprang, zu denen ich keinen Zugang hatte, und beschloss, mich treiben zu lassen und die Klärung des Rätsels auf später zu verschieben, Antoun, unser Hauskommissar, saß in seinem Stammcafé, rauchte, trank Bier und trug eine dunkle Sonnenbrille, und als ich näher kam, sagte er, hallo, und zog für mich einen Stuhl heran, ich bestellte Wodka und Bier, und als die Kellnerin, die von Mal zu Mal gereizter auftrat, knallend die bestellten Getränke vor mir absetzte, dachte ich, dass ich vielleicht hergekommen war, um ein Geständnis abzulegen, der Gedanke erschreckte und belebte mich gleichermaßen – wenigstens handelte ich – und nachdem wir uns wie zwei flüchtige Bekannte, die sich im Supermarkt begegnen, nach unserem Befinden erkundigt hatten, schlug er die Traueranzeigen in der Zeitung auf und sagte, guck mal, Schimi Lerer ist gestorben, der Name des Toten warf mich in eine andere Zeit zurück, Schimi Lerers Vater hatte eine Bäckerei besessen, und mit der Furcht, die uns packt, sobald wir erfahren, das ein Gleichaltriger gestorben ist, sagte ich, er war in unserem Alter, doch antwortete Antoun mit der Knappheit, die eigentlich für meine Mutter typisch war, siehst du, jetzt kommen allmählich wir dran, einen flüchtigen Augenblick dachte ich an Schimi Lerer, der immer kurze Hosen und nichts darunter getragen hatte, damit für seine dicken Eier genügend Spielraum blieb, und der Stunden lang wie ein Idiot dasitzen und sich kratzen konnte, und sagte nachdenklich wie ein Philosoph, Schimi Lerer ist tot und der Himmel nicht eingestürzt, worauf Antoun entgegnete, so schnell stürzt der Himmel nicht ein, und ich betrachtete die Traueranzeige und nahm Abschied von

Schimi Lerer, und dabei stach mir das Datum ins Auge, die Beerdigung sollte heute um halb vier auf dem Friedhof von Sde Jehoschua stattfinden, und plötzlich erkannte ich das Zeichen, nicht grundlos hatte ich eine Stunde vor Beginn der Trauerfeier Antoun aufgesucht, Schimi Lerer würde neben der Kindergärtnerin und meinem Toten bestattet werden, und für mich stand fest, dass ich mit Antoun hinfahren musste, es war meine Pflicht, den Zeichen zu folgen, nicht weil sie verlässlich waren, sondern weil ich keine andere Richtung kannte, denn ich drohte in einem Chaos unterzugehen, aus dem es kein Entrinnen zu geben schien, und so las ich den Teil der Anzeige, der sich auf die Beerdigung bezog, mit lauter Stimme vor, aber Antoun fragte, ja und, wozu liest du mir das vor – lass uns hinfahren, erwiderte ich unbefangen, doch Antoun verstand nicht und fragte, was haben wir auf der Beerdigung von Schimi Lerer verloren, und wann haben wir zum letzten Mal an ihn gedacht, dennoch ließ ich mich von meinem Vorhaben nicht abbringen, komm, lass uns da hingehen, wiederholte ich, das ist das Mindeste, was wir für ihn tun können – aber wozu, beharrte Antoun auf seiner Skepsis, seit dreißig Jahren habe ich ihn vergessen – komm trotzdem mit, sagte ich mit der Autorität einer Person, die genau weiß, was sie tut, und er fügte sich meiner Hartnäckigkeit und meinte, gut, dann lass uns aufbrechen, womöglich wird es uns da oben als gute Tat angerechnet, aber als wir uns anschickten, in seinen Escort zu steigen, der auf dem Bürgersteig parkte, schoss Nomis gelber Käfer aus der Bialikstraße – sie war also wieder auf der Suche nach ihm – da ist Nomi, rief Antoun enthusiastisch und winkte ihr, sie stoppte neben uns, und spielte mit dem Talent einer Schmierenkomödiantin die Überraschte, was machst du denn hier, Ilan, fragte sie mich mit zerstreutem Gesichtsausdruck – ich hab mit Antoun ein Bier getrunken, entgegnete ich und legte meine Hand auf ihre Schulter, aber was führt *dich* her – ich war beim Maschbir einkaufen, antwortete sie, und tatsächlich stand eine Kaufhaustüte neben ihr – wir gehen zur Beerdigung eines Freundes aus Kindertagen, aber danach komm ich heim, sagte ich freundlich und schob symbolisch den Käfer an, um anzudeuten, dass sie Gas geben sollte, doch Antoun meinte plötzlich, ich muss arbeiten, für solchen Blödsinn hab ich keine Zeit, ich geh ins Büro zurück, er verabschiedete sich von Nomi, die bereits überlegte, was sie anstellen musste, um mit ihm allein zu sein, und stieg in den Escort, aber da ich entschlossen war, seine Weigerung nicht hinzunehmen, rief ich in beinahe gewalttätigem Ton, *challas*, genug, Antoun, vergiss deine Arbeit einen Augenblick, Schimi Lerer stirbt nur einmal, lass uns ihm wenigstens jetzt ein bisschen Ehre erweisen, als Kinder waren wir nicht besonders nett zu ihm, und Antoun erwiderte, ich kapier nicht, wozu das gut sein soll, doch setzte ich mich neben ihn und befahl, vorwärts, wenn wir nicht gleich losfahren, schaffen wir's nicht mehr, wir sind spät dran, derweil sah mich Nomi, die aus ihrem Käfer ausgestiegen war, mit Befremden an, und ich wusste, dass ich übertrieben hatte, daher sagte ich in sanftem, nachgiebigem Ton zu Antoun, kommst du nun mit, doch Nomi mischte sich ein und meinte, wir können zu dritt hinfahren, ich mag Beerdigungen von fremden Leuten, da hab ich Gelegenheit, mal ein bisschen zu weinen, und spöttisch fügte sie hinzu, komm, Antoun, erweisen wir Schimi Lerer *und* Ilan eine Ehre, Antoun gab seinen Widerstand auf und sagte, in Ordnung, und während sie ihr Auto parkte und er mehrere Telefonate mit seinem Büro führte, dachte ich, wenn Nomi aus Gründen, die nur sie kennt, hier auftaucht, dann ist auch sie Teil jener Botschaft, offenbar sollen wir zu dritt der Bestattung beiwohnen, die neben dem Grab ihres Geliebten stattfindet, wir fuhren los, und ich kauerte auf der Rückbank mit der Bescheidenheit von jemandem, der im Wagen hinten sitzt und von den Diskussionen über den kürzesten Weg ausgeschlossen ist, denn es wäre überflüssig, wegen Banalitäten die Stimme zu strapazieren, zudem hatte Nomi das Radio eingeschaltet, so dass ich ohnehin nichts verstanden hätte, erst als wir in einem Stau an der Ampel am Karmelstrand feststeckten, hörte ich, dass sie von dem anonymen Brief sprach, Antoun aber fluchte nur über den Verkehr, deshalb wiederholte Nomi ihre Frage mit einem Ausdruck kindlicher Neugier, und er entgegnete, dass Nachforschungen angestellt worden seien, die lediglich ergeben hätten, dass der Liebhaber keine Angehörigen mehr habe, auch sein alter Vater sei vor kurzem gestorben, und so gebe es niemanden, bei dem man Erkundigungen einholen könnte, außer vielleicht in Wadi Salib, wo sie schon mit ein paar Drogenabhängigen gesprochen hätten, die allerdings nichts mehr mitkriegten – es ist unmöglich, dass jemand überhaupt keine Verwandten hat, es muss doch einen Onkel oder Cousin geben, wunderte Nomi sich, doch aus Mangel an Interesse, vor allem aber wegen des Staus hörte Antoun ihr nur mit halbem Ohr zu und sagte, um das lästige Thema abzuschließen, dass eine alte Tante ausfindig gemacht worden sei, die mit dem Toten schon seit Jahren nicht mehr gesprochen habe, bei der Tante wurde ich hellhörig, nahm mir aber vor, mich nicht aufzuregen – willst du damit sagen, dass ihr nichts weiter unternehmen könnt, fragte Nomi, doch Antoun dachte nur noch an das Geschehen auf der Straße, Staus trieben ihn in den Wahnsinn, seine Gelassenheit bröckelte, sobald der Verkehr stockte, und weil es bereits seit mehreren Minuten weder vor noch zurück ging, griff er nach dem Blaulicht und heftete es aufs Wagendach, und mit eingeschaltetem Martinshorn fegten wir über den Seitenstreifen und pfiffen auf all die anderen, die aus der Schlange nicht ausscheren durften, so beförderte mich ein Polizeiauto auf dem schnellsten Weg zum Nebenschauplatz des Verbrechens zurück, jedoch zu wild und teuflisch war dieses Schauspiel, als dass ich es mit Distanz hätte betrachten können, ich befand mich in einem Zustand panischer Erregung, bewahrte mir aber dennoch wie ein kränkelnder Mensch beim Arzt eine Gelassenheit, die einem Gefühl der Sicherheit entsprang, als wäre ich an dem Ort, an den ich gehörte und an dem ich Schutz und Hilfe erfuhr, wir gelangten zum Friedhof und ließen das Auto in der Nähe des Tors stehen, Antoun und Nomi gingen voraus, sie erzählte etwas, während er ihr mit nach vorne gerichtetem Blick zuhörte, ich folgte ihnen langsam über den Schotterweg und sah vor mir das Flusstal des Nachal Scheikh und die Araberhäuser an dem kleinen Platz, wir betraten das Friedhofsgelände und hielten Ausschau nach der Trauergemeinde, da drüben, sagte Nomi und zeigte auf die Parzelle, die ich in ein Familiengrab umgewandelt hatte, nicht weit davon schritt ein sehr kurzer Trauerzug voran, und um das Grab standen ein paar erschüttert blickende Greise, die vor allem um sich selbst und ihre Gesundheit besorgt waren, wir gesellten uns zu ihnen, und sofort hypnotisierte Schimis zusammengesackter Körper, dessen Umrisse sich unter dem Leichentuch abzeichneten, meinen Blick, aus irgendeinem Grund erschien mir der Tod plötzlich als Selbstverständlichkeit, die nicht viel Aufhebens wert ist, »Schimi Lerer ist gestorben«, diese Worte klangen bereits wie eine hohle Floskel, und nun wandte sich der Rabbiner zu Schimis Frau – zumindest glaubte ich, dass es seine Frau war, weil sie ihre Bluse zerrissen hatte – und fragte sie, wer das Totengebet vortragen wolle, sie schaute sich verwirrt um und verstand den Sinn seiner Frage nicht, doch die alte Frau, die auf einem Klappstühlchen neben ihr saß (ich hatte sie gleich erkannt, es war die Schwester unserer Kindergärtnerin, die beiden Frauen hatten gegenüber von Schimi Lerer gewohnt), informierte den Rabbiner, dass der Verstorbene keinen Sohn hatte, sondern nur eine Tochter, die in Kanada lebte und nicht hatte herkommen können, Nomis und Antouns Blicke meidend, drängte ich mich zwischen den anderen Trauergästen hindurch und sagte, ich werde das Totengebet sprechen – wer sind Sie, erkundigte sich der Rabbiner, und ich erklärte, ein Freund aus Kindertagen – *le-mizwa jechaschev lecha*, sagte der Geistliche, reichte mir das Gebetsbuch, und ich begann zu lesen, erhoben und geheiligt werde sein großer Name in der Welt, die er nach seinem Willen geschaffen hat, und sein Reich erstehe in eurem Leben und in euren Tagen und im Leben des ganzen Hauses Israel schnell und in naher Zeit, und saget: Amen, da es sich diesmal um eine offizielle

Bestattung und nicht um eine improvisierte Zeremonie mitten in der Nacht handelte, ließ ich mir Zeit, versuchte langsam und aufrichtig zu sprechen und ignorierte Nomis fragenden Blick, und als ich mit dem Gebet fertig und die Trauerfeier beendet war, ging ich zu Schimi Lerers trauernder Witwe, stellte mich ihr vor, legte meine Hände auf ihre dicken Arme und sagte, möge Ihnen weiterer Kummer erspart bleiben – seit ich gelernt hatte, diesen Satz sicher und selbstbewusst auszusprechen, gebrauchte ich ihn gerne, zwar beinhaltet er nur einen frommen Wunsch, doch befällt den, der ihn benutzt, ein angenehmes Gefühl der Rührung – sie murmelte, danke, vielen Dank, und mein Blick wanderte zu der Schwester der Kindergärtnerin, die noch immer auf ihrem Klappstühlchen saß und das Grab betrachtete, viele Jahre hatten sie und Hensi Bauer zusammengelebt, manchmal war sie zum Aushelfen in den Kindergarten gekommen, *die schwesters* wurden sie bei uns im Viertel genannt, und meine Mutter behauptete, sie wären lesbisch, ich brauchte Jahre, um zu verstehen, was sie damit meinte, und weil zwischen der Alten und dem Kreis meiner Toten eine Verbindung bestand, begriff ich auch sie als Zeichen, das vielleicht bald enträtselt würde, ich rief mir ins Gedächtnis, dass sie nur eine Nachbarin von Schimi Lerer war und ihre Anwesenheit an diesem Ort nichts bedeutete, trotzdem war ich aufgeregt, als ich auf sie zutrat, sie war aufgestanden und klappte den Stuhl zu einem Spazierstock zusammen, sie war klein und gebückt wie ein Teufelchen, wirkte aber kräftig und energiegeladen, guten Tag, begrüßte ich sie herzlich, ich bin der Sohn von Orna Ben-Natan, und Ihre Schwester war meine Kindergärtnerin, sie schaute mich einen Augenblick an und sagte dann, aber natürlich, du bist jetzt ein großer Junge, meine Schwester, Friede sei mit ihr, meinte immer, du wärst ein so feinfühliges Kind, mit ihren alten, besiegten Augen betrachtete sie mich, und ich verstand nicht, wie ich das Andenken an ihre geliebte Schwester hatte beflecken können, als wäre sie meinetwegen gestorben, einer tödlichen Droge gleich, die ein anderes Gift ersetzt, dessen Wirkung nicht länger anhält, floss ein neue Variante von Scham und Selbstekel in mich ein, und um mich nicht daran zu berauschen, rief ich Antoun und Nomi zu mir und stellte sie der Alten vor, sie drückte Nomis Hand, musterte sie mit zitterndem Kopf und sagte zu mir, meine Schwester, Friede sei mit ihr, hat mir erzählt, dass du ein junges Mädchen geheiratet hast, das ist sicherlich erfrischend, keinerlei Spott hörte ich aus ihren Worten heraus, sie machte lediglich eine Feststellung, und als ich das zufriedene Gesicht Antouns sah, der zwei Zigaretten anzündete und mir eine gab, fragte ich die Alte, erinnern Sie sich an Antoun Karam, und drehte sie mit übertriebener Behutsamkeit zu ihm um (sie war so klein und faltig, dass ich befürchtete, sie würde bei meiner Berührung zu Staub zerfallen), aber sicher, das ist der arabische Junge, dessen Mutter viele Sprachen beherrscht, entgegnete sie konzentriert, sie wollte ihre ausgezeichnete Verfassung unter Beweis stellen und zeigen, dass sie ein Mensch war, der zu Recht einen Platz auf dieser Welt beanspruchte – lebt deine Mutter noch, fragte sie, und Antoun antwortete zärtlich, ja, sie lebt noch, sie war auf der Beerdigung Ihrer Schwester – an die Beerdigung meiner Schwester habe ich keine Erinnerung mehr, erklärte sie, und ihr Gesicht verschloss sich, dann machte sie eine Bewegung mit der Hand und sagte im kurz angebundenen Ton der deutschstämmigen Juden, dreiundachtzig Jahre haben wir zusammengelebt, das kann man nicht vergessen, und jetzt müsst ihr jungen Leute mich entschuldigen, denn ich will zu ihr gehen, langsam bewegte sie sich auf das Grab ihrer Schwester zu, und ich fühlte, dass es auch mich dorthin zog, obwohl ich wusste, dass es ratsam war, so schnell wie möglich von hier zu verschwinden, ich schaute Antoun und Nomi hinterher, die bereits zum Friedhofstor gingen, und beschloss, trotz allem auch noch das andere Grab zu besuchen, doch die Furcht lähmte mich, ich war nicht sicher, ob ich die Konfrontation allein überstehen würde, Antoun und Nomi hielten inne, und Nomi rief, was ist, Ilan, warum kommst du nicht, ich brauchte sie als stützende, tröstende Begleiterin, als begäbe ich mich zu einer schicksalshaften ärztlichen Untersuchung, nervös näherte ich mich ihnen, steckte mir trotz meiner Kurzatmigkeit noch eine Zigarette an und sagte hastig, wir müssen noch einen Stein auf das Grab von Hensi Bauer legen, wir waren nicht bei ihrer Beerdigung, und jetzt können wir es nachholen, wie ein Ehepaar sahen die beiden sich an, und Antoun sagte, selbstverständlich können wir einen Stein auf Hensi Bauers Grab legen, aber was soll dein Befehlston, ich verstand, dass ich mich umsonst aufgeregt hatte, ihnen machte es ja nichts aus, ans Grab der toten Kindergärtnerin zu treten, ich hatte vergessen, dass die Bilder und Ängste, die auf mich einstürmten, meine Denkfähigkeit ausschalteten, und deshalb bemühte ich mich, meine Hysterie zu dämpfen, und weil ich noch ziemlich weit von Antoun und Nomi entfernt war, machte ich eine

Geste, die ihnen bedeutete, dass ich sie nicht hören konnte, als wäre der falsche Ton, den ich angeschlagen hatte, nur auf den Lärm zurückzuführen, sie kamen zu mir, und wie ein eingeschworenes Team begaben wir uns zum Grab der Kindergärtnerin, wo mir als Erstes ins Auge stach, dass noch kein Grabstein aufgestellt worden war, alles sah genauso aus wie in dem Augenblick, als ich den Friedhof verlassen hatte, ohne dass ich meinen Gedanken aussprechen wollte, sagte ich, warum ist der Grabstein noch nicht da, worauf die alte Schwester, die meine Bemerkung als Kritik auffasste, erwiderte, in unserer Familie ist es üblich, den Grabstein am ersten Todestag aufzustellen, jeder macht es so, wie er's kennt – diese letzten Worte sagte sie mit Zorn in der Stimme – natürlich, Sie haben Recht, entgegnete ich, unterdessen legten Antoun und Nomi einen Stein nieder (waren wir nicht zu diesem Zweck hergekommen?), wohingegen ich auf den vor mir liegenden Erdhügel starrte und feststellte, dass er mir unregelmäßig geraten war – fast hatte ich Lust, meinen Fehler zu korrigieren, damit das Grab anständig aussah, aber ich regte mich nicht, und nun stand Nomi still und mit gesenktem Kopf und knüpfte mühelos einen Kontakt zum Gefühl der Trauer und des Verlusts, das ein Fundament ihrer Persönlichkeit bildete und sie anscheinend dazu gebracht hatte, sich einen alternden Mann wie mich auszusuchen, und Antoun, der sich zu langweilen anfing, aber begriff, dass oberste Höflichkeit angesagt war (die Alte hatte sich unmittelbar vor ihm niedergelassen), las diskret die Schilder auf den Nachbargräbern, wo ebenso noch die Gedenksteine fehlten, offenbar war es ihm peinlich, weiter wegzugehen, um andere Grabstätten anzuschauen, und deshalb vertiefte er sich in die Betrachtung dieser beiden, ließ seinen Blick zwischen ihnen hin und her wandern und auf den Schildern verweilen, als läse er Zeitung, dann schaute er auf mein Grab, las, was dort stand, und allmählich dämmerte mir, dass er sich nicht nur die Zeit vertrieb, sondern ein Indiz entdeckt hatte, das seine Neugier anstachelte, unerwartet bückte er sich, rupfte vom linken Grab einen Grashalm ab, um ihn zu befühlen, und danach riss er auch einen Halm vom mittleren Grab und untersuchte ihn auf dieselbe Weise, zwar wusste ich noch nicht, worauf er abzielte, doch mein Herz raste, und als er mit der Prozedur fertig war, richtete er sich auf und dachte nach, die Stille machte mich wahnsinnig, er war auf eine Spur gestoßen, das war unverkennbar, aber ich wagte nicht, ihn darauf anzusprechen, und hoffte, mein krankes Gehirn sähe Gespenster, schließlich hatte ich ihn nicht auf meine Fährte locken, sondern lediglich die Atmosphäre des Orts meines Sündenfalls schnuppern wollen, bedrohlich und unberechenbar lastete Antouns Schweigen auf mir, und erst als Nomi genug getrauert hatte und in aller Schlichtheit und ohne Bezug zu ihrer eigenen Lebensgeschichte zu der Greisin sagte, möge Ihnen weiterer Kummer erspart bleiben, hörte ich, wie Antoun murmelte, merkwürdig, und von diesem Augenblick an spürte ich nur noch das Pochen meines Herzens, das meine Brust zerriss, Nomi und die Schwester der Kindergärtnerin rückten in weite Ferne, und ich fragte ohne besonderen Ausdruck, was ist merkwürdig – jemand hat sich an dem Grab zu schaffen gemacht, erklärte Antoun, und sofort wurde Nomi, die seine Worte gehört hatte, munter und hakte nach, was meinst du damit, ich schien aus der Wirklichkeit des Augenblicks fortgeblasen, mein erschöpftes Hirn versagte und ließ mich teilnahmslos und stumpf daneben stehen, als wären einzelne Bahnen meines Nervensystem unterbrochen, Antoun wiederholte, jemand hat sich an dem Grab zu schaffen gemacht, es gibt keine andere Erklärung, und Nomi fragte, keine andere Erklärung wofür, und nun richtete sich auch die alte Frau auf und wollte wissen, wovon die Rede war, Antoun hielt einen Augenblick inne (vielleicht wollte er Nomi beeindrucken), und als die Alte erneut zu erfahren verlangte, worum es gehe, sagte Nomi, Antoun meint, mit dem Grab stimmt etwas nicht – mit welchem Grab, rief die Frau erschrocken – mit dem Grab Ihrer Schwester, antwortete Nomi sanft, und aus Angst, etwas Wichtiges verpasst zu haben, verstand die Alte gar nichts mehr, was hat er gesagt, rief sie flehend, und Antoun sagte beschwichtigend, nichts, ich habe nichts gesagt, es ist alles in Ordnung, Frau Bauer, danach drehte er sich zu uns um und fuhr mit gesenkter Stimme fort, vor uns liegen drei Gräber, die am selben Tag ausgehoben wurden, aber nur auf zweien ist hoher Bewuchs feststellbar, auf diesem Grab – er zeigte auf das Familiengrab – ist der Bewuchs spärlich und niedrig, das bedeutet, dass die Erde zwei oder drei Wochen nach der Bestattung noch mal umgegraben wurde und dass das Gras danach kaum noch gewachsen ist, weil die Regenzeit endete, kurzum, jemand, dessen Motive ich natürlich nicht kenne, hat sich an dem Grab zu schaffen gemacht, dann verfiel er in Schweigen, ich aber hatte nur verstanden, dass jemand das Erdreich durchwühlt hatte – aber wieso sollte jemand die Parzelle umgraben, fragte Nomi, und die alte

Frau wandte sich erneut zu uns und rief, was hat das zu bedeuten, was hat das zu bedeuten, doch legte Antoun seine Hand auf ihre schmale Schulter und beruhigte sie, Sie brauchen sich keine Sorgen zu machen, es ist nichts geschehen, Nomi half ihr, das Stühlchen zusammenzuklappen, und begleitete sie zum Friedhofstor, Antoun und ich folgten den beiden Frauen – es ist wirklich merkwürdig, sagte Antoun halb zu sich selbst, halb zu mir – was ist so merkwürdig daran, fragte ich spöttisch, denn ich wusste, dass ich ihn nur so kleinkriegen konnte, ein Hund oder eine Katze hat in der aufgeschütteten Erde gebuddelt, und deswegen regst du dich auf (die Idee mit dem Hund und der Katze war eine plötzliche Eingebung) – und der Hund oder die Katze hat anschließend wieder alles in Ordnung gebracht, um die Familie nicht zu schockieren, sagte er skeptisch – jetzt war mir klar, dass er das Grab öffnen lassen, den Liebhaber von Wadi Salib finden und schließlich den Zusammenhang herstellen würde (wer weiß, wie viele Zeugen Nomi und ihn zusammen durch Haifa hatten spazieren sehen), ich musste ihn von seinem Verdacht ablenken, aber die Furcht lähmte meine Stimme, und deshalb schwieg ich und versuchte, mich zusammenzunehmen, und als sich Antoun zur Seite beugte, um gegen den Wind geschützt eine Zigarette anzuzünden, gähnte ich und sagte, das ist doch alles Blödsinn, wer würde das Grab von Hensi Bauer anrühren, er zog an der Zigarette und entgegnete, keine Ahnung, ich weiß nur, dass es für alles eine Erklärung gibt, aber lass uns das Thema wechseln, ich jedoch wollte von nichts anderem reden und sagte, die Ursachen sind meist so trivial, dass niemand daran einen Gedanken verschwendet, er antwortete nicht, aber ich ließ nicht locker, neunundneunzig Prozent der Dinge, die man sich einbildet, existieren nicht, sagte ich, und ohne seinen Schritt zu verlangsamen, entgegnete Antoun, und was ist mit dem verbleibenden Prozent, du behauptest doch immer, dass es ausschlaggebend sein kann, unterdessen war Nomi zu uns gestoßen, und wir verabschiedeten uns von der alten Frau, die in ein Taxi stieg, und gingen zu Antouns Escort, das Thema blieb in der Schwebe, und als wir in die Stadt zurückfuhren, wurde mir klar, dass ich aussteigen würde, ohne zu wissen, was fortan geschähe, und nichts unternehmen konnte, schon seit langem hatte ich alle Gewissheit verloren, und das Gefühl der Ohnmacht betäubte meine Sinne, ich ließ mich gegen die Rückenlehne fallen und schloss die Augen, um mich einer ungewissen Zukunft zu überantworten, Ilan, was hast du jetzt vor – Nomi hatte mir ihr Gesicht zugewandt, aber nichts bemerkt – fährst du ins Technikum oder nach Hause, und ich starrte auf Antouns Nacken und sein borstiges Haar und sagte, ich schau mal bei meiner Mutter vorbei (die Idee kam mir in dem Augenblick, in dem ich sie aussprach) – soll ich mitkommen, fragte mich Nomi, und ich antwortete tonlos, nein, das ist nicht nötig – wie bitte, fragte sie, und ich wiederholte, dass sie mich nicht begleiten müsse, und diesmal war meine Stimme hörbar, doch klangen die Worte wie verschluckt, Nomi drehte sich ganz zu mir um und fragte, warum soll ich nicht zu deiner Mutter mitkommen, worauf ich entgegnete, wieso sollte ich dich zwingen, sie zu besuchen, und um nicht von neuem aus der Wirklichkeit wegzusacken, fing ich zu reden an, nur zu Beginn suchte ich nach

Worten und hoffte, dass sie einen Sinn ergaben, und die beiden sahen mich verwundert an (Antoun beobachtete mich im Spiegel), aber ich ignorierte ihre Blicke und plauderte weiter, plötzlich bemerkte ich, dass ich Schwierigkeiten mit den Zischlauten hatte, deren Aussprache mich seit einer Kieferoperation im Winter besondere Mühe kostete, findet ihr nicht auch, dass meine s, z, ch und sch komisch klingen, fragte ich, und Nomi sah mich an und fragte, Ilan, ist wirklich alles in Ordnung, und sogleich unterdrückte ich die alberne Unruhe, die mich befallen hatte, und gähnte, als wäre ich nur müde, das Fazit des Tages lautet also, dass Schimi Lerer gestorben ist, sagte ich und lächelte Nomi an, und Antoun ergänzte, seine Erinnerung sei gesegnet, und hielt Sekunden später neben meinem Volvo an, zwar sah ich sein Gesicht nicht, doch hatte ich den Eindruck, dass er uns loswerden wollte, nicht mal Nomi versuchte er zurückzuhalten, und in meinem Kopf wütete der Gedanke, dass er gleich losrennen würde, um die Genehmigung zur Öffnung des Grabs zu erwirken, als er sich jedoch umwandte, um auf Wiedersehen zu sagen, stellte ich fest, dass er es nicht außergewöhnlich eilig hatte, sondern nur leichte Ungeduld ausstrahlte, weil er sich zu lange mit meinen Launen abgegeben hatte (es gibt noch eine andere Welt, und die hat mit mir und meinem Grab nichts zu tun), er verabschiedete sich freundschaftlich von Nomi, und mein Gemütszustand hellte sich auf, ich begleitete sie zu ihrem Käfer, und sie sagte, dann treffen wir uns bei deiner Mutter, doch ich nahm ihr Haar und entgegnete, ich schlag vor, du fährst heim und kochst uns Spaghetti, und in einer halben Stunde bin ich bei dir, seit heute früh hab ich nichts mehr gegessen – du willst mich wirklich los sein, stellte Nomi mit einem freundlichen Grinsen fest, warf mir eine Kusshand zu und machte sich auf den Weg, wobei das Gefühl, etwas versäumt zu haben, meine Kehle hochkroch – so könnte es immer sein, wenn ich jene Tat nicht begangen hätte, Nomi und ich ohne den Toten zwischen uns – weil das Verlangen nach diesem Zustand derartig groß war, schien er einen Augenblick erreichbar, zwar nur theoretisch, doch mit der ganzen Kraft der Wirklichkeit, und ich überließ mich meiner süßen Trauer, doch die Endgültigkeit meiner Situation verjagte den tröstlichen Gedanken, und ich saß kalt und steif wie ein Eisblock am Steuer und fuhr zu meiner Mutter, um mich bei ihr auszuweinen, wie sollte ich die Tage und Jahre, die vor mir lagen, überstehen, ich habe einen Menschen ermordet, sagte ich mit lauter Stimme und betonte das letzte Wort, um es von allem überflüssigen Pathos zu befreien, ich fuhr die Ben-Gurion-Allee hinauf und dachte, zwar erklärt der Umstand, dass ich die Tat im Affekt und nicht vorsätzlich ausgeführt habe, ihren Hergang, nicht aber ihr Wesen, und daher versuchte ich, den Augenblick, in dem sie sich ereignet hatte, nicht als Teil einer Chronologie, sondern in seiner Bedeutung zu erfassen, und kurz vor dem Haus meiner Mutter bremste ich ab und wagte zum ersten Mal, mich mit ihm zusammen zu sehen, statt von außen auf ein Bild der Erinnerung zu schauen, ich schlüpfte in die Geschehnisse und Emotionen von damals hinein, so dass er mit meiner Pfeife im Mund wieder vor mir saß und mich um Feuer bat, ich beugte mich zu ihm hinunter und war plötzlich geblendet, ich fühlte Verwirrung, als hätte jemand mich auf der Straße angerempelt, und aus dieser gespannten Stille heraus entzündete sich eine Unruhe, die meine Hand dazu brachte, ihm die Pfeife in den Rachen zu rammen, Erstaunen erfüllte seinen Blick, und ich trat in den gleißenden Moment zwischen Vorher und Nachher ein, in dem mir Worte durch den Kopf gingen, zu deren Bedeutung ich nicht vorstieß, meine Sinne schwanden, doch wurden an ihrer Stelle andere Sinne aktiv, die im Verborgenen schlummerten und nun erwachten, um mich in einem anarchischen Strom mitzureißen, wie bei einem chemischen Prozess war ihre Reaktion auf die Berührung mit der Außenwelt unvermeidbar – dieser Gedanke gab mir ein wenig Klarheit und ein blasses Gefühl von Kontrolle, meine Mutter sagte immer, wer die Fähigkeit hat, die Wirklichkeit kristallklar zu sehen, bekommt die Dinge auch auf die eine oder andere Art in den Griff, ich lenkte den Wagen in eine Parklücke, harrte aber noch einen Augenblick am Steuer aus, und meine Mutter, die das Geräusch des Motors erkannt hatte, trat aus dem Haus und fragte, was ist jetzt wieder los – das erzähl ich dir drinnen, antwortete ich, ging ins Haus und ließ mich aufs Sofa fallen, mit verzweifeltem Gesicht setzte meine Mutter sich neben mich, es war offensichtlich, dass sie kein weiteres Drama ertrüge, und ohne die Fakten zu kommentieren, berichtete ich nüchtern, wie ich Antoun und Nomi genötigt hatte, mich zur Beerdigung von Schimi Lerer zu begleiten, sie sagte nicht, warum hast du das getan, sondern lehnte sich nur zurück und schaute auf die pergamentene Haut ihrer Hand, als hätte sie darauf eine Warze entdeckt, ich ergab mich ihrem Schweigen und wartete emotionslos auf ihre Stellungnahme, die Situation erinnerte mich an früher – wenn ich mit meinem Vater Mathematikhausarbeiten machte, las ich ihm die Aufgabenstellung vor, um anschließend in andere Sphären zu entweichen, ich verließ mich darauf, dass er die Lösung finden würde, stellte jedoch häufig fest, dass auch er nicht bei der Sache war – und als meine Mutter nichts sagte, sondern fortfuhr, seltsam interessiert ihre Hand zu betrachten, dachte ich, dass sie sich in Schweigen hüllte, weil sie genug von mir hatte, aber dann ließ sie die Hand sinken und fragte in einem Ton, der kein Urteil enthielt, und, was gedenkst du zu unternehmen, dabei wurde mir bewusst, dass ich mein weiteres Vorgehen noch nicht geplant hatte, nur dem, was geschehen war, hatte ich Aufmerksamkeit geschenkt und war danach gleich zu meiner Mutter geeilt, um ihr mein Bündel aufzuladen, beschämt sah ich auf den Teppich, und sie wiederholte, was gedenkst du zu unternehmen – was soll ich deiner Meinung nach tun, antwortete ich mit einer Gegenfrage, und sie sagte, auf die Dunkelheit warten und ihn, oder was von ihm übrig ist, aus dem Grab holen und woanders verscharren, du darfst es nicht drauf ankommen lassen, schon morgen kann Antoun zu den Leuten gehen, die in der Umgebung des Friedhofs wohnen, und sie fragen, ob sie neulich Nacht was bemerkt haben, außerdem kannst du nicht wissen, wer im Dunkeln auf dem Friedhof rumlungert, es gibt Perverse, die treiben's mit Grabsteinen oder so ähnlich, und da kommen wir an und ziehen um zwei Uhr früh mit einem Gepäckwagen durchs Gelände, er darf die Leiche nicht finden, denn wenn er sie in die Finger kriegt, schnappt er auch dich, danach verstummte sie, und ich wusste, dass ich diesmal allein handeln musste, so wie es sich in einer solchen Situation gehört (hatte ich ihn nicht ohne fremde Hilfe getötet?) und als meine Mutter aufstand und sagte, ich geh ins Bett, mich plagt eine leichte Grippe, rührte ich mich nicht – Ilan, du hast keine Wahl, ermahnte sie mich, aber ich entgegnete, es ist noch nicht dunkel – in Ordnung, sagte sie, und ich dachte, auch einer Mutter sind Grenzen gesetzt, sie kann keine Wunder vollbringen, das Sofa hielt mich mit aller Macht fest, und ich glitt langsam fort, mir fielen die Augen zu, und Nomis Geliebter erschien mit seiner blonden Mähne, schon die ganze Zeit war er bei uns gewesen, ich hatte ihn nur nicht bemerkt, ich richtete mich auf und entschuldigte mich für meine Müdigkeit, und mit angenehmer Stimme entgegnete er, ich kann nicht mehr, ich muss mich ausruhen, seine trockene Totenhand tätschelte meine Wange, ich öffnete die Lider und sah meine Mutter, die zu mir sagte, schlaf jetzt nicht ein, du hast viel zu tun, ich schaute nach draußen, wo sich die Dämmerung verdichtete, und plötzlich klingelte das Telefon, meine Mutter sagte, guten Abend, Nomi, wie geht's dir, ja, Ilan ist hier, und wenn's dich nicht stört, bleibt er noch ein Weilchen bei mir, denn ich fühl mich nicht wohl, nein, es ist nichts Ernstes, nur eine leichte Grippe, sie plauderten noch einen Moment, dann legte sie auf, ich erhob mich und sagte, gut, ich mach mich auf die Socken, sie begleitete mich hinaus und sagte, nimm alle Kraft zusammen, es gibt keine andere Lösung, ich gab ihr einen Kuss auf ihre raue Wange, sie holte den Spaten und den Gepäckwagen, und ich kam mir wie in einem Fortsetzungsfilm vor, langsam fuhr ich die Ben-Gurion-Allee hinunter und versuchte, den flüchtigen Traum zu rekonstruieren, aber er zerfiel bereits, ich erinnerte mich nur, dass Nomis Geliebter etwas zu mir gesagt hatte, doch hörte ich nicht die Worte, sondern lediglich ihren sanften, bittenden Klang, ich gab auf und dachte an die monströse Mission, die mich erwartete, an der Kreuzung am Karmelstrand bog ich links ab, doch ich ahnte schon, dass ich nicht in der Lage wäre, das Grab erneut auszuheben – nicht mal das Friedhofsgelände würde ich betreten – ich hielt an, ohne den Motor auszuschalten, schloss die Lider und hoffte auf ein bisschen Frieden, noch machte ich mir keinen Begriff von dem, was mir bevorstand, sondern gab mich ganz dem Gefühl der Erleichterung hin, den Toten nicht wieder ausgraben zu müssen, erst danach, auf dem Heimweg, schärfte sich mein Blick, die Odyssee war zu Ende, und morgen früh würde ich mich der Polizei stellen, ich versuchte, mir auszumalen, wie ich Antoun anrief und zu ihm sagte, dass ich etwas mit ihm besprechen müsse, aber mir fielen keine passenden Worte ein, und deshalb entschied ich, nicht zu telefonieren, sondern ihn in seinem Büro aufzusuchen, mich ihm gegenüber auf den Stuhl zu setzen und meine Beichte zu beginnen, Nomi würde ich nichts sagen, vielleicht schrieb ich ihr später einen Brief, obwohl ich ihr eigentlich nichts mitzuteilen hatte, denn was sollte in diesem Brief stehen – dass ich sie zu sehr geliebt hatte? – das klang zu literarisch und manieriert, das Einzige, was ich hätte sagen können, war, dass ich ihr Leben kaputtgemacht hatte, und als ich das Auto vor unserem Haus abstellte, begann ein neuer Gedanke an mir zu nagen, ich verscheuchte ihn, doch ließ er mir keine Ruhe, und schließlich beugte ich mich ihm und verstand, dass ich nur so wirklichen Frieden finden könnte und ein Zipfelchen meiner Ehre gerettet würde, dreißig Hypnodorm lagen bereit, selbst wenn ich mir den Augenblick ihres Einsatzes damals in der Apotheke anders vorgestellt hatte, ich schluckte und versuchte, die Bewegung meiner Kehle genau zu beobachten, doch fuhr ein Stich in mein Herz, und ich lehnte den Kopf zurück und wartete mit offenen Augen, dass die Angstattacke vorüberging (mit solchen Anfällen kannte ich mich aus, man muss die Ruhe bewahren und darf sich nicht in sie hineinziehen lassen), nach ein paar Minuten ebbte die Furcht ab, und übrig blieb ein dünner, unansehnlicher Schaum, ich begriff, dass ich es jetzt noch nicht tun konnte, morgen früh steh ich auf, packe einen kleinen Koffer und geh zu Antoun, nahm ich mir vor, und dieser Entschluss besänftigte meine Nerven, ich sammelte mich und trat in die Wohnung, wo Nomi vor dem Fernseher schlief, vorsichtig hob ich sie hoch und blieb einen Augenblick so mit ihr stehen, sie kuschelte sich an mich, ohne aufzuwachen, und ich trug sie ins Bett, deckte sie zu und küsste sie, danach nahm ich zwei Schlaftabletten und wartete, dass ich eindöste.

## 28

Als ich aufwachte, erinnerte ich mich an meine Entscheidung vom Vortag, die mir begreifbar und irreal zugleich vorkam, ich ließ die Ereignisse noch einmal Revue passieren, doch achtete ich darauf, darin nicht zu versinken, und hütete mich vor Gedanken, die meinen Entschluss, der auch bei Licht besehen die einzige Möglichkeit darstellte, zunichte machen konnten, ich blieb noch eine Weile im Bett und wartete, dass Nomi das Bad verließ, ihr gegenüber verhielte ich mich wie gewohnt, so als führe ich zum Technikum, und Antoun würde ihr am Abend alles berichten, ich wünschte nur, er täte es nicht telefonisch, sie sollte nicht allein sein, wenn sie es erfuhr, ich hoffte, Antoun würde ihr Gesellschaft leisten, solange es nötig war, ich malte mir aus, wie er ihr gegenübersaß und mit sanfter, väterlicher Stimme den Sachverhalt darlegte, auch Nomis weit aufgerissene Augen, ihren Ausdruck des Begreifens und der Erschütterung sah ich, vor allem aber konnte ich mir seine große Hand vorstellen, die sich beruhigend auf ihre Schulter legte, hilflos warf sie sich ihm an die Brust, und der leichte Seifenduft, den sie verströmte, stieg in seine Nase, ihre Tränen durchnässten sein Hemd, sein Herz ging auf, und er bot ihr an, die Nacht bei ihr zu verbringen, damit sie nicht alleine wäre, die Fortsetzung jedoch ertrug ich nicht, und so stand ich auf und rief Nomi zu, sie solle sich beeilen, weil ich spät dran sei, kurz darauf öffnete sich die Badezimmertür, und sie kam gedankenversunken mit einer rosa Schachtel heraus, sie nahm mich kaum wahr, und ihr Gang wirkte zerstreut, sie ging in die Küche, lehnte sich an den Türrahmen und verbarg ihr Gesicht in ihren Händen, ihr Rücken bebte leicht, Nomi, ist alles in Ordnung, fragte ich, denn ich verstand nicht, was los war, sie aber lief zum Mülleimer unter dem Ausguss, stopfte den Karton hinein, drehte sich zu mir um und sagte, mir geht es gut, ich hab bloß ein bisschen Migräne, die Schachtel schien etwas Wichtiges zu enthalten, und daher schlug ich vor, leg dich wieder hin, ich koch Tee für dich, denn ich wollte unbedingt die Schachtel aus dem Mülleimer ziehen, obwohl es mir auch vorstellbar schien, dass es sich um eine leere Tamponpackung handelte und der Aufruhr, den ich bei ihr wahrzunehmen glaubte, in Wirklichkeit in mir selbst tobte, doch Nomi sagte, guck mal, was für ein Chaos hier herrscht, ich werd erst mal aufräumen, sie öffnete den Mülleimer und nahm den dunkelblauen Plastiksack heraus, und nun war ich sicher, dass die rosa Schachtel nicht bloß harmloser Abfall war, Nomi verließ die Wohnung, und ein Schreckensschauer durchzuckte meinen Körper, es gab einen Joker, der meine Trümpfe fraß, aber ich musste mich ruhig verhalten, bis sie zurückkam, und mir einen Vorwand überlegen, um hinunterzugehen und den Müll zu durchsuchen (in Letzterem hatte ich ja bereits Übung), ich fing an, bis hundert zu zählen, aber in Windeseile war Nomi wieder da, und ohne mich anzuschauen, sagte sie, ich hau mich noch mal aufs Ohr, legte sich ins Bett und vergrub sich unter der Decke, derweil stand ich leise vom Sessel auf, öffnete die Wohnungstür und hob sie dabei an, damit sie nicht knarrte, dann lief ich zu den vier Mülltonnen hinunter, die voll gefüllt in einer Reihe standen, in der ersten war keine blauer Sack zu erkennen, und als ich den Deckel der zweiten hob, riss mich eine glockenhelle Stimme aus meiner Tätigkeit, was suchst du im Müll, fragte ein Junge auf einem Fahrrad, der mich mit großen Augen anguckte, neben ihm stand ein kleines Mädchen, das ihm ähnelte und fast noch ein Baby war, ich hatte die beiden schon hin und wieder in unserem Viertel gesehen, und zwar immer zusammen, wie heißt du, fragte die Kleine mich, und ich antwortete, Ilan, denn was sollte ich sonst sagen, was suchst du im Müll, wiederholte der Junge seine Frage, und wie eine perfekte Kopie ihres Bruders sagte auch das Mädchen, was suchst du im Müll, mit ernstem Gesicht richteten sie ihre reinen Blicke auf mich, und ich schwindelte, ich hab was verloren, und begann die zweite Tonne zu durchwühlen, die zwar einen blauen Sack enthielt, aber ohne Nomis Schachtel darin, was hast du verloren, fragten sie im Chor, eine kleine rosa Schachtel, die in einer blauen Tüte steckt, erklärte ich, als wären sie meine Partner, daraufhin öffnete der Junge die dritte Tonne und stocherte ebenfalls im Unrat herum, heb mich hoch, ich kann nichts sehen, rief das kleine Mädchen, und er hievte sie über den Rand der Tonne, so dass sie beinahe hineinfiel, hier ist ein blauer Sack, sagte er, und sofort sah ich die Schachtel, die daraus hervorlugte, danke, genau den hab ich gesucht, erwiderte ich und hielt unsere Zusammenarbeit für beendet, aber die beiden rührten sich nicht von der Stelle, sondern beobachteten mich aufmerksam und wollten sehen, worum es ging, »Goldstab – Schwangerschaftstest« stand auf der Verpackung, in deren Innern sich ein weißes Plastikstäbchen befand, das an ein Fieberthermometer erinnerte, allerdings hatte ich keine Ahnung, wie darauf zu erkennen war, ob eine Schwangerschaft vorlag, daher zog ich die Gebrauchsanweisung hervor, auf der in großen roten Buchstaben »Testergebnis« stand, für den Rest brauchte ich meine Brille, die ich nicht dabeihatte, und daher fragte ich den Jungen energisch, kannst du lesen (ich hätte nicht sagen können, ob er vier oder acht war), und seine Schwester streckte mir keck ihre Stupsnase entgegen und antwortete, natürlich kann er lesen, ich vergrößerte den Abstand zwischen dem Blatt und meinen Augen, denn ich wollte unbedingt wissen, was in der Gebrauchsanweisung stand, um nicht von den beiden Knirpsen abhängig sein, doch gelang es mir nur, zwei Illustrationen zu erkennen, die Fenster abbildeten, in die etwas hineingeschrieben oder gezeichnet war, ich bin in der ersten Klasse, erklärte der Junge hilfsbereit, dann lies mir vor, was hier steht, sagte ich und hielt ihm das Blatt vor die Nase, angestrengt betrachtete er es (er durfte seine kleine Schwester nicht enttäuschen) und stammelte, hier steht, dass …, doch dann brachte er alle Buchstaben durcheinander, und ich versuchte, die Nerven zu bewahren, und schlug ihm vor, mir jeden Buchstaben einzeln vorzulesen, und er unternahm mehrere ermüdende Versuche, die mich nicht schlauer als vorher machten – ich wusste nur, dass Nomi schwanger war – was ist da drin, wollte der Junge wissen, etwas für Erwachsene, antwortete ich, und das Blut pulsierte in meinen Adern, was ist da drin, fragte jetzt auch die Kleine, etwas, das du noch nicht verstehst, erklärte der Bruder ihr, versteh ich wohl, rief sie, ihr Gesicht legte sich in Falten, und wie ein Pfeil bohrte sich das Bild eines großen blonden Säuglings mit kräftigem Haar in meinen Kopf, dieses Baby war ein Zeichen, das ich im letzten Moment empfangen hatte, selbst wenn der Zeitpunkt zufällig war, durfte ich die Botschaft nicht ignorieren, ein solches Zusammentreffen von Umständen musste einen tieferen Sinn haben, und deshalb änderte ich meine Pläne und erkor mir zur neuen Aufgabe, dem Kind, von dem ein schmerzhaftes Gefühl mir sagte, dass es nicht meins war, ein liebevoller Vater zu sein, vielleicht war dies das erwartete Eingreifen der Natur, das Baby setzte die Generationenfolge fort, die ich unterbrochen hatte, allerdings bedeutete das, dass ich billig davonkam, mit dem Testset in der Hand stand ich da, schwer atmend und bemüht, die Fassung wiederzugewinnen, als die beiden Knirpse noch mal fragten, was ist drin, was ist drin, ich zeigte ihnen das weiße Stäbchen und verkündete, meine Frau ist schwanger – aha, sagte der Junge, das Mädchen aber rief, was ist los, worauf sein Bruder erläuterte, seine Frau hat ein Baby im Bauch, ein unbekanntes Gefühl ließ meine Brust anschwellen, und meine Augen wurden feucht, nicht weinen, sagte das Mädchen, dessen Gesicht rot anlief und das vor Schreck selbst in Schluchzen ausbrach, ich hob sie hoch, umarmte sie mit der Wärme, von der ich plötzlich erfüllt war, und tröstete sie, nicht weinen, aber der Junge zergelte an meinem Hemd und verlangte, lass sie runter, wir müssen nach Hause, und ich gab ihm seine Schwester zurück, die er eilig mit sich fortzog – wahrscheinlich waren ihm die Ermahnungen seiner Eltern eingefallen – so blieb ich allein bei den Mülltonnen zurück, in dem klaren, überaus realen und bewegenden Bewusstsein, bald Vater des Kinds meiner geliebten Frau zu sein, ich stieg die Treppen hinauf, betrat die Wohnung und setzte mich zu Nomi ans Bett, ich will dieses Kind, sagte ich ohne Vorwarnung, aber sie reagierte nicht, ich will dieses Kind, wiederholte ich, denn in meiner Aufregung bemerkte ich nicht, dass sie eingeschlafen war, Nomi, flüsterte ich, rüttelte sanft an ihren Schultern, und ohne ihr die Gelegenheit zu geben, richtig aufzuwachen, versprach ich abermals, ich will das Kind, jetzt verstand sie und schaute erschrocken, ich möchte, dass wir dieses Kind bekommen, erklärte ich, und obwohl ich wahrnahm, dass auf der Stille, die danach eintrat, unsichtbare Schatten lasteten, fuhr ich fort, sie mit dem Blick eines verantwortungsvollen jungen Vaters anzusehen, forschend und ohne Scham schaute sie mir in die Augen, fragte jedoch nichts, und ich beschloss zu warten, dass sie das Schweigen brach, ich möchte es auch, sehr sehr gern möchte ich es, sagte sie schließlich, und ich erwiderte, dann lass es uns bekommen, küsste ihr Haar und stand auf, sie wusste, dass ich keine Zeit hatte, weiter mit ihr zu sprechen, ich muss los, erklärte ich, in zwanzig Minuten beginnt meine Vorlesung, und als ich schon an der Tür war, lief sie in meine Arme und legte ihren Kopf an meinen Hals, was ist, Nomi, flüsterte ich, sie hob das Gesicht, und ich war erstaunt, dass sie mit einem Mal nicht mehr schön aussah, ihre Augen waren verheult und ihre Nase gerötet und faltig, und sie strahlte ein Elend aus, das etwas Gewöhnliches hatte, ich spürte ein enttäuschtes Zwacken in meiner Brust, denn ich hatte Derartiges bei ihr nie für möglich gehalten, trotzdem gelang es jenem Blick, während ich zum Technikum unterwegs war, mein Herz zu erobern, und ich begriff nicht, wovon ich so enttäuscht gewesen war – wie verschlungen die Wege des Herzens sind, ihre Erkundung geht nie zu Ende – der Tag war intensiv und arbeitsreich, und auf der Heimfahrt am Abend fiel mir Antoun ein, an den ich den ganzen Tag nicht einmal gedacht hatte, alles hing nun von ihm ab, ließe er das Grab öffnen, dann wäre ich verloren, da ich aber beschlossen hatte, ins Leben zurückzukehren, musste ich wissen, woran ich war, deshalb wendete ich den Wagen und fuhr zu unserem Café, in dem er jedoch nicht saß, das Bedürfnis, ihn zu treffen, ließ mir keine Ruhe, und so setzte ich mich an einen Tisch, um bei einer Flasche Bier auf ihn zu warten, schon seit zwei Tagen sei Antoun nicht mehr da gewesen, sagte der Alte am Tresen und jammerte, dass sich die unfreundliche Kellnerin mit drei Kartons Parlament-Zigaretten aus dem Staub gemacht habe, seit zwei Tagen beschäftigte sich Antoun also mit dem Grab, überlegte ich, und mir war die Begeisterung über meine zweifelhafte Vaterschaft peinlich, und während ich mich fragte, warum ich mich darüber gefreut hatte, sah ich Antoun eintreten, der in Gedanken versunken war und mich nicht bemerkte, soll ich ein Bier für dich ordern, rief ich, und er wachte auf, doch konnte ich seinen Gesichtsausdruck nicht deuten, er bestellte Bier und Frikadellen, und ich fragte, wie steht's, und zündete mir eine Zigarette an, denn das Wichtigste in diesem Moment war, sich zu beschäftigen – wie steht was, fragte er zurück, und ich sammelte mich und überlegte, dass es sein Misstrauen erregen könnte, wenn ich mich nicht erkundigte, was mit dem Grab war, schließlich hatte er die Geschichte zum großen Thema erklärt (und nun gab es zwei Möglichkeiten für mich – entweder wirkte ich egozentrisch, oder ich geriet in Verdacht), doch da ich fürchtete, mich zu versprechen, schwieg ich lieber und wartete ab, inzwischen brachte der Alte mein Bier, das mich ein wenig entspannte, und die Angelegenheit mit dem Grab verlor ihre Dringlichkeit, so dass ich im Stande gewesen wäre, aus purer Neugierde zu fragen, und, was haben deine Nachforschungen ergeben, aber Aufregung konnte ich jetzt nicht gebrauchen, denn während Antoun mit ausdruckslosem Gesicht vor mir saß, hatte ich mich endgültig beruhigt, und meine gute Laune war wiedergekehrt, ich war sicher, dass er mein Grab vergessen hatte und es nicht geöffnet worden war, Antoun hatte keine Lust, eine Friedhofsparzelle durchzuwühlen, um sich neue Probleme aufzuhalsen, sein Ehrgeiz war abgeflaut, er hatte es nicht mehr nötig, Eindruck zu schinden (nachdem er im Vorjahr wegen seiner unkonventionellen Methoden keinen Assistenten bekommen hatte, hatte seine Motivation nachgelassen), zur Feier des Tages bestellte ich einen Cognac, aber plötzlich fragte er, was ist in letzter Zeit mit dir los, Ilan, und blickte mir in die Augen – worauf spielst du an, stammelte ich – du brütest irgendwas aus, sagte er, ich kenn dich lange genug, um es zu merken, und mit wem außer mir willst du darüber reden, sein Blick gab mich frei und richtete sich wieder aufs Bier, er hatte registriert, dass er mich unvorbereitet getroffen hatte, und vergrößerte meinen Spielraum – weshalb glaubst du, dass was nicht stimmt, erkundigte ich mich mit gleichgültiger Miene, um mir eine Hintertür offen zu halten, er aber sagte genauso nüchtern wie vorher, mit wem willst du reden, wenn nicht mit mir – worüber sollte ich reden wollen, widersetzte ich mich und bereute es sofort (womöglich klang meine Erwiderung gereizt), und dann fragte er ohne jede Färbung in seiner Stimme, betrügt Nomi dich – sein Verdacht empörte mich, als würde es ihn freuen, dass sie mich hinterging, und auch die alte Grundstruktur unserer Freundschaft zeigte sich wieder, die dem Ruhigen und Aufrichtigen Vorteile zuspielte, ich wollte nur noch weg, und als hätte ich seine Worte nicht gehört, verkündete ich, ich muss gehen – auf Wiedersehen, sagte er, als hätte er mich nichts gefragt, und so fuhr ich heim und versuchte, mich auf das Wesentliche zu konzentrieren, und der Cognac half mir, alle Gedanken, die mir zweitrangig zu sein schienen, auszuschalten, aus Erfahrung wusste ich, dass dies in Notzeiten die richtige Vorgehensweise war, und als ich zu Hause eintraf, war ich zum Kern vorgedrungen – das Wichtigste war das Baby, mir oblag es, es zu beschützen und zu retten, und wenn ich bei dieser Gelegenheit auch mich rettete, dann hatte ich obendrein noch profitiert, Antouns Bild verblich, und mein Zorn ließ nach, weshalb hatte ich mich aufgeregt, überlegte ich verwundert, Nomi begrüßte mich, als wäre am Morgen nichts gewesen, die Schwangerschaft kam nicht mehr zur Sprache, stattdessen sagte sie, ich hab »Pulp Fiction« auf Video ausgeliehen, du wolltest ihn damals sehen, erinnerst du dich, aber ich hab Lust, den Film mit dir zusammen anzuschauen, du wirst ihn großartig finden, außerdem hab ich Pizza aus richtigem

Hefeteig gebacken, Noam hat mir das Rezept von seiner Mutter gegeben, wir können uns das Video anschauen und dabei zu Abend essen, bist du einverstanden – die Sätze schlugen wie Wellen nieder, und nur ihre Ränder waren von Nomis Anspannung angegriffen, offensichtlich wollte sie zu verstehen geben, dass sie nicht bereit war zu reden, und das war mir recht, denn ich spürte keinerlei Drang, das, was uns widerfuhr, in Worte zu übersetzen, ich sah zu, wie sie die Pizza auftischte, und mir schien es, als entwickelte sich ein geheimer Code zwischen uns, dessen Ursprung noch im Dunkeln lag, der jedoch in Bereichen der Solidarität und Freundschaft angesiedelt war und nicht in den kühlen Regionen der Entfremdung, mir lief das Wasser im Munde zusammen, die Pizza sah beeindruckend und echt italienisch aus, ich lobte Nomis Werk mit der Ausführlichkeit, die sie schätzte, zufrieden legte sie die Kassette in den Videorekorder ein, und vom ersten Bild an (ein idiotisches Paar in einem Restaurant) nahm mich die Handlung gefangen – ich war so sehr in die Entzifferung von Zeichen vertieft, dass ich mich sofort in den absurden Naturalismus einfand, mit dem der Film von dem Mord, dem Milkshake für fünf Dollar und der auf dem Weg zum Verbrechen geführten Diskussion über die europäischen Varianten des Hamburgers erzählte, hier gab es keine Haupt- und Nebensachen, die Leere war durchdrungen von abstruser Banalität, genau wie die Geschichte meines Toten, der Hure seines Vaters und der Müllkippe, und je länger der Film dauerte, um so mehr nahm mein Leben die Dimensionen einer Gegenwirklichkeit, einer Imitation wahren Lebens an, alles war verrückt und dennoch möglich, die Grenzen, denen der Mensch unterworfen ist, weichten auf, zogen sich in die Länge und schlossen extreme Lebensformen wie die von Nomi, mir, dem Toten und dem Kind nicht mehr aus, jedes Detail war bedeutsam und unbedeutend zugleich, und diese Möglichkeit, das Dasein als Comic zu begreifen, versöhnte meine Nerven, ich wusste nicht, wie das Morgen aussähe, doch am Ende des Films fühlte ich eine heitere Stille in mir, und als Nomi fragte, und, was hältst du davon, antwortete ich, mir scheint, der Film zeigt die neue Ordnung, in der wir leben, und sie wusste genau, worauf ich anspielte, und deshalb sagte sie, beim zweiten Mal hat er mir noch besser gefallen, der Sex in dieser Nacht war anders als sonst, er verlief spannungsgeladen und still und erregte uns beide, und als sie eingeschlafen war, erging ich mich in Spekulationen darüber, wie viel sie wusste, denn dass sie etwas wusste, stand außer Zweifel, die Frage war nur, wie detailliert ihre Kenntnis war – hatte ich zum Beispiel nur herausgefunden, dass sie ein Verhältnis zu einem anderen Mann unterhalten hatte, oder schien mir auch die Vaterschaft des Kindes suspekt? – da auch sie meinen Wissensstand nicht einschätzen konnte, war es allerdings vorstellbar, dass sie annahm, *ich* wüsste von nichts oder lediglich von bestimmten Aspekten ihres Treuebruchs, und natürlich konnte es ebenso gut sein, dass sie alles wusste und bloß schwieg, weil Zweifel zwar zur Verbitterung führt, aber immer auch Hoffnung lässt, oder aber sie ahnte überhaupt nichts, denn schließlich war sie noch ein junges Mädchen mit begrenzter Lebenserfahrung, der Preis des Schweigens war Unwissenheit, und damit müsste ich leben, folgerte ich, und da ich beinahe sicher war, dass sich zwischen uns ein geheimer Code ausbildete, beschloss ich, mich von ihm tragen zu lassen, es ist ein Zeichen von Reife, wie ein Korken auf dem Wasser schwimmen zu können, und käme ein Sturm auf, dann würde ich mit Erfolg gegen ihn ankämpfen oder untergehen, ich hatte begriffen, dass sowieso das geschieht, was geschehen soll, aber jetzt schlief sie an meiner Seite, nahe und doch so fern, und in ihrem Bauch wuchs das Baby, ich war dankbar, wusste aber auch, wie viel Hochmut in meiner Dankbarkeit steckte, und so vergingen mehrere Tage, in denen wir wenig sprachen, doch einander viel Aufmerksamkeit entgegenbrachten, und es herrschte ein Gefühl des Neuanfangs wie nach dem Ende einer Krise, Antoun wurde nicht erwähnt, und er rief auch nicht an, auch über seinen Wissensstand konnte ich nur spekulieren, aber ich ging davon aus, dass er gering war, seit jener Nacht waren zwei Monate verstrichen, und die Zeit arbeitete für mich, nach und nach erholten Nomi und ich uns, ließen den Liebhaber los und konzentrierten uns auf uns beide, ich überantwortete mich ihrem Rhythmus und vertraute ihr die Führung an, und parallel dazu investierte ich mehr Energie in meine Arbeit und leierte mit Giv'on eine internationale Tagung über die Theorie von der Sterblichkeit der Materie an, er war von Begeisterung und gutem Willen erfüllt, und seit er die Leitung der Fakultät übernommen hatte, zeigte er ununterbrochen seine Dankbarkeit, für Samstagabend hatte ich ihn und Aviva zu uns zum Essen eingeladen, das war eine Idee von Nomi, die noch nie ein richtiges Abendessen veranstaltet hatte und es endlich nachholen wollte, da mir jedoch ein ganzer Abend mit Giv'on und seiner Frau unvorstellbar schien, bat ich Riad und Michal dazu, deren Natürlichkeit selbst bei Neurotikern von Giv'ons und Avivas Kaliber als Rettungsanker dient, und entschloss mich nach weiteren Überlegungen, auch Davis und seine Frau einzubeziehen (bei seinem vegetarischen Fischessen hatte sich Giv'on mit großem Nachdruck bei ihm entschuldigt), und nachdem das Baby seit einer Woche nicht mehr erwähnt worden war, sagte Nomi am Donnerstagabend, lass uns zu deiner Mutter fahren und es ihr erzählen, ich war überrascht, denn ich verstand nicht, wieso sie es so eilig hatte, ihr von ihrem Stiefenkel zu berichten, doch Nomi bestand auf ihrem Vorhaben, und ich glaubte, das sei ihre Art, das Kind in die Familie einzuführen und Normalität zu schaffen, meine Mutter empfing uns im Morgenmantel, sie wirkte leicht verärgert, verhielt sich aber vergleichsweise freundlich, vielleicht schätzt sie Nomi nicht in der Rolle der Schwiegertochter, doch als Person bringt sie ihr das Höchstmaß an Sympathie entgegen, zu dem sie im Stande ist, wir setzten uns und tranken von ihrem grauenhaften Cognac, der Nomi in ausgelassene Stimmung versetzte, und nach einem zweiten Glas nahm sie die Hand meiner Mutter und sagte zu ihr, du hast einen so süßen Sohn, ich hab Glück, ihn getroffen zu haben – ob er süß ist, weiß ich nicht, erwiderte meine Mutter, und ich lächelte ihr zu, bei ihr konnte ich mich entspannen, denn sie und ich verfügten über denselben Wissensstand, und diese Tatsache hatte etwas Tröstliches, allerdings war von dem Baby noch immer nicht die Rede gewesen, das überließ ich Nomi, die weiter von mir redete, und nachdem mich Nomis Lobeshymnen anfangs amüsiert und gleichzeitig in Verlegenheit gestürzt hatten, ging mir auf, dass sie eine Botschaft übermittelten und dass ich genau hinhören musste, denn indem Nomi sagte, dass ich intelligent, gebildet, amüsant, gut aussehend und großzügig sei, teilte sie meiner Mutter wie in einem Zeugnis, das sie einem Schüler ausstellte, mit, dass ich den Vorzug besäße, die Intimsphäre anderer zu achten und sogar bereit sei, den Preis dafür zu bezahlen, meine Mutter, die den Hinweis verstand, warf mir einen kurzen Blick zu und fragte, welchen Preis, wovon sprichst du, und Nomi antwortete frohgemut, ich meine nichts Bestimmtes, es ist nur so ein Gefühl, er als reifer Mann weiß, dass man im Leben nichts umsonst kriegt, sie formte ihre Lippen zu einem Kuss, und ihr strahlendes Gesicht wirkte offen und unschuldig, und nachdem uns meine Mutter alte Blätterteigpasteten vorgesetzt hatte, die Nomi mit überschwänglicher Begeisterung aß, sagte sie, Orna, wir sind zu dir gekommen, um dir zu erzählen, dass du Oma wirst, das Gesicht meiner Mutter, die immer auf alle Überraschungen und Katastrophen vorbereitet war, sackte zusammen und wirkte schutzlos, sie begriff sofort, dass die Vaterschaft des Kindes höchst zweifelhaft war, doch sie gewann ihre Fassung schnell wieder, und weil das Verstehen bei meiner Mutter seit jeher mit Beschlüssen verknüpft ist, breitete sie ihre Arme aus und drückte Nomi an ihren zusammengeschrumpelten Körper, nur mir sandte sie den Blick einer alten, nüchtern denkenden Frau zu, und einen Moment lang waren wir in dieser realen Absurdität, die uns weicher machte, wie zwei Verbündete, als Nomi kurze Zeit später in den Garten hinaustrat, um Minze zu pflücken, fragte meine Mutter mich, was geht hier vor – nichts, entgegnete ich, ich bin nicht noch mal zum Grab gefahren, ich konnte es nicht, und sie erklärte, das hab ich mir gedacht, wir verfielen in ein Schweigen, das nicht bedrückend, sondern nur von einer vagen Verlegenheit erfüllt war, und ich erzählte ihr von dem Kongress, den ich mit Giv'on organisierte, doch die Schwere, die sich unter meiner vordergründigen Plauderei verbarg, zog meine Worte hinab und trocknete ihren Sinn aus, es war besser, still zu sein, bald darauf brachte Nomi den fertigen Minztee, und das Gespräch kam wieder in Gang, sie bat meine Mutter, ihr aus meiner Kindheit zu erzählen, wie war er als Junge, fragte sie und strich mir mit der Hand übers Haar, und meine Mutter lachte rau und sagte, er hat es nicht leicht gehabt bei all den Männern, die ich ins Haus schleppte, heute scheint es unfassbar, aber ich liebte die Männer, stell dir das vor, Nomi wurde rot und meinte verlegen, du warst eine junge Witwe, da durftest du das – sozusagen, erwiderte meine Mutter knapp, um das Thema zu beenden, und ich war nicht sicher, ob nicht auch ihre Worte eine Botschaft enthielten, doch was wollte sie Nomi mitteilen – dass ich daran gewöhnt war, fremde Männer an der Seite der Frau meines Lebens zu sehen, und dass ich mich deshalb immer wieder von leichtlebigen Mädchen angezogen fühlte – oder wollte sie sich bei mir für die wilden Nächte entschuldigen, in denen sie in mir nur den lästigen Störenfried gesehen hatte, der vor ihrer Schlafzimmertür stand und jammerte, Mama, Mama, Mama, wie eine beschädigte Schallplatte muss ich ihr vorgekommen sein, und sie hatte geschrien, geh in dein Bett, doch ich war heulend vor der verschlossenen Tür stehen geblieben, bis sie in ein Laken gehüllt und mit einem fremdartigen Funkeln in den Augen herausgetreten war, groß und erschreckend war sie mir erschienen, ihr Haar war zerzaust, und manchmal drangen süßliche Gerüche in meine Nase, sie zerrte mich in mein Zimmer zurück, steckte mich ins Bett und sagte scharf, der Tag gehört den Kindern, aber die Nacht gehört den Müttern der Kinder, natürlich gab es weder einen Kuss noch eine Umarmung, wir küssen uns nicht, hatte ich sie einmal zu Antouns Mutter sagen hören, die absonderliche Verhaltensweisen als fehlerhaften, aber doch festen Bestandteil menschlichen Lebens betrachtete und auf die Probleme meiner Mutter immer sachlich und den Umständen entsprechend einging, und da Antouns Mutter sie nicht verurteilte, fand meine Mutter, deren exzentrischer Lebenswandel ständig Kritik herausforderte, Ruhe bei ihr – übrigens nannte sie sie immer »Antouns Mutter«, weil sie ihren Namen nicht aussprechen konnte – im Sommer wohnte ich bei Antoun, diese Gewohnheit bildete sich heraus, als ich ungefähr acht Jahre alt war und meine Mutter wenige Monate vor dem Tod meines Vaters eine Vergnügungsreise durch Italien unternahm, sie wollte zwei Wochen bleiben, aus denen schließlich zwei Monate wurden, ich war mit meinem Vater allein zu Hause, und jede Woche erhielten wir eine Postkarte, auf der sie schrieb, dass sie von Italien genug gesehen habe und in acht Tagen heimkehren würde, so fuhren wir drei- oder viermal zum Hafen, um sie abzuholen, und waren gezwungen, uns dort die Zeit zu vertreiben, und als sie nicht kam, schien uns das nicht verwunderlich, ich erinnere mich noch, dass mein Vater immer einen erloschenen Zigarettenstummel zwischen den Lippen trug, aber in der vierten

Woche hatte er die Nase voll von mir und brachte mich zu Antouns Familie, wo mir gesagt wurde, dass meine Mutter eine ganz besondere Frau sei, was ich gerne glaubte, obwohl ich bei meinen Kameraden deswegen nicht besser dastand, mein gesellschaftlicher Status veränderte sich erst durch Antoun, der der geborene Anführer war und dem seine Mutter auftrug, mich unter seine Fittiche zu nehmen, Antoun gehorchte ihr, weil sie das Clanoberhaupt war und er immer tat, was sie ihm befahl – und jetzt betrachtete ich meine erschöpfte Mutter, die sagte, also gut, dann werde ich Großmutter, und sich von Nomi herzlich umarmen ließ (wie sehr dieses Waisenmädchen sich nach einer Mutter und einem Vater sehnte!), Oma Orna, sagte meine Mutter, das klingt ziemlich blöd, nicht wahr, doch Nomi widersprach, das hört sich bezaubernd an, und als die Nachrichten anfingen, forderte uns meine Mutter zum Gehen auf – oder ihr setzt euch hin und schaut zu, sagte sie, in den letzten Jahren hatte sie ihr Interesse für die Politik entdeckt und war eine militante Anhängerin der Rechten geworden – und später, auf dem Heimweg, sagte Nomi, was für eine wunderbare Mutter du hast, worauf ich erwiderte, sie ist so wunderbar wie alles, was man nicht selbst besitzt, ich streichelte sie mit der rechten Hand und schlug ihr vor, an den Strand zu gehen, es ist Vollmond, sagte sie, und wir öffneten die Wagentüren und tauchten in die feuchte Luft des Frühsommers ein, ich, Nomi und unser Baby, doch auf der Stille lastete die verbogenen Wirklichkeit, die ich verschuldet hatte, und ich wusste, dass wir Geduld bräuchten, bis die Gewohnheit alle Verzerrungen glätten würde, wir gingen am Meer entlang und schwiegen, ich hatte keine Ahnung, wo Nomi sich in diesen Minuten befand, und der Gedanke, dass ich nie erfahren würde, was sich im Hinterhof ihres Gehirns abspielte, führte mich zu meiner Verzweiflung und Ohnmacht zurück, die Ungewissheit, aus der ich eben noch Hoffnung geschöpft hatte, erschreckte mich, Stunden, Tage und Jahre meines Lebens war ich verurteilt, im Dunkeln zu verbringen, wie konnte man Derartiges überstehen, und diese Frage betraf nicht nur mich, denn ich für meinen Teil wollte bescheiden und nicht wählerisch sein, doch musste ich an Nomi denken, sie hatte nur ein Leben und verdiente es, es im Licht zu genießen, und deshalb verlangte der Anstand, das ängstliche Schweigen zu überwinden, den Preis zu zahlen und alles zu beichten, und so blieb ich stehen und sagte, Nomi, doch ehe ich weitersprechen konnte, fragte sie, wie finde ich den Polarstern, ich kann mir nie merken, wo er ist, bestimmt gibt es eine einfache Methode, um sich zu orientieren, los, erklär's mir, damit ich ihn endlich finden kann, sie lehnte sich an mich an und sah nach oben, deutlicher konnte sie mir nicht zu verstehen geben, dass sie keine Beichte hören wollte, doch auch jetzt hatte ich keine Gewissheit, ob sie nicht einfach naiv war, vielleicht wusste sie nichts, und das Interesse für den Polarstern war kein Vorwand, das Thema zu wechseln, sondern Ausdruck kindlicher Neugier und der Anerkennung meiner Überlegenheit als Fachmann auf dem Gebiet – als würden Astrophysiker den Polarstern suchen – ich versuchte, in ihrem Blick zu lesen, doch war er offen oder verschlossen, alles hing davon ab, wie ich ihn sehen wollte, ich zog ihr Gesicht näher an mich heran, ließ meine Fingerspitzen darüber gleiten und sagte sehr leise, Nomi, und als sie nicht antwortete und mich aufmerksam ansah, fragte ich mit ersterbender Stimme, was soll ich dir erzählen – wie ich den Polarstern finde, entgegnete sie, und auch ihre Stimme war kaum zu hören – einverstanden, sagte ich, und sie schmiegte sich an mich, so dass ihr Haar meinen Hals kitzelte, dann nahm ich ihre Hand, richtete sie auf den Himmel und begann, siehst du die Sterne, auf die deine Hand zeigt, sie bilden ein W, das ist Cassiopeia, jetzt stell dir eine Linie vor, die der erste und der letzte Stern des W verbindet, und setz darauf eine Senkrechte von der anderthalbfachen Länge der ersten Linie, an ihrem Ende steht der Polarstern, siehst du, da ist er – und was ist so besonders am Polarstern, dass alle nach ihm Ausschau halten, fragte sie – dass man sich auf ihn verlassen kann, weil er im Gegensatz zu den übrigen Sternen seinen Standort im Lauf der Nacht nicht verändert – warum tut er das nicht, fragte sie und sah mich mit glänzenden Augen an – weil er genau über der Erdachse steht, erklärte ich, und sie sagte, es gibt so viel, was ich nicht weiß – ich auch nicht, entgegnete ich.

# 29

Als wir am Samstagmorgen auf dem Balkon Kaffee tranken, klärte mich Nomi über das Menü des feierlichen Abendessens auf, ich verstehe nicht viel von diesen Dingen und habe keine Meinung dazu, nur seelische und praktische Unterstützung kann ich leisten, und so begleitete ich sie gestern in den Supermarkt, wo ich den Einkaufswagen schob, während sie mit dem Ernst einer beschäftigten Hausfrau zwischen den Regalen umherlief, und als ich sah, wie sich ihre Stirn in Falten legte, während sie zwischen unterschiedlichen Weinsorten zögerte, dachte ich erneut, dass sie vielleicht nichts weiß und nur eine junge Frau ist, die ihrem ersten großen Abendessen entgegenfiebert, nicht mal die Wochenendzeitungen lasen wir, so sehr nahm uns das Ereignis in Anspruch, unser Erfahrungsschatz, was solche Essen betrifft, unterscheidet sich erheblich, zwar bin auch ich kein Experte, aber für mich hatte es die Zeit mit Julianne gegeben, einer Physikerin aus Bristol, die ich während eines Forschungssemesters kennen lernte und mit der zusammen ich zwölf mit akademischen Suppers gespickte Monate verbrachte, sie war eine recht entzückende sarkastische Engländerin, die in Gesellschaft mit der richtigen Mischung aus Natürlichkeit und Heuchelei auftrat, die schockierende Offenheit, die sie bei ihren Besuchen in Israel beobachtete, verabscheute sie, und das machte sie meiner Mutter auf Anhieb sympathisch, die die Ansicht vertrat, der größte Vorteil meiner Physikerin sei neben ihrem Alter (wir waren fast derselbe Jahrgang) ihre Herkunft, eine Christin ist gut, aber nichts geht über eine Kalvinistin aus Holland, hatte sie in meiner Kindheit oft zu mir gesagt, in ihren Augen waren Holländerinnen das Gegenteil von ihr, denn so eine wie sie sollte ich mir nicht aussuchen, doch entging ihr nicht, dass in meiner Beziehung zu Julianne das Feuer fehlte, das uns während der langen Phasen unseres Getrenntseins wärmen konnte, im ersten Jahr nach meiner Rückkehr ans Technikum besuchten wir uns ein paar Mal, aber die Häufigkeit der Treffen nahm rasch ab, und trotz der Symmetrie unseres Verhältnisses (es war das einzig symmetrische, das ich je hatte) brach es auseinander, und nun ist es Nachmittag, Nomi und ich arbeiten in der Küche, meinem niedrigen gastronomischen Profil entsprechend schäle und zerdrücke ich Unmengen Knoblauch und denke dabei an Julianne, und eine Erinnerung, die ich aus unserer gemeinsamen Zeit behalten habe, tritt scharf hervor, eines Tages waren wir zu einer Tagung nach Plymouth unterwegs, und als wir in die Stadt hineinfuhren, geriet ich auf die falsche Fahrspur und behinderte den Verkehr, der Fahrer hinter mir hielt wütend an und begann zu schimpfen, sofort entschuldigte ich mich mit der unterwürfigen Freundlichkeit, die typisch für das Verhalten von Israelis im Ausland ist, und sagte, bitte entschuldigen Sie vielmals, ich bin fremd hier und ans Linksfahren nicht gewöhnt, worauf sich der Ausdruck des Mannes schlagartig änderte und sein Zorn freudiger Erregung wich, wohin wir wollten, erkundigte er sich nun, und als ich ihm den Namen unseres Hotels nannte, forderte er uns auf, hinter ihm herzufahren, obwohl er eigentlich in eine andere Richtung musste, er brachte uns bis vor den Eingang, stieg aus seinem Wagen und kam mit rotem Gesicht auf uns zu, doch ehe ich mich für seine Mühe bedanken konnte, fing er an, sich pathetisch für seinen Wutanfall zu entschuldigen, er legte die Hand aufs Herz und bat um Verzeihung, nie zuvor hatte ich bei einem fremden Menschen so viel Selbstentblößung gesehen, mit Erstaunen beobachteten Julianne und ich die seltsame Bußzeremonie, die uns als völlig unangemessen erschien, da er mich nicht beleidigt, sondern sich zu Recht beschwert hatte, dass ich den Verkehr blockierte, der Vorfall beschäftigte mich den ganzen Abend, und ich erinnere mich, dass ich zu Julianne sagte, der Mann hat einen schweren Schuldkomplex, vielleicht hat er jemanden umgebracht, und dass Julianne in etwa antwortete, so schnell geschieht kein Mord, und indem ich nach Nomis Anweisungen Senf, Ketchup, Sojasauce und Honig mit dem zerdrückten Knoblauch verrühre, versuche ich, mich in den Mann, der mir als eine Art Verbündeter erscheint, hineinzuversetzen, aber es gelingt mir nicht wirklich, die Vergangenheit ist tot, und was bringt es mir ein, sie von neuem zu erfinden – du brauchst nicht so kräftig zu rühren, es ist kein Pudding, sagt Nomi, und ihre Worte befördern mich zu ihr zurück – was soll ich als Nächstes tun, frage ich – die Sauce auf die Hühnerteile in der Pfanne gießen, erklärt sie, aber versuche, sie gleichmäßig zu verteilen, du kannst mit den Fingern nachhelfen, alles muss Sauce abbekommen, und wenn du fertig bist, spül den Salat ab, und zwar jedes Blatt einzeln, damit kein Sand dranbleibt (Nomi geht in ihrer Arbeit auf, aber auch ich erledige meine Aufgaben mit dem gehörigen Ernst, denn ich sehe, wie wichtig ihr das alles ist), und nimm nur die schönsten Blätter, sei nicht geizig, fügt sie in rührendem Kommandoton hinzu, als wolle ich den Salat für mich behalten, und als jedes Blatt einzeln gesäubert ist, röste ich Sonnenblumenkerne – dreh die Flamme kleiner, und rühr ununterbrochen um, wenn sie anbrennen, wird der ganze Salat bitter, ruft sie mir zu, indem sie den Tisch deckt, und fügt hinzu, meinst du, dass du zwei Dinge gleichzeitig schaffst – ich hoffe ja, entgegne ich verantwortungsbewusst – dann heb, während du auf die Sonnenblumenkerne aufpasst, geschmolzene Schokolade unter die Sahne, so vorsichtig wie möglich – in Ordnung, sage ich, und da ich nun zwei Beschäftigungen nachgehe, gelingt es mir, mich aller Gedanken zu entledigen und mich vollkommen in mein Tun zu versenken, besonnen wechsle ich zwischen der Schlagsahne und den Sonnenblumenkernen hin und her, und Nomi ruft, prima, und wieder denke ich, dass es immer so sein müsste, doch als alles vorbereitet ist und ich aus der Dusche komme, sitzt Nomi über die auf dem Teetisch ausgebreitete Zeitung gebeugt, ihre starre Haltung, die mir sofort ins Auge springt, zwingt mich, stehen zu bleiben, und noch bevor sie von der Zeitung aufschaut und ihren Blick, aus dem Entsetzen und Furcht sprechen, zu mir wendet, weiß ich, was dort geschrieben steht, aber meine Füße weigern sich, zu ihr zu gehen, langsam richtet sie sich auf, ihre Hände vollführen eine fahrige Bewegung, ehe sie sie hängen lässt, sie kommt auf mich zu, und schicksalsergeben warte ich, was passieren wird, doch ohne mich anzuschauen, geht sie an mir vorbei ins Bad, sie knallt die Tür nicht hinter sich zu, sondern lässt sie bedrohlich leise ins Schloss fallen, ich nähere mich der Zeitung, setze die Brille auf und lese, dass die Leiche des Naturfilmers Oded Sifra gefunden worden ist, der in einem verlassenen Haus in Wadi Salib wohnte, Oberkommissar Antoun Karam untersucht den Fall, und in Kürze werden Verhaftungen vorgenommen werden, ich setze die Brille ab, putze sie, um mich mit etwas Realem zu beschäftigen, und weiß, dass der Himmel eingestürzt ist, obwohl man es ihm nicht ansieht, noch spannt er sich dunkelblau und stabil vor dem großen Fenster, und drinnen wartet der gedeckte Tisch auf die Gäste, die gleich eintreffen werden, während Nomi im Bad sitzt und sich eingeschlossen hat, ich versuche, meine Gedanken zu ordnen, als ich aus der Küche ein Rauschen vernehme, ich sehe nach und stelle fest, dass in einem der Töpfe Wasser brodelt, doch weiß ich nicht, ob ich den Herd ausschalten soll, und weil ich außer Stande bin, Nomi zu fragen, setze ich abermals die Brille auf und hebe den Deckel des Topfs, um zu sehen, was drin ist, und anschließend selbst eine Entscheidung zu treffen, aber wegen des emporschießenden Dampfs rutscht mir die Brille von der Nase und fällt in den mit Reis gefüllten Topf, und eine brühend heiße Fontäne spritzt in mein Gesicht, in meiner Verwirrung erinnere ich mich an ein ungeschriebenes Gesetz, wonach Reis während des Garprozesses nicht aufgedeckt werden darf, und werfe den Deckel zurück auf den Topf, so dass dieser fast umfällt, mit bloßen Händen fange ich ihn auf und fühle immer noch nichts, sondern weiß nur, dass ich als Nächstes die Brille aus dem Reis holen muss, also öffne ich noch mal den Deckel, stecke mit einer abrupten Bewegung des Arms die Hand in den Topf und fische die Brille heraus, erst als ich diese Aufgabe bewältigt habe, spüre ich das Brennen auf meinem Gesicht und an meinen Händen, alles andere geht unter im physischen Schmerz, Mord und Schuld existieren nicht mehr, ich stürze zum Waschbecken und halte Kopf und Hände unters kalte Wasser, das mir sofort Erleichterung bringt, und noch ehe die kühlende Wirkung nachlässt und das Brennen wiederkehrt, läutet es an der Tür, ich gehe aufmachen, und mit einer Flasche Wein und einem Geschenk treten Giv'on und seine Frau in die Wohnung ein, meine Verletzung bemerken sie nicht, da sie mich vor Aufregung nicht richtig anschauen, und als ich die Tür schließen will, kommen auch Riad und Michal, die sofort fragt, was hast du mit deinem Gesicht angestellt, und als ich entgegne, eine leichte Verbrühung, überschüttet mich das Ehepaar Giv'on mit Bekundungen des Bedauerns, entschuldige, Ilan, wie konnten wir so etwas Schlimmes übersehen, rufen sie und erklären lang und breit, wie es zu ihrem Versäumnis kommen konnte, bis Riad sie unterbricht und sagt, keiner behauptet, dass ihr dran schuld seid – gewiss nicht, erwidert Giv'on, und es spielt ja auch keine Rolle, ob es uns aufgefallen ist oder nicht, jetzt geht es nur um die Verletzung, wir müssen überlegen, was zu unternehmen ist – beruhigt euch, mir geht es gut, sage ich, aber um seine Schuldgefühle zu besänftigen, lässt mir Giv'on seine hysterische, völlig überflüssige Zuwendung angedeihen, und in diesen Tumult gerät Davis, der ohne seine Frau erschienen ist, die sich auf einer Exkursion in China befindet, und als befänden wir uns im Befehlsstand einer Kompanie, erstattet Giv'on ihm von meinem Zustand sofort Bericht, plötzlich reden alle durcheinander, und jeder gibt mir einen anderen Rat, mit Kräutertee einreiben, mit Zahnpasta bestreichen, draufpinkeln, und alle verteidigen ihre Empfehlung, als ginge es um einen kostbaren Besitz – lasst uns aus einer Mücke keinen Elefanten machen, rufe ich dazwischen, es handelt sich um eine kleine Verbrühung, das ist alles, aber Giv'on protestiert, nichts da, es ist keine kleine Verbrühung, und erzählt, wie er sich kochendes Wasser über die Hand geschüttet und was für Schmerzen er danach gelitten hat, daher wisse er genau, wie ich mich fühlte, behauptet er, und ich gehe in die Küche, nehme zwei Akamol und frage mich, wie ich den Abend überstehen werde, Nomi kommt nicht aus dem Bad, auf dem Teetisch liegt noch immer die Zeitung, und mein Gesicht und meine Hände brennen wie Feuer, mir fällt ein, dass Riad möglicherweise durch Antoun informiert ist, der ihm aufgetragen hat, sich nichts anmerken zu lassen, ich werfe ihm einen Blick zu, kann aber nichts Verdächtiges an ihm entdecken, unablässig dreht sich die Mühle in meinem Kopf, doch mir ist klar, dass ich unsere Gäste nicht einfach nach Hause schicken kann, obwohl ich guten Grund dazu hätte, sogar in extremen Situationen ist mir so etwas unangenehm, und daher zeige ich nur, dass ich leide, und hoffe, dass sie sich von selbst verabschieden und gehen, aber für sie kommt ein Rückzug nicht in Frage, der Schmerz, den jemand empfindet, existiert für seine Mitmenschen nur in der Theorie und erscheint ihnen deshalb immer erträglich – hör zu, sagt Michal zu mir, geh zur Toilette, pinkel in einen Pappbecher und bestreich dir mit dem Urin das Gesicht und den Hals, die Wirkung ist nachgewiesen, wirf deine Hemmungen über Bord, doch sehe ich aus dem Augenwinkel, wie es Giv'on beinah übel wird, und alle Bedenken fallen von mir ab, und ich will unseren Gästen erklären, dass es besser wäre, wenn sie gingen, aber im selben Augenblick schwebt Nomi ins Zimmer, schön und strahlend, als wäre nichts vorgefallen, im Nu hat sie alle Anwesenden in der Hand, sie entkorkt eine Weinflasche, schenkt jedem ein, plaudert entspannt, geht in die Küche, nimmt die Deckel von den Töpfen und legt sie wieder drauf, und erst als Michal wiederholt, Ilan, geh ins Bad und tu, was ich dir geraten habe, dreht Nomi sich um und sieht mein entstelltes Gesicht, was ist passiert, Ilan, fragt sie erschrocken, da mir jedoch nicht der Sinn nach einer weiteren Erörterung meines Leidens steht und Nomi mir signalisiert hat, dass der Abend trotz der Zeitungsmeldung fortgesetzt werden soll – sage ich mit Entschiedenheit, aber freundlich, vielen Dank für die Anteilnahme, aber es tut überhaupt nicht weh, anscheinend sieht es schlimmer aus, als es ist, mir geht es blendend, wir können ruhig das Thema wechseln, und keiner der Anwesenden lässt sich lange bitten, so dass das Brennen auf meiner Haut wieder zu meiner Privatsache wird, und während Nomi überzeugend die Gastgeberin mimt (ihre Schauspielkunst verbessert sich laufend), ergebe ich mich dem Schmerz, der mein Gesicht versengt, schließe die Augen und warte, dass die Tabletten wirken, ich will bloß, dass diese Qual vorübergeht, alles andere ist aufgeschoben, und schon verkündet Nomi, wir können essen, und lehnt es ab, sich helfen zu lassen, du bist entschuldigt, sagt sie zu mir (wegen der Verbrühung oder weil sie mich nicht um sich haben will), Giv'on lobt das Essen, noch bevor er es gekostet hat, und wie ein griechischer Chor stimmen alle in seine Komplimente ein, allmählich lässt der Schmerz nach, mein Kopf wird klar, und ich kann die Situation nüchtern betrachten, alles ist verloren, denke ich, es ist nur noch eine Frage der Zeit, und als meine Aufmerksamkeit für einen Augenblick zu unserem Essen zurückgleitet, das wie im Flug vergeht, höre ich, dass von »Pulp Fiction« die Rede ist, wer findet den Film gut und wer nicht, Giv'on und Aviva sprechen sich kategorisch gegen ihn aus, die Realität sei mehr als ein Sack voller spannender Einfälle, behauptet Giv'on kampfbereit, der Versuch, sich auf tiefgründige Art und Weise mit geistiger Leere auseinander zu setzen, basiere auf einer Inkohärenz, an der der Film scheitere, denn die Leere, die er nachbilde, führe nicht nur zur weiteren Verflachung, sondern stumpfe auch die Gefühle ab, einer Leere werde eine andere entgegengesetzt, die nicht minder erschütternd sei – und dann hebt seine Stimme sich, und theatralisch schließt er, in dem Film gibt es keine wahren Gefühle, aber ohne sie kann nicht mal die Postmoderne bestehen – ganz genau, pflichtet Aviva ihm bei, aber Riad meint, das ist doch Unsinn (Giv'on zuckt beleidigt zusammen), der Film präsentiert eine andere Betrachtungsweise des menschlichen Daseins, nämlich eine besonders realistische, er spielt sich weder als Richter noch als Anwalt auf, und genau wie im richtigen Leben gibt es gleichzeitig Scheiße und Schlagsahne zu essen, weil dieser Film aber ohne Pseudoanspruch daherkommt, sind Leute wie du erschüttert – Davis hält sich aus der Debatte heraus, er gibt sich mit solchen Filmen nicht ab, in seinen Augen ist jedes Werk, das auf einem niedrigeren Niveau als »Doktor Faustus« angesiedelt ist, Zeitverschwendung, und obwohl er gelernt hat, seine snobistische Haltung nicht zu zeigen, ist sich Giv'on, der sich durch eine extreme Empfindlichkeit auszeichnet, seiner passiven Verachtung bewusst, zwar verfolge ich den Disput nur am Rande, doch spüre ich, wie wichtig es für Giv'on ist, aus dieser Diskussion als Gewinner hervorzugehen – wie kannst du so was sagen, empört sich jetzt auch Michal, das ist ein Superfilm, Riad und ich haben uns vor Lachen nicht halten können – vor Lachen, ja, fragt Giv'on mit puterrotem Gesicht, aus dem seine Augen hervortreten, was ist am menschlichen Elend so lustig – dass man es nicht besiegen kann, erklärt Michal und schiebt sich einen dampfend heißen Hühnerflügel in den Mund, und Riad ergänzt, das Absurde daran bringt einen zum Lachen, da kommt man nicht gegen an – wisst ihr eigentlich, was ihr da redet, keift Giv'on, und weil Michal mit dem Huhn kämpft und Riad das Thema nicht sonderlich interessiert, nutzt er die Gelegenheit zu einer neuen Attacke auf seinem Weg zum Sieg, den er unbedingt erringen will, selbst wenn er einen Araber beleidigen muss, wovor verkappte Rassisten wie er sich normalerweise hüten (Giv'on ist der Einzige im Zimmer, dem die Tatsache, dass Riad Araber ist, auf dem Magen liegt – mit aller Furcht und allem Anbiederungswillen, die mit solchen Vorurteilen einhergehen), eure Argumentation ist arrogant und hohl, sagt er, dieser Film führt nicht nur zu keiner Läuterung, sondern auch noch dazu, dass man sich dumpf und leer fühlt, doch plötzlich sagt Nomi, die die ganze Zeit über vorbildlich funktioniert, die unentwegt abräumt und hereinträgt, auftut und nachschenkt, am Ende des Films kommt es zur Katharsis, die vor allem darauf beruht, dass man erstaunt ist über die originelle Handlung, ihren Aufbau und so weiter, ist euch übrigens aufgefallen, dass der Film einen Fehler hinsichtlich der zeitlichen Abfolge enthält, ich frage mich, ob das Absicht ist oder Zufall, und ich sitze daneben und kann kaum fassen, mit welcher Selbstverständlichkeit und Aufrichtigkeit Nomi spricht, als wäre der Himmel doch nicht eingestürzt – jetzt, wo sie die Nachricht in der Zeitung gelesen hat, ist ihr Kenntnisstand unbezweifelbar, sie kann das Puzzle zusammensetzen, und doch hat sie sich entschlossen, ein seltsames Spiel zu spielen, von dem ich nicht weiß, wie teuflisch es letztlich ist, zwei Jahre habe ich mit ihr zusammengelebt und ganze Regionen ihres Wesens nicht kennen gelernt, nun aber sehe ich, wie sie geschickter als ich die Register wechselt und mir nur hin und wieder einen Blick zuwirft, der Verlegenheit und noch etwas anderes, für mich nicht Entschlüsselbares zum Ausdruck bringt, und allmählich bereite ich mich auf den Moment vor, in dem wir allein sein werden, und auf das Gespräch, das dann geführt werden muss, und stelle fest, dass ich nicht die geringste Vorstellung habe, wie dieser Moment aussehen wird, das Einzige, was ich deutlich erblicke, ist die Tatsache, dass meine Existenz zerstört ist, und ich frage mich, warum mir diese Tatsache keine Angst einflößt, mit einer leichten, spontanen Bewegung erhebe ich mich, sage, entschuldigt, und gehe ins Bad, ich öffne mein Schränkchen, hole die drei Packungen Hypnodorm hervor und plane, wie ich die Sache am saubersten über die Bühne bringe, erst schluck ich die Pillen, und dann sag ich zu den anderen, ich hätte vergessen, im Wagen das Licht auszuschalten, ich geh hinunter und fahr nach Wadi Salib, um da zu sterben, morgen wird man meine Leiche entdecken, es hat keinen Sinn, das Ende hinauszuzögern, ich muss handeln, solange meine Furcht eingeschläfert ist, später wird mein Mut wie weggefegt sein, und ich betrachte die erste Packung und öffne sie langsam, als mein Blick auf das Datum fällt, das zwei Jahre zurückliegt, ich habe keine Ahnung, ob das eine Rolle spielt, und denke an die Möglichkeit, dass die Hersteller die Verfallszeit aus kommerziellen Gründen knapp bemessen, genau wie bei manchen Milchprodukten, doch will ich kein Risiko eingehen, woher soll ich wissen, was verdorbene Tabletten bewirken, das Letzte, was ich mir in der gegenwärtigen Lage leisten kann, ist, halbe Sachen zu machen, meine Überlegungen bringen meine Entschlossenheit ins Wanken, und mir wird klar, dass die Gelegenheit ungenutzt verstrichen ist, daher verstecke ich die Tabletten wieder im Schränkchen und gehe zu unseren Gästen zurück, wo alles noch genauso wie vorher ist – ganz zu schweigen von John Travolta, schon wegen ihm ist der Film sehenswert, sagt Nomi, und Giv'on schreit, John Travolta, wer ist schon John Travolta, ein ungehobelter Schwabbelbauch mit dümmlichem Gesicht (da er nun auch Nomi gegen sich hat, ahnt er, dass er verlieren wird), doch plötzlich schaltet sich Davis ein und fragt, Kinder, was streitet ihr euch, es ist doch nur ein Film – so kann man über jede Art von Kunst reden, ruft Giv'on und scheint jäh zu verlöschen – vielleicht können wir uns auf Folgendes einigen, sagt Davis und unterdrückt ein Gähnen, der Film illustriert hervorragend den Generationenkonflikt, und die Jungen haben das Recht, moderne Kunst auf diese Art zu definieren – damit behauptest du, dass meine Auffassung von Kunst veraltet ist, widersetzt sich Giv'on, der nicht aufgeben will – nicht veraltet, erklärt Davis, sondern alt und gut, unterdessen überlege ich, ob ich morgen früh zu Antoun gehen oder warten soll, bis er von selbst kommt, doch fühle ich mich nicht in der Lage, Entscheidungen zu treffen, weil die Wirkung des Akamols nachlässt und mein Gesicht wieder zu brennen anfängt – es hat mit dem Generationenkonflikt überhaupt nichts zu tun, sagt Nomi, Ilan zum Beispiel ist in deinem Alter, und er mochte den Film sehr, nicht wahr, Ilan, aber mein Gesicht befindet sich offenbar in einem so üblen Zustand, dass mir eine Woge plötzlicher Anteilnahme entgegenschlägt und die Debatte über die Verbrühung von neuem beginnt, Nomi, ich glaube, du musst ihn zur Notaufnahme bringen, sagt Davis, das schaut gar nicht gut aus, daraufhin schleppe ich mich zum Spiegel im Flur und stelle fest, dass ich Ähnlichkeit mit einer Feuerqualle habe, der widerliche Anblick verschärft meinen Schmerz, so dass er mir unerträglich wird, Ilan muss sofort ins Krankenhaus, sagt Giv'on weinerlich, wie konnten wir ihn den ganzen Abend so dasitzen lassen und nichts bemerken, bei unserer Ankunft hat es noch nicht so schlimm ausgesehen, hab ich Recht, Aviva, Nomi sammelt sich, nimmt das Portemonnaie und die Schlüssel und löst die Abendgesellschaft auf, wenige Minuten später befinden wir uns auf dem Weg zum Rambam-Krankenhaus, und die Stille, die den Wagen erfüllt, ist die bedrückendste, die ich je erlebt habe – wenigstens das weiß ich mit Sicherheit, denn in Anbetracht unserer Fähigkeit, in Parallelwelten zu agieren, können wir die schwarze Wolke, die über uns zu explodieren droht, unmöglich übersehen – Nomi fährt konzentriert, wir lassen den Busbahnhof hinter uns, und ihr Gesicht ist wie versiegelt, und dann halte ich es nicht länger aus, ich muss das Gewicht abwerfen und sage verzweifelt, Nomi, sie aber schaut mich mit erwachsenem, ernstem Blick an und entgegnet, erst müssen wir den Brand in deinem Gesicht löschen, ihre Worte entspringen aufrichtiger Anteilnahme, aber ich habe nur dieses unwürdige Herz, um sie zu lieben, die Ärztin in der Notaufnahme empfängt mich mit einem Gähnen und befiehlt als Erstes eine Tetanusspritze, und während die Krankenschwester die Injektion vornimmt und mich verbindet, fühle ich mich wie ein zum Tode Verurteilter, dem man am Tag der Hinrichtung noch eine Zahnfüllung verpasst, warum haben Sie ihn nicht gleich hergebracht, fragt die Schwester vorwurfsvoll, erwartet jedoch keine Antwort, denn sie muss die Nachtschicht alleine bewältigen, wir dachten nicht, dass es so schlimm ist, erkläre ich zu unserer beider Rechtfertigung (über ihrer Oberlippe sitzt ein hässliches Muttermal, und ich wundere mich, dass sie es nicht entfernen lässt, sie kennt doch genug Ärzte in diesem Krankenhaus), wie geht es zu Hause weiter, erkundigt sich Nomi, und die Schwester antwortet, Sie kriegen einen Zettel, damit ist unser Fall erledigt, und später, in Nomis Käfer, sage ich, wie überflüssig das alles jetzt ist, wozu musste ich den bescheuerten Topf aufmachen – das spielt jetzt keine Rolle, entgegnet Nomi, betrachtet mich einen Augenblick lang und fügt dann hinzu, alles andere übrigens auch nicht, anschließend tauchen wir erneut in die von ihr diktierte Stille ein, und erst bei unserer Ankunft in der Wohnung spricht sie wieder und sagt, ruh dich aus, Ilan, das Aufräumen übernehm ich, bald darauf liege ich mit wachen Sinnen auf unserem Bett und lausche den Geräuschen aus der Küche, nach einer Weile geht Nomi ins Bad und kommt in ihrem gelben T-Shirt, das ihr als Nachthemd dient, zu mir ins Schlafzimmer, ich halte die Luft an und rühre mich nicht, und sie legt sich neben mich auf den Rücken, ihre Lider sind geöffnet, dessen bin ich mir nahezu sicher, das Schweigen pocht in meinen Ohren, und mein Knie fängt zu jucken an, aber ich traue mich nicht, mich zu kratzen, mir kommt es vor, als wäre ich ohnmächtig und doch bei Bewusstsein, ich harre der Dinge, die geschehen sollen – etwas *muss* doch passieren, überlege ich, und doch ist da nichts als diese spannungsgeladene Stille – ob Nomi eingeschlafen ist, frage ich mich, aber dann fühle ich ihre Hand, ich schließe die Augen und verhalte mich still, denn vielleicht ist es ja nur ein Traum, in einer sanften, aber zielstrebigen Bewegung legt sich ihre Hand auf meine, und meine Fingerspitzen schieben sich zwischen ihre Finger, in unsere zärtliche Berührung, die Kraft und Solidarität symbolisiert, mündet mein ganzes Leben, nach einer Weile gelingt es mir, endlich frei heraus zu reden, und ich sage, morgen früh geh ich zu Antoun und bitte ihn, mir zu helfen, parallel zu meinem Prozess soll er unsere Scheidung vorantreiben, natürlich kriegst du meinen ganzen Besitz, und ich versprech dir, alles zu unternehmen, damit du unbeschadet aus der Sache rauskommst, Liebe kann tödlich sein, Nomi, so ist das nun mal, ich kratze mich am Knie und beginne wieder normal zu atmen, und Nomi liegt still neben mir und lauscht, nach einem langen Moment des Schweigens sage ich, Nomi, sag etwas, doch sie entgegnet, manchmal sind Worte überflüssig – glaubst du das wirklich, frage ich, und sie antwortet, ja, ich bin überzeugt davon, allmählich nimmt der Druck ihrer Hand zu und ihre Finger verhärten sich in einer Berührung, die vielleicht Verzweiflung, Brutalität oder Kummer ausdrückt, dann lässt sie meine Hand los, und ich fürchte schon, dass sie sich umdrehen will und der Abend beendet ist, doch richtet sie sich auf und beugt ihr Gesicht über mich, ihr Mund berührt zart meine Lippen, sie schließt die Augen, und wir überlassen uns einem langsamen Kuss, der nicht enden will und so berauschend ist wie keiner zuvor, die Welt bleibt stehen, und erst sehr viel später sagt Nomi mit reiner Stimme, ich weiß nicht, was morgen, nächste Woche oder in fünf Jahren sein wird, aber jetzt will ich bei dir sein, und das meine ich ehrlich und aus tiefster Seele, weder wage ich sie anzuschauen noch ihr zu antworten, denn keinesfalls will ich diesen zerbrechlichen, lichterfüllten Augenblick stören, der mir nicht ewig vergönnt sein wird und den ich nur in mich aufnehmen kann für die dunklen Tage, die kommen werden.

## 30

Ich hab nicht den ganzen Tag Zeit, Ilan, und die Sache hier ist auch nicht wirklich wichtig, sagt Nomi zu mir, sie steht in einem großen Zimmer mit abblätternden Wänden und hat nichts als ein T-Shirt an, sie ist ungeduldig und verärgert, obwohl ich mir Mühe gebe, im Hintergrund stehen Antoun, Giv'on, der Liebhaber, sein an den Rollstuhl gefesselter Vater und eine Frau, die mir bekannt vorkommt, sie sind still und warten, und ich halte die alte Leica meines Vaters und versuche die richtige Position für ein Foto zu finden, ich muss dem abgedroschenen Motiv vom Mädchen mit den alten Männern neuen Schwung einhauchen, aber da ich nur eine Belichtung vornehmen kann, probiere ich zunächst alle möglichen Varianten, ohne den Auslöser zu betätigen, die Männer wirken leblos und fügen sich gleichgültig meinen Anweisungen, nur von Nomi geht eine nervöse Energie aus, lass es mich so machen, wie es am besten ist, sage ich, und weil das Projekt mir am Herzen liegt, verleihe ich meinen Worten Nachdruck, endlich erinnere ich mich, wer die Frau ist, die ich nicht gleich erkannt habe, es handelt sich um Schimi Lerers Schwester, Rina oder Raja Lerer (die Namen der Kameraden meiner Kindheit fallen mir immer zusammen mit den Familiennamen ein), aber ich verstehe nicht, was sie hier sucht, sie sollte in Kanada sein, aus diesem Grund war sie nicht zur Beerdigung erschienen, und allmählich wird mir klar, dass sie diejenige ist, die das Zustandekommen des Fotos verzögert, ich muss sie aus dem Zimmer entfernen, auch wenn das eine peinliche Situation heraufbeschwört, die Aufnahme kann nicht wahrhaftig sein, wenn Raja Lerer mit abgebildet ist, nur weil ich mich nicht getraut habe, ihr zu sagen, sie solle sich verziehen, doch scheint sie etwas zu spüren, denn sie sieht mich mit wässrigen Augen an, trotzdem bin ich unfähig, sie hinauszukomplimentieren – sie hatte eine religiöse Freundin, die Guta hieß, und am Schabbat bewarfen wir sie mit Papierschnipseln und sangen, *Guta Raja meta chaja, gute Chaja ist halb tot* – und jetzt sehe ich ihren traurigen Blick und überlege, wie ich es ihr schonend beibringen kann, unterdessen macht Nomi aus ihrer Ungeduld keinen Hehl mehr, und zu allem Überfluss klingelt auch noch das Telefon, doch muss ich zunächst Raja Lerer loswerden, der schrille Klang raubt mir den letzten Nerv, und der Gedanke, dass Schimis Schwester mir mit ihrem Dackelblick das Bild verdirbt, weckt die böse Lust in mir, sie brutal aus dem Zimmer zu schleifen, doch Raja Lerer legt sich auf den Rücken und streckt Arme und Beine von sich wie ein Hund, genauso hat meine Mutter dagelegen, als wir am Tag der Beerdigung meines Bruders den Hausschlüssel nicht fanden, sagt Nomi, ich ertrag diesen Anblick nicht, ich muss gehen, doch ich laufe ihr hinterher, und dabei rutscht die Kamera aus meiner Hand, mich ergreift Panik, denn sie war nicht nur teuer, sondern hatte auch einen ideellen Wert, Nomi dreht sich um, und ihre Augen leuchten wie zwei Feuer, Ilan, nimm endlich ab, brüllt sie, und ich weiß, dass alles vorbei und das Foto verloren ist, ich halte den Hörer ans Ohr, und Antouns Stimme schallt mir entgegen, doch verstehe ich nicht, wie er gleichzeitig im Zimmer und am anderen Ende der Leitung sein kann, erst als Nomi in ihren Bademantel gehüllt das Schlafzimmer betritt, komme ich zu mir, ich bin auf dem Weg zu euch, sagt Antoun, wir müssen uns unterhalten, und nun bin ich endgültig wach, entgegne, ich warte auf dich, und lege auf, war es Antoun, fragt Nomi, und ich antworte, er kommt her, sie setzt sich neben mich auf die Bettkante, und ich fühle mich entspannt und ruhig, der Aufruhr ist vorbei, und ich stelle fest, dass es kein größeres Glück gibt als jenes, das aus der Beseitigung eines Zweifels resultiert, ich stehe auf und sage, dass ich unter die Dusche gehen und ein paar Sachen zusammenpacken will, als ich aber an der Zimmertür bin, sagt Nomi, komm her, damit wir uns gegenseitig festhalten, sie steht auf und schmiegt sich in meine Arme, das Gefühl von Wärme und Liebe löst die Wirklichkeit auf, wir leben nur noch in diesem langen Augenblick der Nähe, den es mir in nahezu seiner ganzen Vielschichtigkeit zu erfassen gelingt, als ich einige Minuten danach aus dem Bad trete, sitzt Nomi auf dem Balkon und hat Kaffee und Toast vorbereitet, ich hab deine Tasche schon gepackt, erklärt sie, zieh dich an, und dann warten wir hier auf ihn – du wirst zu spät bei der Arbeit sein, sage ich, aber sie entgegnet, ich hab angerufen, dass ich heute nicht komme, ich ziehe mich an und kehre auf den Balkon zurück – soll ich frischen Kaffee für dich machen, fragt Nomi, der hier ist kalt – nein, das ist nicht nötig, antworte ich, bleib einfach bei mir, und sie schiebt ihren Stuhl nahe an meinen heran und legt wie gestern Nacht ihre Hand in meine – seit wann weißt du's, frage ich, und sie sagt, seit ich es wissen wollte, vorher weiß man nie etwas, selbst wenn man nur die Augen aufzumachen bräuchte, um alles zu sehen, dann lässt sie meine Hand los und fügt hinzu, du solltest deine Mutter anrufen, sie war die ganze Zeit auf dem Laufenden, nicht wahr, und ich stehe auf, denn meine Mutter war mir völlig entfallen, schon seit zwei Tagen war sie in meinen Gedanken nicht mehr präsent gewesen, ich wähle ihre Nummer und bin froh, unverkrampft mit ihr sprechen zu können, aber sie nimmt nicht ab, und ich sage zu Nomi, ich werd sie später anrufen, aus dem … aber das Wort will nicht über meine Lippen kommen, kurz darauf sehen wir, wie Antouns Escort unten einparkt, und Nomi wendet sich zu mir und sagt, pass auf, Ilan, es ist überhaupt nicht sicher, dass er einen Haftbefehl in Händen hält, vielleicht hat er bloß einen Verdacht und will dir auf den Zahn fühlen, erzähl ihm nichts ohne Anwalt, Nomis sachlicher Ton bringt mir die Schwere der Situation ins Bewusstsein, bisher war alles in Nebel getaucht, jetzt aber weiß ich, dass ich sie noch vor Antouns Erscheinen in unserer Wohnung von mir befreien muss, und so schaue ich sie ernst und entschlossen an und sage, sieh mal, Nomi, es wird viel leichter sein, wenn du mich aufgibst, ansonsten werd ich unmöglich mit alledem fertig, unterdessen klingelt es, und ich wiederhole, ich muss das allein regeln, sie zögert eine Sekunde, dann aber entgegnet sie mir, wir dürfen die Entscheidung nicht überstürzen, und geht hinein, um die Tür aufzumachen, derweil sitze ich gelassen auf dem Balkon, und als Antoun hinaustritt, stehe ich auf und sage entschuldigend, eigentlich hättest du dich nicht herbemühen müssen, wir hätten uns auch in deinem Büro treffen können, doch er setzt sich und entgegnet, nimm Platz, Ilan, ich muss dir etwas erzählen – mir wär's lieber, wir redeten in deinem Büro, widersetze ich mich seiner Aufforderung, und er dreht den Stuhl zu mir um, schaut mir in den Augen und fragt, weshalb – weil ..., stammle ich und verstumme, und mit diesem Blick, den ich nicht verstehe, sieht er mich an und meint, du wolltest etwas sagen, doch da ich den Druck nicht länger aushalte, rufe ich, fang *du* an, Antoun, was wolltest *du* mir mitteilen, eine Weile lässt er seine Augen auf mir ruhen, und erst danach sagt er behutsam, deine Mutter ist tot, Ilan, sie hat Tabletten genommen, einen Moment bilde ich mir ein, ihn nicht zu verstehen, und daher frage ich, was für Tabletten, wovon redest du, und Nomi, die hinter mir steht, legt ihre Hand auf meine Schulter und fragt, wann ist es passiert, worauf Antoun erklärt, die Putzfrau hat sie heute früh um sechs gefunden, sie hat die Tabletten wahrscheinlich gestern Nachmittag oder am frühen Abend geschluckt, der pathologische Bericht ist in Vorbereitung, noch immer gibt sein Blick mich nicht frei, und bevor die Nachricht vom Tod meiner Mutter Raum greifen kann, wird mir klar, dass ich in einer makabren Farce mitspiele, nicht um mich festzunehmen, ist er hier, sondern um mich zu trösten, doch da ich nicht an Zufälle glaube, frage ich unsicher, und du bist nur hergekommen, weil meine Mutter gestorben ist – reicht das nicht, fragt er zurück, doch ehe ich antworten kann, umfasst Nomi meine Schultern, als wäre ich ein Waisenkind, und sagt, wir müssen die Beerdigung planen, Antoun bittet uns um Geduld, wir schauen ihn an, und ich bin überzeugt, dass er nun mit der Sprache herausrückt, doch zündet er zwei Zigaretten an, gibt mir eine und sagt, ich hatte nicht nur die Absicht, dir die schlechte Nachricht zu überbringen (er zieht an seiner Zigarette, und Nomis Finger bohren sich in mein Fleisch), sondern ich wollte dir auch den Brief zeigen, den deine Mutter hinterlassen hat, zwar ist er an mich gerichtet, aber ich glaube, dass sie nichts dagegen hätte, wenn du ihn liest, forschend blickt er in meine Augen, und ich entfalte den Brief und erkenne sofort die fahrige Handschrift meiner Mutter:

Lieber Antoun,
aus praktischen Gründen schreibe ich diesen Brief gleich an Dich, denn sein Inhalt wird dich interessieren. Wie du weißt, ist es mir nie gelungen, Ilan eine richtige Mutter zu sein. Und ich gebe zu, dass es mir in der entscheidenden Zeit auch gar nicht in den Sinn kam, mich darum zu bemühen. Er ist also vor allem dank Deiner und Deiner Mutter Hilfe erwachsen geworden und hat überlebt, und das ist das Wichtigste. Nun will ich nicht die Schuldgefühle einer alten Mutter vor Dir ausbreiten, denn ich bin der Meinung, dass der Mensch seine Qual ertragen muss, ohne andere damit zu belasten. Vielmehr möchte ich Dir erzählen, dass ich es nicht ertrug anzusehen, wie ihn die Eifersucht zermürbte. Wie schmerzhaft Eifersucht ist, daran kann ich mich gut erinnern. Scheinbar zum ersten Mal in meiner Laufbahn als Mutter habe ich mich mit meinem Sohn wirklich identifiziert – stell Dir das vor! Und deshalb habe ich einen professionellen Killer angeheuert, der Oded Sifra

im März dieses Jahres ermordet hat. Das war meine Vorstellung von Wiedergutmachung, schließlich handelt jeder nach seiner Fasson. Der Mörder hat Israel am Morgen nach dem Verbrechen mit einem Lohn in Höhe von 20.000 Dollar verlassen. Natürlich stammte die Idee, den Toten auf Hensi Bauer zu legen, von mir – ich hoffe, du wirst mir das nachsehen. Ich nehme an, dass Dir die Zeugen, die uns beim Öffnen des Grabs beobachtet haben, von einer alten Frau mit einer roten Wollmütze berichteten.
Die Probleme begannen, als Ilan Verdacht schöpfte. Ich musste es ihm erzählen, mir blieb keine andere Wahl. Andernfalls hätte er sich womöglich selber bezichtigt. Seine Reaktion brauche ich Dir nicht zu schildern. Jetzt weißt Du auch, weshalb er Euch am Tag der Beerdigung von Schimi Lerer zum Grab der Kindergärtnerin geführt hat: Er ertrug es nicht, mit diesem Geheimnis zu leben, denn er ist ein anständiger Junge. Andererseits kann man nicht erwarten, dass ein Sohn mir nichts, dir nichts seine Mutter ausliefert – auch Du hättest so etwas nicht übers Herz gebracht. Daher bin ich froh, ihm auch diese Last abnehmen zu können. Je mehr Nutzen mein Freitod zeitigt, um so sinnvoller ist er. Ich nehme die Tabletten ohne Furcht. Ich hätte ohnehin nicht mehr lange zu leben gehabt und verspüre keine Lust, Behandlungen über mich ergehen zu lassen, die letztlich nur der Wissenschaft dienen. Zur Mildtätigkeit gegenüber der Gesellschaft kann ich mich noch nicht aufschwingen. Ich verlass mich auf Dich, dass Du die Akte schließt und den beiden die Möglichkeit gibst, wieder zu einander zu finden. Wenn Du zweifelst, besprich Dich mit Deiner Mutter.
Deine Orna Ben-Natan

P.S.: Ich weiß nicht, ob Dir bekannt ist, dass Nomi ein Baby erwartet. Aber Du wirst meine Ansicht teilen, dass nicht auch dieses Kind ohne Vater aufwachsen darf. Ich bin der Beweis, dass die Erziehung eines Kindes durch seine biologischen Eltern nicht immer von Vorteil ist.

Und ich schaue weiter auf ihre ungezügelte Schrift und erinnere mich, dass sie einmal zu mir sagte, sie gehöre zu den Müttern, die von ihren Kindern erst geschätzt würden, wenn es zu spät sei, ich erwiderte damals, dass sie darauf nicht bauen solle, wir führten fast nie solche Gespräche, und daran war vor allem die Gleichgültigkeit schuld, die unserem Verhältnis zu Grunde lag und die unter der Beklommenheit und dem Zorn sichtbar wurde, als diese sich im Laufe der Jahre abschwächten, ihr körperloser Kopf schwimmt vor meinem geistigen Auge vorbei, ich sehe ihre harten Gesichtszüge, die das Alter gemildert, doch nicht ausgemerzt hat, und fühle, dass der innere Aufruhr, der in mir tobt, eine Tür öffnet, die bisher unbenutzt war, ein unbekanntes Gefühl tritt ins Freie, das intensiver ist als die Dankbarkeit und das Staunen über ihre verschlagene Güte – das scheint der Kern der Dinge zu sein, denke ich und bin mir der poetischen Absurdität des Augenblicks bewusst, der ich mich gerne füge, was geschehen sollte, geschah, genau wie ich es vorhergesehen habe, meine Augen verfangen sich in Nomis liebevollem, triumphierendem Blick, doch noch immer wage ich nicht in Jubel auszubrechen, Antoun sagt, du kannst die Kopie des Briefs behalten, das Original bleibt in der Akte, nach diesen Sätzen stellt sich wieder Stille ein, und plötzlich bin ich nicht mehr sicher, ob er mich tatsächlich festnehmen will, keine seiner Äußerungen weist darauf hin, aber vielleicht gilt das Schweigen dem Gedenken an meine Mutter, und das Wesentliche kommt erst danach, denn für mich steht fest, dass er nicht alles glaubt, was sie in ihrem Brief behauptet, vieles klingt äußerst unwahrscheinlich, wo konnte sie einen professionellen Killer auftreiben, frage ich mich, aber sogleich fallen mir die Griechen ein, die neben dem Sumpf wohnen, Antoun weiß, dass sie den Kontakt zu ihnen all die Jahre aufrechterhalten hat, und wenn er will, kann er annehmen, dass sie einen Mörder vermittelt haben, schließlich scherte sie sich nicht um moralische Grenzen, und diese Tatsache ist auch Antoun bekannt, ich schaue zu Nomi und lese in ihrem Gesicht, dass nun auch sie Sorge erfüllt, trotzdem warten wir stumm auf Antouns nächsten Schritt, er ist aufgestanden und stützt sich auf die Balkonbrüstung, um mit jener Anspannung, mit der er die Grashalme auf den drei Gräbern untersuchte, das Meer zu betrachten, großer Gott, was hat er da draußen entdeckt, denke ich, und meine alte Furcht holt mich ein, ich harre der Dinge, die unvermeidlich sind, und nach einer Weile dreht er sich zu mir um und sagt, ich hab mal einen Artikel gelesen, in dem stand, dass Leute, die am Meer wohnen, das Rauschen der Wellen nicht mehr hören, ist das wahr, da ich jedoch die Absicht seiner Bemerkung nicht begreife, antworte ich, darüber hab ich nie nachgedacht, aber ich nehm an, dass jeder, der hinhört, das Rauschen bemerkt – wahrscheinlich hast du Recht, sagt Antoun, und ich überlege, dass er vielleicht zögert, weil er noch gar keine Entscheidung über mich getroffen hat, und als die Spannung uns zu ersticken droht, meldet sich Nomi zu Wort und fragt, und was passiert jetzt – was glaubst du, antwortet Antoun ihr mit einer Gegenfrage, und sie sagt, der Fall ist abgeschlossen, oder etwa nicht, er setzt die Sonnenbrille auf, bestätigt ohne jede Färbung der Stimme, ja, das glaub ich auch, und er nähert sich der Balkontür, ich will ihn zurückhalten und etwas zu ihm sagen, doch fällt mir nichts außer einem leisen »Danke« ein, ich vermag das abgenutzte Wort nicht mit Leben zu füllen, und er bleibt einen Augenblick stehen und entgegnet, was für zwei wunderbare Frauen dir geschenkt wurden, Ilan – und was für ein wunderbarer Freund, füge ich sentimental hinzu, doch er reagiert nicht und erwidert, mach's gut, Ilan, dann verlässt er die Wohnung, und ich fühle, wie unangemessen meine Bemerkung war, sie enthielt ein feierliches Pathos, das ihn in Verlegenheit gebracht hat, trotzdem hoffe ich, dass er die Aufrichtigkeit meiner Worte erkennt – lass uns die Beerdigung in Angriff nehmen, sie muss spätestens morgen stattfinden, sagt Nomi, die Antoun hinausbegleitet hat und inzwischen wieder bei mir auf dem Balkon ist – ich weiß, erwidere ich und zünde eine Zigarette an, um ein paar Sekunden zu gewinnen, ich glaube, du solltest jetzt arbeiten gehen, setze ich hinzu, ich schaff's auch allein (im Beerdigen von Leichen bin ich Experte, denke ich, ohne es auszusprechen) – weshalb willst du nicht, dass ich bei dir bleibe, fragt sie, und ich nehme sie in die Arme und flüstere in ihr Haar, dass es jetzt am sinnvollsten sei, zur Tagesordnung zurückzukehren, sie löst sich von mir und fragt, meinst du – ich bin überzeugt davon, versichere ich ihr, wenn du jetzt losgehst, kommst du noch einigermaßen pünktlich zu deinem Unterricht, sie verabschiedet sich mit einem vorsichtigen Kuss auf meine verbrühte Wange, die ich völlig vergessen habe und deren Schmerz ausgerechnet von der Zärtlichkeit neu entzündet wird, und von diesem Moment an denke ich zielgerichtet, ich erledige eine Reihe von Telefonaten und organisiere alles Notwendige für den morgigen Tag, unter anderem überlege ich, eine Todesanzeige in der Zeitung aufzugeben, doch da ich nicht die ganze Fakultät bei der Beerdigung haben will, verzichte ich auf die öffentliche Bekanntgabe, als ich fertig bin, setzte ich mich auf den Balkon und rauche eine letzte Zigarette, die Zeit verstreicht, und ich rühre mich nicht, sondern schaue in die Sonne und lasse die Wärme dicht an mich herankommen, bis mir zu heiß wird und ich die Verbrühung spüre, so dass ich aufstehen und den Stuhl in den Schatten rücken muss, aber auch danach bleibe ich auf dem Balkon und erstarre wie ein Beduine in der Wüste, der seine Augen auf eine unerschütterliche Welt gerichtet hält, die wie eine riesige Müllkippe alles aufnimmt, ich weiß, dass jeden Morgen ein neuer Tag aufscheinen wird, um abends zu verlöschen, ohne sich für meinen Kummer und meine Nichtigkeit interessiert zu haben oder ohne *für* mich oder *gegen* mich zu sein, und so sitze ich da und warte geduldig auf das Ende der Zeiten, das die Sünden der Welt überwindet und uns Erbarmen schenkt.